도깨비 복덕방

도깨비 복덕방

도선우 장편소설

나무옆의자

차례

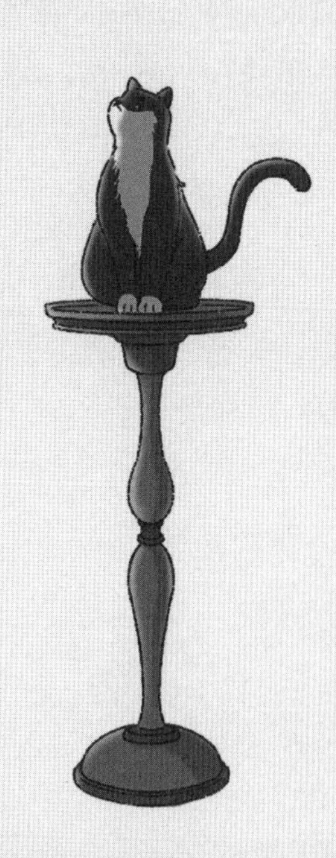

창조적 사생활

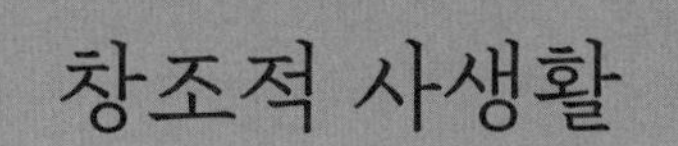

불행에는 다양한 조짐이 존재한다. 인간의 육감이란 생각보다 영민해서 그 모든 조짐을 어떤 방식으로든 느끼지만, 대개는 의심하는 쪽으로 최초의 반응을 보인다. 불행을 인정하는 것은, 불행한 일이기 때문이다.

뭔가 느꼈지만, 아닐 거라고 밀어내고 두 번째 조짐이 다가왔을 때야 비로소, 인정할 것 같지만 또 부정한다. 불행이란 다 같이 빌렸는데 나만 갚아야 하는 빚과 같기 때문이다. 늦출 수만 있다면 최대한 늦추다가, 운이 좋으면 안 갚게 될 수도 있다. 운이 정말, 미친 듯이 좋다면.

그러나 민웅은 기본적으로 운이 좋은 사람이 아니다. 스스로 그렇게 믿었다. 그러니 주식회사 우림 건축사사무소의 대표도 피해 가지 못한 불행을 입사 1년 6개월, 정규직 발령 9개월 차 사원 공민웅이 피해 갈 수 있을 리 없었다.

회사의 불행은 민웅이 정규직으로 발령받은 지 3개월 차부터 조짐을 보였다. 직원 간에 매끄럽게 이어지던 작업이 어느 순간 자갈길에 들어선 것처럼 덜컹거리고, 밝게 오가던 웃음과 대화가 맥반석 달걀처럼 건조해졌다. 날카로운 공기가 질소 가스처럼 사무실 안을 가득 채우고, 작은 소음에도 터질 것처럼 팽창하던 그때.

그때까지만 해도 사람들은 이것을 과정이라고 생각했다. 어렵지만 함께 헤쳐 나가야 할 하나의 난관이라고 믿었다. 대표를 비롯한 임원과 각 파트장의 인망이 높았다. 회사의 규모로만 보자면 첫 번째 파고에서 완전히 좌초되었어야 했지만, 두 번째와 세 번째까지도 살아남아 버틴 것이 오로지 그 이유 하나 때문이었다.

믿고 따르고자 하는 사원들의 의지가 강했다. 민웅도 그중 한 사람이었다. 그러나 규모를 넘어선 난관 앞에 인간의 의지란 달걀 껍데기보다도 하잘것없었다. 쟁반 위를 구르는 맥반석 달걀을 보노라니 민웅은 문득 그런 생각이 들었다.

우승권 대리의 이마에 한 번 부딪힌 달걀이 쟁반 위를 누비고 나자 껍데기가 너덜너덜해졌다. 우림 사원들의 의지도 결국 저런 꼴이 되었지. 민웅은 우 대리의 입속으로 들어가는 달걀을 멀뚱히 바라보았다.

"뭘 그렇게 봐?"

"그걸 꼭 그렇게 굴려야 해요?"

"뭘?"

"달걀요. 그냥 까도 되잖아요. 굳이 그렇게 넝마로 만들어야 해요?"

"너 지금 나한테 시비 거냐?"

"시비가 아니라 껍데기 으스러지는 소리가 꼭 회사 바스러지는 소리 같아서 그래요."

"민웅아. 개소리할 거면 집에 가."

"개소리는 아까 선배가 대표님한테 했지."

처음으로 급여 통장에 숫자가 찍히지 않은 오늘, 회사의 전체 회식이 있었다. 현장과 내근직의 근무가 일정치 않아 본래 우림의 회식은 참여할 사람만 참여하는 것이 전통이었다. 그러나 오늘은 특별한 사유가 없는 한 모두 참가해주기를 바란다는 추신이 붙었다. 월급이 나오지 않은 날이라 거의 모든 직원이 참석했다.

월급도 안 주면서 뭔 회식이냐고 할 수도 있겠지만, 우림 건축사사무소의 직원이라면 누구라도 다 안다. 지난 반년간의 급여가 대표이사의 개인 자택을 담보로 뽑아낸 고혈이라는 사실을.

이날 민웅은 대표의 브리핑을 처음 들었다. 직원 발표를 늘 듣기만 하던 대표의 브리핑은 실전 압축 근육 그 자체였다.

회사가 어떻게 최선을 다해왔으며 어떤 결론에 이르렀는지에 관한 내용이, 지나가는 개도 고개를 끄덕일 만큼 일목요연했다.

민웅은 이런 일을 처음 겪었다. 회사가 망하는 걸 처음 본 게 아니라, 망하는 회사의 대표가 직원을 상대로 보고하는 사례가 있다는 건 듣도 보도 못했다.

5층 건물 사옥이 통째로 매각되지만, 그중 일부는 인건비로 빼놓았으니 서류가 정리되는 대로 막달 급여와 퇴직금이 지급될 거라고 대표는 말했다. 늦어도 한 달 안에는 해결될 테니 조금만 기다려달라는 대표의 마지막 전언과 부드러운 미소는, 웃으면서 달리는 캔디의 미소보다 더 슬펐다.

기묘한 브리핑이었다. 지글지글 불판에서 익어가는 삼겹살만큼이나 붉게 달아오른 대표의 미소를 보노라니, 거지 같은 이직을 끝없이 반복하던 민웅이 왜 이 회사에 뼈를 묻어야겠다고 생각했는지 속속들이 기억났다.

얼큰하게 술이 한잔 들어간 우승권 대리가 민웅에게 속삭였다.

"집도 압류 들어왔다던데, 그거 못 막으면 길바닥에 나앉을 양반이 우리 월급 밀린다고 그거 걱정하지 말란다. 어떻게 생각해?"

어떻게 생각하긴 뭘 어떻게 생각해. 한겨울 시베리아 벌판보다 더 휑하지. 가족 같은 회사라고 우기던 (이전) 회사들은 다 가족 같았는데 정말 가족 같은 회사는 끝나는 순간까지도 이산가족 같은 슬픔을 안긴다. 민웅은 대답 대신 시베리아 북풍 같은 한숨을 내쉬었다. 우승권이 대뜸 손을 들더니 소리쳤다.

"대표님! 디자인 1팀 우승권 대리입니다. 괜찮으시다면 제가 한 말씀 올려도 되겠습니까?"

길고 긴 테이블 맨 끝자리에 앉은 대표가 미소 띤 얼굴로 우승권 대리를 바라보았다. 우 대리가 소리쳤다.

"오늘이 지나면 대표님도 더는 제 대표님이 아니지 않습니까?"

다소 돌발적인 발언이었지만 대표는 당황하지 않고 고개를 끄덕이며 긍정의 미소를 보였다.

"그럼 저한테는 이번 달 월급 대신 다른 걸 주십시오!"

"뭘 드리면 될까요?"

"앞으로 형님이라고 부르게 해주십시오!"

민웅은 물론 그 자리에 있던 절반 이상의 직원들이 우승권을 미친놈 보듯 쳐다보았다. 당연히 예상치 못한 주문이었으므로 대표 역시 잠시 벙찐 표정으로 우승권을 보다가 이내 환하게 웃으며 대답했다.

"알겠습니다. 언제라도 다시 만날 일이 있다면 망설이지 말고 그렇게 부르세요. 그런데 그건 월급을 받고 하셔도 됩니다."

"그러려면 대표님께서 저한테 먼저 승권아! 또 보자, 라고 하셔야 제가 그게 가능할 거 같습니다!"

대표가 환하게 웃더니 말했다.

"알았다, 승권아. 또 보자. 다음에 보면 내가 먼저 인사하마."

그러자 우승권 대리를 약간 맛 간 놈처럼 쳐다보던 십수 명의 사원들이 앞다투어 외쳤다.

"그럼 저도 그렇게 불러도 됩니까, 대표님?"

"형님이 되면 오라버니도 되는 거 아닌가요?"

"다시 일어서실 거죠? 대표님?"

"그럼 나도 다시 입사할 거야! 오라방!"

드센 건축 현장에서 오랜 기간 전우애를 다져온 그들이었다. 댐이 터진 것처럼 술 취한 놈들의 발광이 한동안 이어진 뒤 회식이 끝났고, 민웅은 사수인 우승권 대리와 동기인 윤소희를 따라 찜질방에 온 참이었다.

모든 것이 아득했다. 좋은 대표와 좋은 임원과 좋은 사수와 좋은 동기까지. 이렇게 모든 게 다 맞아떨어질 수 있을까 싶을 정도로 좋았던 회사인데, 민웅이 뼈를 묻으려고 하니 회사가 망했다. 상실감이 너무 커서 집으로 돌아가는 발걸음이 떨어지지 않았다.

우승권과 윤소희의 심정도 별반 다르지 않은 모양이었다. 민웅이 찜질방 바닥을 멍하니 바라보자 소희가 말했다.

"너 지금 내 다리 보냐?"

하반신 길이만 110센티미터라고 으스대던 윤소희의 다리가 제 집인 양 길게 뻗어 나가 있는 것이 그제야 눈에 들어왔다.

"내가 네 다릴 보는 게 아니라 내가 보는 자리에 네 다리가 있는 거야."

"뭐라는 거야, 다리로 한 대 맞고 싶어?"

"그거 공공장소에서는 좀 접어놓으면 안 되냐? 그 긴 걸 굳이 그렇게 다 펴놔야 속이 시원하냐?"

소희가 우 대리를 보며 말했다.

"선배, 얘 오늘 어디 가서 기어코 한 대 얻어맞겠는데?"

우 대리가 기다렸다는 듯이 맥반석 달걀로 민웅의 무릎을 한 대 빡, 치곤 드르륵 쟁반 위로 굴렸다.

"아, 씨. 도가니 나가요!"

"도가니는 무릎 뒤가 도가니고, 앞이라고 해도 달걀에 나갈 거면 지금 갈아 끼우는 게 맞다."

"뭔 소리야 그게."

"잘못된 지식 정정해주고 액땜까지 해줬는데 감사 인사는 못 할망정 뭐지? 그 불경한 말투는?"

민웅이 자리에서 벌떡 일어서자 네 개의 눈동자가 민웅을 따라 올라왔다.

"갈래요. 여기 있으니까 술이 더 오르는 거 같아."

"그거 한 대 맞았다고 삐진 거야?"

"다 마음에 안 들어."

"술 깨고 나면 다시 다 마음에 들 거야."

"됐고요, 선배는 그 이름이나 좀 어떻게 해요. 우승권이 뭐가 우승권이야? 회사도 하나 못 지키는 사람이. 강등권이지. 회사도 선배 때문에 망한 거야."

"아무 말 대잔치 하는 거야? 역시 개혁 군주 공민웅답네."

"그건 공민왕이고!"

"왕이나 웅이나 술 취하면 그게 그거지."

"나 진짜 가요. 윤소희 너도 얼른 들어가. 선배랑 같이 있다가 네 인생도 강등권 된다."

"뭐래, 이 의리 없는 자식이. 같이 가!"

"강등권들이 의리는 무슨 의리."

민웅이 옷을 갈아입고 축 처진 어깨로 계단을 내려오자 어디서 무슨 말을 들었는지 찜질방 사장이 물었다.

"이제 안 오나? 다들?"

"와요, 왜 안 와요."

찜질방 사장이 근심 어린 표정으로 민웅을 보았다. 하지만 또 올 일이 있을까? 민웅은 생각하며 밖으로 나왔다. 밤거리가 을씨년스러웠다. 어쩐지 이상하다 했다. 짧은 기간이나마 민웅은 자기 인생에 봄날이 찾아온 줄 알았다.

아니 오긴 온 거지. 정말 봄처럼 짧았지만.

한때는 디자인 대상을 받았을 정도로 자신을 운 좋은 사람이라고 민웅은 생각했다. 그런데 그 모든 운이 졸업과 동시에 사라져버렸다.

첫 번째 회사는 남의 디자인을 자기가 했다고 발표한 도둑놈 때문에 빡쳐서 그만뒀고, 두 번째 회사는 디자인 팀으로 입사했는데 맨날 노가다만 시켜서 그만뒀다. 세 번째 회사는 밤 열 시가 당연한 퇴근 시간이라고 여겨서 그만뒀고, 네 번째 회사는 일주일 밤샘으로 끝낸 결과물을 보고 "어머? 내 아이디어로 했네?"라며 미친 소리를 하는 팀장 때문에 그만뒀다. 문고리 하나 받았다고 자기 아이디어면 개미 똥구멍도 싱크홀이겠다.

6개월 단위로 회사를 그만두자 모든 사람이 민웅을 질책했다. 어느 회사는 안 그런 줄 아느냐, 자기 입맛에 딱 맞는 회사가 있는 줄 아느냐, 절이 싫으면 중이 떠나야지, 그게 불만이면 자기 회사 차려야지. 심지어 동기 중 어떤 새끼는 민웅이 손해 보기 싫어하는 이기적인 성격이라서 그렇다는 말까지 했다.

그 모든 사람들에게 민웅은 말 한마디 벙긋하지 못했다. 왜냐하면, 민웅도 결국 그들의 말이 옳다고 생각했기 때문이다. 처음엔 너무 이상했는데 모든 회사가 다 이상하고, 다들 민웅이 잘못했다고 하니 결국 이상한 건 회사가 아니라 자신이라는 걸, 인정할 수밖에 없었다. 동기의 독설마저 사실인 것 같아 신물이 넘어올 때도 있었다.

우림 건축사사무소는 그러한 상황에서 입사하게 된 회사였다. 그러니 내가 바뀌어야 한다는 심정으로. 이곳에서도 내가 바뀌지 못한다면 나는 결국 직장 생활에도 적응하지 못하는 패배자라는 심정으로. 마지막이다, 그렇게.

그런데 웬걸, 마지막이라고 생각하고 들어간 회사는 달랐다. 완벽 그 이상으로 너무 완벽해서 이게 꿈인가 싶을 정도였다. 모든 게 민웅이 그리던 회사 그 자체였고, 민웅이 바뀌어야 할 것은 아무것도 없었다.

일도 일이었지만 그간 민웅이 믿었던 삶의 방식이 틀리지 않았다는 걸 처음으로 인정해준 회사였다. 각별했다. 뼈를 묻으리라 각오하는 건 당연한 결과였다.

그런데 그 회사가 망했다. 수많은 말 중에 가장 가슴 아픈 말이 떠올랐다. 다른 회사처럼 적당히 퉁치고, 적당히 갈아넣고, 적당히 고객사의 장난질에 장단을 맞추지 않아서 망한 거라고.

그 말인즉슨, 민웅을 인정한 회사의 방식이 잘못되었다는 것이었고 그 말은 곧 민웅의 삶 또한 잘못되었다는 결론으로 이어졌다. 빌어먹을 삼단논법 같으니라고.

새로운 길인가 싶었는데 결국 말짱 도루묵. 마침내 자리를 잡으니 잡힌 자리가 망하는 걸 운명의 장난이라고 할 수 있을까? 장난이라도 짱돌로 머리를 제대로 찍은 셈인데, 이건 해도 너무하잖아.

때문에 민웅은 반대로 생각하기 시작했다. 혹시 내가 회사를 망하게 한 건 아닐까? 정확히는 자신의 불행이 회사까지 망쳤다는 생각이었다.

불행이란 뒤로 밀린다고 혜성이나 빙하처럼 마모되지 않으니까. 불행을 소멸시킬 만큼 강한 운이 민웅에겐 없으니까 구르고 굴러 눈덩이처럼 커진 자신의 불행이 결국 회사까지 삼켜버렸다고 민웅은 생각했다.

그게 아니라면 그때까지 잘 성장하던 회사가 갑자기 왜, 민웅이 정직원이 되자 무너져버리겠는가.

상상만으로도 최악이네, 젠장.

내 인생은 최악이다. 민웅은 생각했다. 어쩌면 나란 놈 자체가 최악인지도 모르겠다.

찜질방에 앉아 있으면 그런 심경이나 구구절절 늘어놓게 될 것 같아 도망치듯 밖으로 나왔지만, 집으로는 도저히 발길이 떨어지지 않았다. 지금 집에 가는 건 뭐랄까, 불빛 한 점 없는 동굴 속으로 기어들어 가는 느낌이랄까.

이리저리 방황하며 걷다 보니 민웅은 마침내 한계에 다다른 느낌이었다. 물속에 잠긴 것처럼 머리가 멍한 건 술기운 때문이 아니었다. 한계에 이르렀음에도 다른 길이 전혀 보이지 않기 때문이었다.

그때 휘황찬란하게 조명을 두른 건물 하나가 민웅의 눈에 들어왔다.

도깨비 福德房

요란하기도 하지. 상호를 읽을 수 없어 뭐 하는 집인지는 모르겠지만 언뜻 보니 전통찻집 같았다. 휘황한 조명에 마음이 이끌렸다. 그래. 나도 한 번쯤은 저렇게 휘황찬란한 곳에 있고 싶다, 라는 속마음을 누르고 차라도 한잔하면서 술이나 좀 깨자, 라는 마음으로 민웅은 발걸음을 내디뎠다.

갈색 나무 문을 열고 들어서자 딸랑, 하고 경쾌한 풍경 소리가 울렸다. 풍경이 귀여운 도깨비 모양이었다. 밝은 내부는 금장 프레임이 테마인 듯했다. 천장의 몰딩과 바닥재의 마감은 물론, 등과 테이블과 의자의 프레임까지 모두 금장이었다. 그런데도 천박하지 않았고 전체적인 분위기가 고전적이라 기묘했다.

궁궐을 현대적으로 재해석한 콘셉트인가? 직업이 직업인지라 문을 열고 들어와 앉기도 전에 실내장식에 정신이 팔렸는데, 무엇보다 특이했던 건 공간 저 너머가 어둠 속에 잠겨 있다는 사실이었다. 외부에서 봤을 땐 이 건물이 그렇게 깊어 보이지 않았으므로 신기했다.

그때 어둑한 내부에서 누군가 걸어 나왔다. 그 모습이 마치 다른 세계에서 이 공간으로 넘어오는 것 같은 착각을 일으켰다. 환각 같은 기분에 잠시 넋을 놓은 사이, 웬 꼬마가 다가와 인사했다.

"안녕하세요."

동그란 얼굴에 갈래머리를 하고, 동그란 안경을 쓴 여자애였다. 콧등으로 주근깨가 깨알같이 박힌 모습이 꼭 만화에 나오는 아이 같아 귀여웠다. 아니, 얘가 저기서 나온 앤가? 알바치곤 너무 어린데.

"어, 그래. 아, 안녕? 혹시 어른은 안 계시니?"

"제가 여기 사장입니다. 조금 어려 보이다 보니 흔히들 그렇게 보십니다. 당황하실 필요는 없습니다."

민웅은 정말 당황했다.

"어, 예. 어, 죄, 죄송합니다. 조금 어려 보이시는 정도가 아니라……."

사장이 소파를 가리키며 말했다.

"네. 그러나 보이는 게 전부는 아니니까요. 몸은 그만 비비꼬고 이제 앉으시죠."

"아, 네. 그, 그럼."

민웅은 엉거주춤 사장이 가리킨 소파에 궁둥이를 붙였다. 외모는 영락없는 꼬마인데 말투는 카리스마가 넘쳤다.

"차 하시겠습니까?"

"예? 예. 전 아무거나."

대답하고 나니 황당했다. 아무리 사장이라도 메뉴 정도는 가져다주면서 주문을 받아야 하는 거 아닌가? 그러나 본인이 먼저 실수한 마당에 그런 걸 따질 수는 없었다. 아니, 동안도 정도가 있지…….

사장은 돌아서자마자 차를 내왔다. 쟁반에 찻잔을 하나 들고 온 게 아니라 다기 세트를 통째로 가져왔다. 그러고는 민웅의 맞은편에 앉아 느긋하게 도기를 세팅했다. 응? 보통은 차를 내려놓고 돌아가지 않나? 그러나 이곳은 달랐다. 사장이 직접 차를 내려주는 모양이었다. 여러모로 신기하네.

회사와 집을 오갈 때 거쳐야 하는 곳이었는데 이런 찻집이 있는지 전혀 몰랐다. 새로 생겼나? 그렇다고 해도 매일 출퇴근하는 길인데 모를 수가 있나. 민웅이 물었다.

"여긴…… 생긴 지 얼마 안 됐나 봐요?"

"그렇습니다. 오늘 생겼으니까요."

사장이 우려낸 차를 한 차례 버리고 손목에 찬 시계를 보더니 덧붙였다.

"이제 막 두 시간 됐네요."

"네?"

이게 뭔 소리야? 민웅은 생각했지만, 사장의 태도가 너무 단호하고 태연해서 되묻지 못했다. 필시 사장이 말을 잘못 알아들은 모양인데, 민웅은 본인이 말을 잘못했겠거니 생각하고 말았다. 진지한 표정으로 차를 몇 번 우려낸 사장이 마침내 민웅에게 한 잔 건네고 입을 열었다.

"질문을 잘못하신 것도, 제가 잘못 알아들은 것도 아닙니다. 매사 자기 탓이라고 생각하는 것도 좋은 습관이 아니고요."

"네?"

뭐야, 이거. 왜 내 생각을 듣기라도 한 것처럼 말하는 거야.

사장이 태연한 모습으로 자기 앞에 놓인 찻잔을 들어 맛을 음미하길래 민웅도 얼떨결에 따라 했다. 차에 관한 식견이 없어 무슨 맛인지 알 수 없었다.

"심신을 안정시켜주는 찹니다. 아무 생각 없이 드시면 됩니다."

"아, 예."

그런데 차를 우려주면 본래 이렇게 찻집 사장도 같이 앉아 있는 건가? 민웅의 생각을 읽기라도 한 듯 사장이 말했다.

"이곳이 찻집인 줄 알고 들어오셨군요."

"네?"

민웅은 꼬마가 사장이라고 했을 때만큼이나 놀랐다. 황급히 주변을 한 번 둘러보고 말을 더듬었다.

"그, 그럼 여, 여기가 찻집이 아닌가요?"

"네. 이곳은 복덕방입니다. 한자를 못 읽으시나 보군요. 간판에 그렇게 적어놨는데."

"제, 제가 한자는 좀……."

여러모로 황당하고 당황스러웠다. 꼬마인 줄 알았는데 어른인 것도, 차를 내주고 맞은편에 앉아 같이 차를 마시는 것도,

찻집인 줄 알았는데 찻집이 아닌 것도, 심지어 간판에 적어놨는데 못 읽은 건 너잖아? 라고 책망하는 듯한 말투까지도.

"괜찮습니다. 그럴 수 있죠. 요즘 세상에 한자 모르는 게 흠도 아니고요."

"네. 아무래도 따로 배울 기회가 좀."

나였으면 한자로 적어놓은 내 잘못이라고 생각했을 텐데.

"복덕방이란 말도 처음 들어보십니까?"

"아, 아니요. 그건, 들어본 적 있습니다. 부동산을 중개해주는 곳이 아닙니까?"

"맞습니다. 기본적으로는 그렇습니다. 거기에 복과 덕을 준다는 의미도 내포되어 있는데, 저희는 주로 그 의미에 방점을 찍어 사용합니다."

"아, 네."

그게 중요한 게 아니라 여기가 찻집이 아니라면 인제 그만 일어나야 했다. 민웅이 안절부절못하며 그래도 찻값은 내야 하나 생각하는데, 사장이 자리에서 일어나 어딘가로 들어갔다.

어쩌라는 말도 없이 그냥 슥, 사라져서 응? 아니 어쩌라고? 그냥 가도 되나? 아니면 만 원짜리라도 한 장 내려놓고 가야 하나? 현금이 없을지도 모르는데 카드도 되려나? 우물쭈물하는 사이 사장이 노트만 한 태블릿을 들고 나와 태연하게 다시 자리에 앉았다.

그러곤 안경을 한 번 추켜올리고 태블릿을 스크롤 해가며 보았다. 민웅은 손을 꼼지락거리며 언제 어떻게 뭐라고 말하고 나가야 하나 눈치를 살피는데, 사장이 태블릿을 넘기다가 말했다.

"광야에 홀로 서 계신 느낌인가 보군요."

"네?"

"공민웅 씨가 살아온 인생을 대략 살펴보니 최근 몇 년의 삶이 그렇게 느껴질 수 있겠다 싶었습니다."

"제, 제가요?"

응? 그런데 내가 이름을 얘기했던가?

"쉽지 않겠네요."

"네? 뭐, 뭐가……."

"공민웅 씨의 인생 말입니다."

뭐지? 이 난데없는 불꽃 슛은? 이건 훅 들어오는 정도가 아니라 길 가다가 우연히 마주친 사람을 그냥 바닥에 메다꽂아 버리는 수준 아닌가? 난데없이 묻지 마 폭행을 당했음에도 민웅은 뭐라 항변할 생각조차 들지 않았다. 왜냐하면, 너무 난데없었기 때문이다.

"변화가 필요한 때로 보입니다. 인생을 살다 보면 누구라도 몇 번의 분기점을 맞게 되는데 그때의 선택이 아주 중요하거든요. 이때 제대로 된 선택을 하지 못하면 지지부진한 삶으로 이어질 수 있습니다. 뭐랄까, 억지로 사는 듯한 느낌이 된달까."

민웅의 난데없음은 어리둥절로 이어졌다. 뭐지? 이거? 우

선배랑 윤소희가 짜고 몰래카메라라도 하는 건가? 그걸 이렇게 공들여서 한다고?

“저, 저기, 우 선배한테 사주를 받으신 겁니까? 우 선배가 그래요? 제가 억지로 사는 것 같다고?”

“무엇보다 우림 같은 회사에 한 번 몸담고 나면 다른 회사엔 적응이 잘 안 된다는 게 큰 단점입니다. 인생이 그런 식으로 꼬이는 거거든요. 진짜를 한 번 맛보면 더는 가짜에 적응할 수 없게 되는 거. 진짜는 열에 하나도 안 되는데 말이죠. 그렇다고 진짜를 등한시할 수도 없고. 참. 사는 게 그래서 어렵다는 겁니다. 둘 다 수용해야 하는데 어디서부터 어디까지를 진짜로 채우고 어디부터 가짜여도 만족할 것이냐.”

내 얘길 듣긴 한 거야?

“역시 우 선배군요?”

“우 선배고 좌 선배고 우리는 우리 자체적으로 고객의 니즈를 파악합니다. 근거도 불확실한 개인의 사견이나 떠도는 풍문 또는 누군가의 사주를 받고 상황을 판단하지 않습니다.”

아니면 마는 거지 뭘 그렇게까지 정색하고 부정을. 그러니까 오히려 더 의심스럽네. 그러나 사장의 표정이 너무 단호했으므로 민웅은 되묻지 않았다. 되물어봐야 원하는 답이 돌아오지 않을 거라는 걸 지금 막 학습했다. 만화에나 나올 법하게 생긴 여자아이가 유격대 조교 같은 표정으로 민웅을 근엄하게 바라보고 있으니, 의문보다 상황에 적응하기가 더 어려웠다.

게다가 완전히 헛다리를 짚은 내용도 아니어서 이게 뭔가 싶기도 했고. 진짜 뭘 알고 말하는 사람처럼. 장단을 맞춰야 하나.

"아아, 그럼 여긴 선녀님, 아니 보살님 그런 분들이 운영하는 복덕방인 거군요? 뭔가 개인의 사주를 봐주면서 거기에 맞는 부동산도 찾아주는……."

내가 말하면서도 듣도 보도 못한 콘셉트지만 신선하긴 하다. 그러나 사장은 민웅의 장단에 호응하지 않았다. 그냥 자기 할 말만 했다.

"새로운 방법을 찾는 게 좋겠습니다."

"예?"

"좀 더 창조적인 느낌으로."

그러더니 손에 든 태블릿을 민웅의 찻잔 옆에 내려놓았다. 거기 폐가를 찍은 사진이 한 장 떠 있었다.

"공민웅 씨께 딱 맞는 시골집이 하나 있습니다. 다만 장기는 안 되고 단기 6개월만 임대가 가능합니다. 그곳에서 창조적인 아이디어를 얻어 새로운 방식의 삶을 개척해보는 쪽이 좋겠습니다."

"뭔 소리를 하시는 건지…… 아니 그보다 이건 시골집이 아니라 폐가…… 아니 그게 중요한 게 아니라 저는 여기서 멀지 않은 곳에 이미 집이 있습니다."

"그 오피스텔은 공민웅 씨가 지내시기에 세가 다소 비싸지 않습니까? 회사에 다닐 때야 거리 때문에 이해한다고 해도, 백수가 된 마당에 그런 월세를 감당할 이유가 있을까요? 게다가 그 오피스텔의 임대자는 공민웅 씨보다 훨씬 재산이 많습니다. 그런 분께 왜 스스로 세를 헌납하시려는 거죠?"

"헌납이 아니라……."

우림에 뼈를 묻을 생각이었으므로 사옥 가까운 곳에 오피스텔을 얻은 건 우 선배조차 알지 못하는 내용이었다. 그걸 이 사장이 어떻게 아는지도 알 수 없었지만 듣고 보니 그의 말이 구구절절 옳아 그저 황당할 따름이었다. 생각해보니 이제 벌이도 없는 마당에 그만한 세를 부담하기에는 너무 큰 금액이 맞다.

옮기긴 옮겨야지. 옮기는 게 맞지. 그런데 어디로? 민웅은 저도 모르게 폐가 사진을 가리켰다.

"여기는 어딥니까?"

"대청호에서 15분 거리의 마을입니다."

"대, 대청호요? 금강의 본류를 가로지르는 대청댐이 건설되면서 생성된 그 인공 호수 대청호요?"

"그렇습니다. 대청호를 그런 식으로 말씀하시는 분은 처음입니다만, 정확합니다. 그 대청호 부근이라고 보시면 됩니다."

"아니 제가 왜 그런 깡촌에……."

"깡촌이라니요."

사장이 민웅을 나무라듯 반문하더니 태블릿의 페이지를 넘기자, 화창하게 흐드러진 벚꽃 길을 비롯해 대청호 인근의 아름다운 풍광이 펼쳐졌다.

"새 삶을 구상하기에 더할 나위 없이 좋은 곳입니다."

뭘 자꾸 새 삶이래. 누가 들으면 내가 무슨 감방이라도 갔다 온 줄 알겠어. 그나저나 벚꽃 길은 말할 것도 없고 오색의 화초와 푸르른 산과 녹음이 드리운 강을 보노라니 세상에 이런 곳도 있구나, 하는 생각이 들었다. 하지만 그렇다고 해도 폐가는 좀.

"폐가 아닙니다. 청소만 좀 깨끗하게 하면 꽤 쓸 만한 집입니다."

"마을이긴 한 건가요? 물 사는 데 한 시간씩 차 타고 나가야 하고 뭐 그런 데 아닙니까?"

"대청호에서 15분 거리라고 이미 말씀드렸습니다만. 그보다 가까운 곳에 필요한 상점 다 있고 전기와 수도, 오폐수까지 문제없이 잘 설비된 곳입니다."

설마 도깨비 마을, 뭐 그런 건 아니지요? 라는 질문도 떠올랐지만 시답지 않은 소리나 하고 앉았을 분위기가 아니었다.

"하지만 전 아직, 이런 시골로 내려가서 생활할 마음의 준비가 안 되었는데요."

민웅의 인생에서 전혀 고려조차 해보지 않았던 귀촌이라

니, 너무 갑작스러운 건 사실이었다.

"뭔가 오해가 있으신 모양입니다. 말씀드렸듯이 이 집은 단기 6개월만 임대할 수 있습니다. 그곳에 정착을 원하신다면 이후, 인근에 새로운 집을 알아보셔야 합니다."

"아니, 제 말은 그곳에 정착하겠다는 게 아니라 아예 내려가는 것 자체를 생각해본 적이 없다니까요? 자체적으로 파악한 고객의 니즈가 영 부정확한 거 아닙니까?"

동문서답을 하기에 욱해서 질렀지만, 너무 쪼잔한 복수였나 하는 생각도 살짝 들었다. 아니나 다를까 사장이 안경을 추켜올렸다. 단지 안경만 올렸을 뿐인데 그 속에서 안광이 번뜩인 것 같은 착각이 일었다. 사장이 말했다.

"그럼 다른 대책이 있으신가요?"

"네?"

"맨날 같은 환경에서 같은 생각만 하니까 같은 인생을 살게 된다는 생각 같은 건 안 해보셨습니까?"

"네?"

뭐지? 나 지금 혼나는 건가?

"공민웅 씨는 자신이 이 사회의 허물어진 틈과 어울리지 않는다고 생각합니다. 처음엔 그 허물어진 틈의 잘못이라고 생각했고, 그다음엔 그게 허물어지도록 내버려둔 구성원들의 잘못이라고 생각했죠. 그런데 가는 곳마다 다 그러니까 이젠 다른 누구도 아닌 본인의 잘못이라고 생각합니다. 그래서 본인의 잘못이라면 어떻게 할 겁니까? 고칠 겁니까?"

얼굴이 살짝 달아오르는 것을 민웅은 느꼈다. 뭐지? 뭐지? 이 되로 주고 말로 받는 듯한 느낌은?

사장이 민웅의 앞에 놓인 차를 가리켰다. 심신을 안정시키는 차. 민웅은 저도 모르게 쥐고 있던 주먹을 풀고 찻잔을 들어 꿀꺽꿀꺽 한 번에 원샷했다. 잔을 머리 위로 들어 한 번 털까 하다가 거기까지는 너무 가는 것 같아 참았다. 후.

심신이 전혀 안정되지 않았다. 민웅이 잔을 내려놓자마자 사장의 말이 훈민정음해례본처럼 날아들었다.

"그러나 공민웅 씨. 그건 공민웅 씨의 잘못이 아닙니다. 바보 백 명의 말이 같다고 해서 그게 진실이 되는 게 아닙니다. 그건 그저 백 개의 바보 같은 말일 뿐이죠. 하지만 공민웅 씨의 책임도 없다고는 할 수 없겠죠. 자신에게 맞지 않는다고 튕겨 나가기만 하는 건 최선의 삶이 아니니까요. 자기방어적인 태도만으론 원하는 삶을 얻을 수 없어요. 휩쓸리며 사는 게 싫어 뛰쳐나온들 달라지는 게 있습니까? 어차피 같은 쳇바퀴가 아니던가요? 그러니 변화를 원하신다면 좀 더 능동적인 판단과 도전이 필요합니다. 그래야 자신의 것을 찾을 수 있어요."

이것은 위로인가 비난인가. 심지어 어린아이 같은 얼굴로 저런 소릴, 그것도 초면에 잘도 지껄이다니. 민웅이 뭐라고 대꾸하기도 전에 주근깨 사장의 폭격이 다시 이어졌다.

"똑같은 머리로 혼자 고민하는 건, 한 번 끓인 알탕을 일주일째 재탕해서 먹는 거나 다름없습니다. 그런 찌개가 8일째에 갑자기 맛있어질 리 있겠습니까? 상하지나 않으면 다행이겠죠. 그래서 새로운 시각과 시도가 필요합니다. 지독하게 꼬이기만 하는 삶의 실마리를 풀 수 있다면 그게 뭐든 한 번 해볼 만하지 않습니까? 어차피 가만히 있으면 가마니만 될 테니까요."

알탕 재탕 새로움 더블 콤보에 가마니 같은 걸로 막타를 맞고 나니 머리가 어질어질했지만, 얘기를 자꾸 듣다 보니 뭔가 솔깃해지는 것도 사실이었다. 어디론가 떠나고 싶다는 생각을 최근 몇 차례 했는데, 그게 이런 식으로 세일즈 포인트가 맞아떨어질 거라곤 생각지도 못했다. 약을 판다는 게 이런 건가? 느닷없이 도를 믿게 된 사람들의 심경을 알 것 같았다. 민웅은 저도 모르게 수긍했다.

"제사를 지내야 한다거나 부적 쓰라는 말 같은 거만 아니면 해볼 수도 있겠죠. 저는 미신 같은 건 좀 믿지 않는 성격이라."

사장이 말했다.

"미신은 저도 믿지 않습니다."

그러더니 팔을 쭉 뻗어 태블릿 화면을 휙휙 넘겼다. 페이지 맨 끝에 임대차 계약서가 나왔다.

"단기 임대차 계약서입니다. 거기 맨 아래에 네모 칸 보이시죠? 거기에 사인하시면 됩니다."

그러면서 태블릿 펜을 민웅에게 건넸다.

"아, 아니 그래도, 계약서면 읽어보기라도……."

"네. 읽어보세요. 특히 주의 사항을 주의 깊게 읽어보시고, 되도록 외우시는 게 좋겠습니다."

주의 사항이라니. 방 빌리면서 계약서에 주의 사항이란 항목 같은 걸 본 적이 있던가? 없다. 아, 특약을 말하는 건가? 반려동물 금지 뭐 그런? 그런데 태블릿 계약서에 쓰인 주의 사항은 아주 단출했다.

1. 임차 기간 중, 임차인은 어떤 사유로도 계약을 파기할 수 없다.
2. 임차 기간 중, 임차인은 이 계약 과정에 관해 누구에게도 발설해선 안 된다.

민웅이 물었다.

"저기, 어떤 사유로도 계약을 파기할 수 없다는 건 좀 그렇지 않을까요?"

"임차 기간이 고작 6개월입니다. 6개월 사이 문제가 생겨 다른 임차인을 들이는 것도 임대인 관점에서는 귀찮은 일이죠. 무엇보다 공민웅 씨. 6개월 금방 갑니다. 나중에 연장 요청이나 하지 마세요."

연장 요청이나 하지 말라니. 뭐가 이렇게 계속 단호해?

"그럼 두 번째 항목은 뭔가요? 정확히 뭘 발설하지 말라는 거죠? 계약 과정에서의 불만 사항이나 뭐 그런 거 말씀하시는 건가요? 부동산 사장의 급발진이나 막말 같은 걸 부동산 사이트에 후기로 올리는 거?"

"일반 부동산 사이트에 등록된 물건이 아니니 후기고 뭐고 올릴 수 없습니다. 그냥 지금 우리가 거치는 과정 전체를 발설하지 않으면 됩니다. 지나가는 개도 지킬 수 있을 만큼 쉬운 사항 아닙니까?"

개도 지킬 수 있는 거니까 못 지키면 개만도 못한 인간이라는 거야? 민웅은 아무래도 노린 발언이라는 느낌을 지울 수 없었다. 게다가 개는 발설하고 싶어도 할 수 없잖아. 컹컹 왈왈을 누가 알아듣겠냐고.

그런데 임차 기간이 내일부터네? 민웅이 마침내 허점을 잡은 감찰관의 표정으로 날짜를 가리키며 사장을 바라보았다. 사장은 아무 문제 없다는 듯 고개를 끄덕였다.

"오늘 댁에 돌아가셔서 간단한 옷가지만 챙겨 내려가시면 됩니다. 남은 짐 포장 이사와 오피스텔 계약 문제는 우리가 정리해서 보내드리겠습니다. 임차보증금도 모레 공민웅 씨 계좌로 바로 입금될 겁니다."

"방을 아직 내놓지도 않았는데 모레 바로 보증금을 받을 수 있다고요?"

"네. 그게 우리 복덕방의 업무 중 하납니다. 업무 절차나 내용은 대외비라 말씀드리기 어렵습니다."

내놓지도 않은 방을 바로 처리할 수 있다니 그것이야말로 굉장히 희한한 일이었지만, 돈을 돌려준다는데 마다할 이유는 없으니 민웅도 더 묻지 않았다. 그러나 이건 좀 이상하지.

"이 집의 세가 얼만지 계약서에 없네요?"

"아, 그건."

팔짱을 착 끼는 사장의 표정에서 느닷없는 여유로움이 느껴졌다.

"무료입니다."

"네?"

"대신 6개월 동안 집을 잘 관리해주시는 게 조건입니다."

"집 관리를요? 어떤 식으로요?"

"보셨다시피 공민웅 씨도 이 집을 폐가라고 느끼지 않으셨습니까? 사실 폐가는 아니지만 보시기에 그랬던 만큼 그다음 사람이 들어오더라도 흔쾌히 살 수 있을 만큼 깨끗하게 청소하고 잘 지내시면 됩니다."

"그, 그게 무슨……. 그럼 보증금도 없다고요?"

"그렇습니다."

순간 이거 무슨 신종 사기인가? 하는 생각이 들었지만 사기는 뭘 줘야 성립되는 걸 텐데 계약서를 아무리 다시 읽어봐도 민웅이 뭘 줘야 할 내용은 없었다.

"이거 혹시 이 집을…… 6개월 살고 나면 제가 강제로 인수해야 하고 뭐 그런 건 아니죠?"

사장이 동그란 안경을 추켜올렸다.

"대한민국에 그런 부동산 법은 없습니다. 단,"

"단?"

그럼 그렇지, 조건이 없을 리 없지.

"임차 기간 중, 집을 꾸미는 일은 취향대로 마음껏 하셔도 됩니다."

"네?"

"들으신 대로입니다."

"그럼 취향이 쓰레기여서 오만 데 그냥 쓰레기를 쌓아놓고 살아도 상관없나요?"

순간 쓰읍, 하고 민웅을 나무라는 듯한 흡입음이 들렸으나 민웅은 못 들은 척했다. 설마 나한테 그런 것도 아닐 테지만 그렇다고 해도 딱히 싸울 의지는 없었다. 지금까지 모든 게 반전이었는데 저 자그마한 체구가 원 펀치 쓰리 강냉이라고 한들 놀라울까. 그러므로 사장이 안경을 추켜올리려고 손을 들었을 때, 민웅이 몸을 움찔한 건 그냥 조건반사 같은 것이었다. 사장이 말했다.

"못을 박거나 뭘 가는 건 물론, 구조 변경까지 가능합니다."

빌린 집에서 뭔 구조까지 변경할 일이 있을까 싶었지만, 여하튼 모두 가능하다는 건 편한 조건이었다. 아니, 사진을 가만히 보노라니 이런 집을 살 만한 집으로 꾸며주면 무료도 실은 무료가 아니네, 라는 생각도 들었다. 역시 그걸 노리는 거였나.

"다시 한번 말씀드리지만, 이 집은 6개월 단기 임대 물건이고 계약만료 후에 공민웅 씨가 아무리 원한다고 해도 연장할 수 없습니다."

예예. 뭐 그렇게까지 되게 더 있고 싶고 그럴까 싶네요. 여하튼 그러니까 꾸미는 데 돈을 들일 필요는 없다, 뭐 그런 말이겠군. 민웅은 그렇게 이해했다.

민웅은 더 묻지 않고 태블릿에 사인했다. 만에 하나 문제가 생긴대도 민웅이 손해 볼 일은 없었고, 혹여 이상한 법에 걸려 인수라도 해야 한다면……, 배 째.

어차피 어디로 가야 할지도 모르겠는 마당에 아무 데로나 가보자, 하는 마음도 있었다. 능동적이지 못한 게 문제라고 한 소리를 들었다고 해서 갑자기 능동적인 사람이 될 수 있는 것도 아니고.

오래간만에 시동을 걸었더니 차가 방전되어 있었다. 회사와 집이 가까워 차 쓸 일이 별로 없었다. 오랜만에 찾았더니 이런 식으로 심통을 부리네. 이웃의 도움으로 점프한 뒤, 도깨비 복덕방에서 전송해준 주소를 내비게이션에 찍고 고속도로로 올라섰다.

막상 내려가 보니 서울에서 두 시간도 채 안 걸리는 거리였다. 아직 봄꽃이 다다르기엔 이른 시기였지만 곳곳에 푸릇푸릇 새순의 틈이 보였고, 무엇보다 대청호의 풍광이 예술이었다.

세상에 이렇게 고요한 곳도 있구나 싶었다. 안 왔으면 후회할 뻔했다는 생각이 들 정도였다. 호숫가에 정차해 심신을 녹이는 듯한 고즈넉함에 잠시 빠졌다가, 해 지기 전에 집에 도착해야 한다는 생각에 다시 차를 몰았다.

복덕방 사장의 말처럼 대청호에서 딱 15분 거리에 있는 집이었지만, 내 이럴 줄 알았지.

근방에 집이라곤 달랑 세 채. 사진 속 폐가와 거의 흡사한 수준의 시골집 세 채가 나란히 서 있었다. 아니, 집이 세 채만 되면 마을인 거였어? 그때 민웅은 갑자기 싸한 느낌이 들었다.

맙소사, 설마 전기 수도까지 구라는 아니겠지? 민웅은 냅다 뛰어 집으로 들어갔다. 겉에서 봤을 땐 완전 폐가더니 막상 안에 들어와 보니 우려했던 것처럼 잡초로 뒤덮인 상황은 아니었다. 사장 말대로 청소만 잘하면 괜찮을 것 같았다. 다행히 전기와 수도도 멀쩡했다.

집은 'ㄇ' 모양이었다. 정면에는 본채가, 좌·우측으로 별채가 있었다. 본채에는 안방과 주방이 있었는데 어라? 외부에선 영락없이 폐가였던 곳에 꽤 쓸 만한 냉장고와 싱크대가 설비되어 있었고, 화구는 심지어 4구 전기 인덕션이었다. 먼지가 뽀얗게 쌓이기는 했으나 설비 자체는 훌륭했다.

안방도 제법이었다. 아늑한 공간에 커다란 창이 차경借景

을 의도한 듯 액자처럼 뚫렸고 그 너머로 낮은 동산의 숲이 보였다. 방 하나에 툇마루가 딸린 좌측 별채엔 화장실과 샤워실이 붙어 있었는데, 모두 현대식이었다.

뭐지? 이 어울리지 않는 시설들은? 맞은편 우측 별채는 심지어 선룸sunroom이라고 해도 될 만큼 채광 좋은 유리 천장이 설치되어 있었다.

헐. 외부에서 보는 것과 내부 사정이 이렇게 다르다니. 일부러 악의적으로 사진을 찍었나 싶을 만큼 내부 시설은 좋았고, 대문도 잠기지 않은 채 방치되어 있었는데 야생동물의 흔적도 아예 없었다. 생각했던 것보다 훨씬 좋은 여건에 민웅은 생각지도 못한 선물을 받은 기분이었다.

청소하는 시간이 한결 즐거웠다. 매번 느끼는 거지만 잡생각을 없애는 덴 단순노동만 한 게 없다. 청소를 마친 집은 들인 공에 비해 효과가 좋았다. 마당의 잡초를 좀 제거하고 곳곳에 쌓인 먼지만 털어냈을 뿐인데, 완전히 다른 집처럼 변했다. 집도 민웅도, 모처럼 쓸모 있는 존재가 된 것 같았다.

무아지경으로 쓸고 닦는 동안 해가 저물었고 위장도 시장함을 고했다. 미리 싸 온 샌드위치를 꺼내 본채 툇마루로 나와 앉았다. 디딜 때마다 끼익, 끼익 우는 툇마루 소리가 왠지 정겨웠다.

당근이 잔뜩 들어간 샌드위치를 우적우적 씹으며 사위를

둘러보니 문득, 미야자키 하야오의 만화에나 등장할 법한 시골집에 온 것 같다는 착각이 일었다. 어디선가 먼지 귀신들이 숨어 자신을 지켜볼 것만 같았다.

아직 쌀쌀한 날씨가 풀리지 않아서인지 그 흔한 풀벌레 소리 하나 들리지 않았다. 들리는 것은 오로지 민웅이 당근을 씹는 소리뿐. 씹는 걸 우뚝 멈췄더니 죽은 쥐도 다시 죽을 만큼 고요가 흘렀다. 노란 불빛이 보호막처럼 집 전체를 둘러싸고 있어 고즈넉함이 더했고 빛의 색감이 따스했다.

낯선 곳이 주는 긴장과 800년 만의 노동과 느닷없는 포만감이 쓰리 콤보로 작용해 졸음이 밀려들었다. 민웅은 준비해 온 오리털 침낭을 안방에 깔고 몸을 눕혔다. 누군가 지켜보는 것 같다는 느낌이 문득 들었지만, 그땐 이미 의식의 절반이 수면 속으로 까무룩 잠긴 상태였다.

쾅! 쾅! 쾅!

"아무도 안 계십니까?"

누군가 철문을 두드리는 소리에 민웅은 눈을 떴다. 방 안은 아직 어둠에 잠겨 있었고 창가로 색 바랜 빛이 어른거렸다. 휴대폰을 들어 시각을 보니 과연 새벽. 다시 대문 두드리는 소리가 울렸고, 민웅은 벌떡 일어나 마당으로 나갔다. 대문을 여니 공유를 닮은 남자가 서 있었다. 남자가 말했다.

"해가 중천에 떴는데 아직도 주무시네요."

이 아저씨가 지금 꼭두새벽에 들이닥쳐서 뭐라는 거야? 민웅이 뭐라고 대꾸하기도 전에 남자가 돌아섰다. 그제야 민웅은 이삿짐 트럭을 발견했다. 두 명의 남자가 트럭에서 짐을 내리고 있었는데, 눈에 익은 침대와 소파가 보였다.

"어? 오피스텔에서 짐을 벌써 빼 오신 거예요? 이 새벽에?"

"우리한테는 해가 중천입니다. 얼른 옮기고 또 다른 일을 하러 가야죠."

그렇다니 할 말은 없었지만 그래도 이렇게 이른 시각에 일하다니.

그때 띵, 하고 휴대폰이 울렸다. 확인해보니 보증금이 입금되었다는 문자였다. 이 시각에? 민웅이 그렇게 어리둥절 선 사이 책상과 의자, 각종 집기가 트럭에서 내려졌다.

"이것들 어디로 옮기면 될까요?"

그렇지 않아도 전날 짐을 어디에 배치하면 좋을지 생각해 둔 바가 있었다. 세 사람의 손발이 어찌나 잘 맞는지 민웅이 잠도 깨기 전에 짐이 모두 민웅이 말한 장소에 들어가 있었다.

문득 정신을 차리고는 이 아저씨들한테 뭐 마실 거라도 한 잔 내드려야 하는데 싶었지만, 미처 장을 보지 못한 상황이었다. 어제 냉장고를 청소하다가 아직 유통기한이 남은 막걸리를 한 병 발견했지만, 꼭두새벽부터 그런 걸 줄 수는 없는 노릇.

"마실 거라도 한 잔 드리고 싶은데 제가 아직 장을 못 봐서 마땅한 게 없네요. 죄송해서 어쩌죠?"

그러면 "물이나 한 잔 주세요"라든가 "괜찮습니다" 같은 반응이 나올 거로 기대했던 민웅은 그러나 예상치 못한 답변을 들었다.

"막걸리나 있으면 한 사발 주세요. 그거나 마시고 얼른 올라가게."

헉.

"자, 잠깐만 기다리세요."

기이함의 역사를 거슬러 올라가자면 어제부터라고 봐야겠지. 폐가의 냉장고가 잘만 작동하는 것도 신기했지만, 거기에 유통기한도 안 지난 막걸리가 있는 것도 정말 기이했다.

불과 얼마 전까지 누가 생활했다고 보기엔 살림살이가 너무 없었고, 먼지의 더께도 일시적인 수준이 아니었다. 노숙자가 드나들었다고 보기에도 이곳은 너무 외딴곳이고.

그런데 냉장고에 막걸리가 있다는 걸 이 아저씨는 도대체 어떻게 안 거지? 아까 짐 나르면서 본 건가? 아니면 그냥 막걸리를 좋아하는 양반이다 보니 습관적으로 물어나 본 건데 우연히 딱 맞아떨어진 건가?

민웅은 재빠르게 막걸리를 석 잔 따라 쟁반에 받쳐 들고나왔다. 남자가 말했다.

"두 잔이면 됩니다. 재는 운전해야 해요."

아, 그렇지. 민웅은 두 남자의 목울대가 힘차게 오르내리는 모습을 멍하니 지켜보다가 빈 잔을 받았고, 그들은 동트는 새벽 너머로 다시 사라졌다.

꼭 귀신에 홀린 것 같네.

돈 잘 받았고 이사도 잘했다고 복덕방 사장한테 전화해야 하나 생각하다가, 전화번호도 모른다는 사실을 민웅은 그제야 깨달았다. 모든 것이 일상적 절차에서 벗어나 있었지만 놀라우리만큼 안정적으로 일이 진행되어 도리어 황당할 지경이었다.

이삿짐도 민웅이 직접 배치한 것처럼 너무나 적확하게 제자리를 찾아 들어가 더 손댈 데도 없었다. 닦아도 먼지 하나 묻어 나오지 않았다. 다시 잠자리에 들기도 그래서 민웅은 마당에 남은 잡초를 마저 뽑기로 했다.

오른쪽 별채 근처의 무성한 잡초를 걷어내자 거기, 생각지도 못했던 작은 연못이 하나 있었다. 반쯤 얼어 살얼음이 낀 연못 아래에서 무언가 꾸물거리는 거 같아 얼음을 들어보니, 놀랍게도 그곳엔 금붕어가 살고 있었다. 그것도 무려 세 마리나. 새끼손가락만 한 금붕어는 장애물이라도 치워진 듯 신나게 연못 안을 휘젓고 다녔다.

얘들은 본래 어항 같은 데서 사는 물고기가 아니었던가? 뭘 안 줘도 이렇게 야생에서 잘 사는 게 맞는 건가? 생각하며 가만히 내려다보는데 문득, 어젯밤 까무룩 잠들기 전에 느꼈던 시선이 또 느껴졌다.

살며시 고개를 들어 주변을 둘러보았으나 아무것도 없었다. 그러다가 응?

본채 지붕 꼭대기에 앉아 민웅을 내려다보는 고양이를 한 마리 발견했다. 검은 턱시도 고양이였다. 고양이가 두 다리를 곧게 뻗어 세우고 민웅을 내려다보다가, 눈이 마주치자 탐탁지 않다는 듯 꼬리로 지붕 기왓장을 탁탁, 때렸다.

"너였냐?"

민웅이 밑도 끝도 없이 그렇게 묻자 아랫것을 내려다보듯 도도하게 민웅을 지켜보던 고양이가 지붕 뒤쪽으로 넘어가 사라졌다. 민웅은 굳이 뒤뜰로 가보지 않았다. 이 정도로 외딴곳이면 삵이 나타난다고 해도 놀랍지 않은 마당인데, 턱시도 고양이라니. 가끔이라도 놀러 오면 네가 좋아할 만한 음식을 준비해두마. 대신 이 금붕어들은 건드리지 마라.

새벽에 일어나 활동을 시작하니 하루가 정말 길었다. 민웅이 그 하루 동안 집 안 정리를 다 마치고 시내로 나가 식재료와 커튼, 식탁보로 쓸 천까지 끊어 와 작업하고 났는데도 오렌지빛 노을이 하늘을 따라 흘러가는 시간대였다.

아름다운 풍광이었다. 창과 처마 사이로 그날의 남은 빛이 끝자락처럼 드리웠고, 빛을 따라 그림자도 퍼즐처럼 자리 잡았다.

공기가 맑으니 확실히 다양한 색이 살아 공간을 채웠다. 그

덕에 풍성한 느낌이 들었는데 그 광경을 가만히 보노라니 살짝 욕심이 생겼다.

집은 최소한으로만 꾸며놓고 살 생각이었는데 문득, 좀 꾸미고 살면 어떤가 하는 생각이 들었다. 들인 비용을 모두 회수해 갈 수 없다고 해도 어차피 집세도 안 내는 마당이었다. 사는 동안 행복하면 그것으로도 충분하지 않은가, 그런 생각이 들었다.

해서 민웅은 내친김에 책상 앞에 앉았다. 나른한 재즈를 틀어놓고 책상 위로 노란 조명을 둥글게 배치했다. 찰랑거리는 드럼과 밤을 부르는 듯한 트럼펫 소리를 들으며 최소한의 비용으로 집 안 이곳저곳 꾸밀 계획을 세워보았다. 종이 위에 이것저것 사부작사부작 써 내려가다 보니 문득, 응? 이거 행복한데? 그런 생각이 들었다.

민웅은 볼륨을 조금 더 높였다. 층간 벽간 소음 때문에 스피커로 음악을 듣는 일은 엄두도 못 냈는데, 소리가 방 전체를 휘돌아 나가니 이어폰으로 듣는 것과는 울림 자체가 달랐다. 행복하다는 생각을 도대체 얼마 만에 하는 건지 알 수 없었다.

하고 싶은 것들을 하나씩 활자로 나열하고, 그 옆에 슥슥, 그림도 그려보고, 오후에 보았던 풍경도 살짝 스케치했다. 회사 다닐 때는 전혀 하지 않았던 행동 하나하나가 민웅의 의식 자체를 과거로 돌려보냈다.

내일이 시험인데 교과서는 어느덧 사선으로 밀려나고, 성인이 되면 하고 싶은 것들을 종이 위에 써 내려가느라 웅대했던 공부 계획이 달나라로 떠나버렸던 그때의 공민웅으로.

그날 밤 민웅은 재미있는 꿈을 꾸었다.

커다란 통창으로 달빛이 들어와 민웅의 책상 위를 비추는데, 그 위에서 정체를 알 수 없는 목소리가 흘러나왔다.

"얘, 이거 소질 있네."

꿈속이었지만 민웅은 그게 누구의 목소리인지 궁금했는데, 목소리의 주인은 모습을 드러내지 않았다. 그때 반대편 어딘가에서 다른 목소리가 들렸다.

"이제까지 같이 살면서 뭘 본 거야?"

"뭘 보긴, 얘가 언제 이런 걸 그렸다고."

"디자인 스케치 못 봤냐? 하날 보면 열을 알아야지, 답답하네."

"네가 더 답답하다. 사방이 꽉 막힌 액자 주제에 누굴 보고 답답하대?"

액자? 꿈속에서 민웅은 생각했다. 액자라고? 그 말을 듣고 보니 각각의 목소리가 그냥 허공에서 울리는 게 아니었다. 목소리가 들리는 위치마다 각기 다른 사물들이 놓여 있었다.

"질질 끌려다니다가 한숨 돌리니 이제야 자기가 하고 싶은 걸 찾아가는 모양이구먼."

이거 봐. 이건 갓등에서 나오는 소리잖아. 초록색 갓에 금장 다리를 가진 골동품이었고 아버지가 쓰시던 물건이었다. 그런데 뭐지 이 상황은? 아무리 꿈이라지만 이건 너무 생생하다 못해 황당한데. 꿈속에서도 황당함을 느끼다니 신선했다.

"그건 또 뭔 궁예 같은 소리냐?"

"궁예가 저런 소릴 했어?"

"아니, 궁예가 그런 소릴 했다는 게 아니라, 아니다. 됐다. 네가 뭘 알겠니."

"뭘 알아도 너보단 많이 알지 이 햇병아리야. 이제 고작 30년밖에 안 된 주제에 까불고 있어."

"나 때문에 괜히 싸우지들 마. 내 말은 아까 그냥 민웅이 표정이 그랬다는 거야. 세상 행복한 얼굴로 자잘하게 써 내려가는 걸 보니까 문득 감회가 새로워서. 고등학교 때 이후로 처음 보는 모습이라."

이게 모두 책상과 제도판과 각도기와 갓등이 나누는 대화였다. 미쳤네. 민웅은 생각했다. 〈토이 스토리〉 같은 건가? 하지만 그건 장난감이고 저것들은 그냥 내가 오래 써온 물건들인데. 아버지가 물려주신, 아버지의 손때가 묻은.

그때 오늘 시장에서 사 온 꽃병이 방 한편에서 말했다.

"제가 볼 때 공민웅 씨는 여행을 좋아합니다."

꽃병이 놓인 티 테이블이 말했다.

"이봐, 형씨. 여긴 아직 형씨가 낄 자리가 아니야."

책꽂이에서 그 모습을 내려다보던 연필깎이가 말했다.

"얼레? 왜 심통이야? 오늘 새로 왔는데 반겨주지는 못할망정 그게 무슨 되지도 않는 텃새야?"

역시 아버지의 유품인 턴테이블이 의문을 제기했다.

"응? 그런데 어떻게 꽃병에 영혼이 깃든 거지? 딱히 오래돼 보이지도 않는데?"

턴테이블의 의문은 책상이 대신 해결해줬다.

"역사가 오래되지 않아도 기릴 만한 사연이 깃든 물건이면 가능해. 보기와 다르게 오래된 양반일 수도 있고."

책상의 말이 끝나자 좌중이 고요해졌다. 어느 쪽인지, 모두 꽃병의 대답을 기다리는 모양이었다. 꽃병이 다소 의기소침한 목소리로 말했다.

"저는 울산 공장 출신입니다. 남대문 그릇 상가에 잠시 있다가 최근 여기 장터로 팔려 온 거예요."

다들 그래서? 라는 분위기로 꽃병의 다음 말을 기다렸다. 꽃병이 주춤주춤 말을 이었다.

"사연이 있긴 한데……. 그걸 꼭 지금 말씀드려야 하나요?"

책상이 말했다.

"그래요, 그런 건 언제든 편할 때 얘기하면 돼요. 그럼 뭘 보고 민웅이 여행을 좋아한다고 생각했는지 그 얘기나 계속해 봐요."

꽃병의 목소리가 한껏 밝아졌다.

"아까 저를 닦으면서 하는 소릴 들었어요. 저를 보고 18세기 레이븐스크로프트가의 크리스털 글라스를 닮았다고 했습니다."

티 테이블이 콧방귀를 뀌었다.

"아무렇게나 막 말해도 우리가 모를 거 같으니까 지금 막 지어낸 거 아니야?"

연필깎이가 타박했다.

"네가 모른다고 남도 모르겠니? 말 좀 끊지 마."

꽃병이 주눅 들어 말을 잇지 못하자 턴테이블이 거들었다.

"신경 쓰지 말고 계속해요. 저런 말 하나하나 다 신경 쓰면 못 살아."

꽃병이 살짝 눈치를 살피다가 말을 이었다.

"사물이 가진 역사에 관심이 많은 사람은 대체로 여행을 좋아한다고 생각합니다. 민웅 씨가 오늘 시장엘 다니는 내내 지켜보니까 사물에 관한 식견이 높은 분이라는 걸 알겠던데요."

턴테이블이 호응했다.

"오늘 들어온 친구치곤 제법이네."

앰프의 이퀄라이저가 초록색 층을 쌓으며 점멸하다가 떨어졌다.

"민웅인 좀 여행을 많이 다녀야 인간 혐오가 줄긴 할 거야. 인간 중심의 설계를 한답시고 시선이 인간한테만 몰려 있으니까 물려서 질린 거야. 세상에 좋고 아름다운 것들이 얼마나 많은데, 나라도 인간 같은 것들 사이에서 맨날 부대끼고 살면 혐오하지 않고 못 배기지. 민웅인 세상을 바라보는 초점을 좀 돌릴 필요가 있어. 그러면 인간에게 내줄 공간도 조금 더 넉넉해지겠지."

민웅은 꿈에서조차 억울함을 느꼈다. 이젠 오디오 앰프까지 나한테 뭐라고 하네.

그때 티 테이블의 행동을 유심히 바라보던 스피커가 물었다.

"야, 너 개한테 일부러 그러냐?"

티 테이블이 들썩거리는 바람에 꽃병이 끄트머리로 밀렸다. 티 테이블이 말했다.

"아닌데. 나 등 긁는 건데. 뭐야? 언제 봤다고 벌써 편을 들어?"

"편을 드는 게 아니라 그러다가 떨어뜨린다고."

"너나 신경 쓰셔."

티 테이블이 역정을 내듯 한 번 더 들썩거렸고, 스피커의 우려대로 꽃병이 떨어졌다.

"악."

티 테이블 아래 둥근 러그가 말했다.

"어이쿠. 내 이럴 줄 알았다."

러그 덕에 병이 깨지지는 않았으나 티 테이블을 향한 비난의 목소리가 방 안을 가득 메웠다. 얌전하게 벽 한 면에 잘 진열된 LP판까지 소리를 질렀다.

"어쩔 거야, 이 심통 맞은 똥개야!"

"어쩌긴 뭘 어째. 멀쩡하면 된 거지. 그러게 누가 내 위에 있으래?"

"아유 저거, 성질머리. 너 그러다가 된통 당한다."

"기분 나쁘다고! 오늘 들어온 애가 내 위에 있는 것도 짜증 나는데 잘난 척까지 하니까!"

그때 통창 밖으로 검은 그림자가 쓱, 드리웠고 창틀이 다급하게 속삭였다.

"헉. 떴다. 모두 조용히 하세요."

그 말과 동시에 사위가 순식간에 고요해졌다. 이제까지 컬러였던 풍경이 순간 흑백으로 정지된 느낌이었다. 통창 밖에서 모습을 드러낸 것은 낮에 보았던 턱시도 고양이였다. 고양이가 창밖에서 물끄러미 방 안을 바라보다가 사라졌고, 민웅의 꿈도 그즈음에서 막을 내렸다.

이곳은 자명종이 필요 없다. 새벽이 되면 자명종 백 개가 부화한 것처럼 새들이 떠들어댔다. 마구잡이로 아무렇게나 지저귀는 게 아니라 명확하게 패턴이 느껴지는 것으로 보아, 저것은 분명 대화다. 그런 생각을 하며 민웅은 잠에서 깼다.

꿈에서 들은 대화들이 너무 생생해서 선잠을 잔 건가 싶었으나 몸은 개운했다. 그런데 그중 몇 가지 대화들이 마음에 남았다.

나? 여행 좋아하지. 돈이 있으면 시간이 없고 시간이 있으면 돈이 없어서 못 다닐 뿐이지. 이불 속에 누워 간밤의 대화들을 복기하다가 내가 인간을 혐오했던가? 하는 지점에 이르러 잠시 생각에 잠겼다. 그러고는 곧 어쩌면 그런지도, 라는 결론에 다다랐다. 자신의 잦은 이직도 알고 보면 모두 인간에 대한 실망 때문이었으니까.

자리에서 몸을 일으켜 새벽빛 속에 희끄무레 선을 그리는 사물들을 바라보았다. 새삼 신기했다. 쟤들이 밤새 떠들어댄 개들이란 말이지? 그때 번뜩, 티 테이블에서 떨어진 꽃병이 생각났다. 꽃은 아직 없으나 병이 예뻐 미리 사둔 것이었다.

민웅은 설마, 하는 생각에 침대에서 일어나 방 안의 불을 켰고 티 테이블이 놓인 곳으로 시선을 돌렸다. 러그 위에 꽃병이 떨어져 있었다. 민웅은 순간 몸을 움찔하고 침대 위에 털썩 앉았다.

뭐지 이게?

눈을 동그랗게 뜨고 러그 위에 떨어진 꽃병을 노려보았다. 뭐지? 뭐지? 민웅은 살짝 얼이 빠졌다가 돌아온 것을 느꼈다.

"여보세요?"

저도 모르게 꽃병에 말을 건넸다가 여전히 미동도 없이 엎어져 있는 걸 보곤 머쓱해했다. 우연이겠지? 민웅이 다시 말했다.

"여러분?"

그러나 대답하는 사물은 없었다. 당연하지. 여기서 뭔가 대답했다면 민웅은 방을 뛰쳐나갔을지도 몰랐다.

하지만 이상하다고.

민웅은 자리에서 일어나 갓등을 켜고 오디오에 전원을 넣었다. 빨강 파랑 초록빛이 예쁘게 점멸했다. 민웅은 가늘게 눈을 뜬 채 의심 많은 동네 할배처럼 액자와 책꽂이와 책상과 LP판까지 면밀하게 살폈다. 50여 장의 LP판 가운데 한 장이 살짝 삐져나와 있었다.

선을 중요시하는 민웅이 저거 하나만 제대로 꽂지 않았을 리 없다. 확실히 이상해. 민웅은 삐져나온 LP판을 뽑아 들었다. 〈피아노맨〉이 실린 빌리 조엘의 컬렉션 앨범이었다. 이 또한 아버지가 유품으로 남긴 음반이었다.

민웅은 판을 뽑은 김에 조심스럽게 턴테이블에 올렸다. 청명한 건반 소리와 하모니카 소리가 새벽 공기를 갈랐다. 곧이어, 빌리 조엘의 목소리가 갈린 틈 사이를 채웠다.

'It's nine o'clock on a Saturday The regular crowd shuffles in…….'

그래. 이게 현실이지. 민웅은 재미있는 꿈을 꾸었다고, 이런 꿈은 언제라도 환영이라고 생각했지만, 그날 이후로 목소리는 들리지 않았다.

그것이 계기가 되었다고 할 순 없지만, 물건들을 대하는 태도가 살짝 달라진 것은 사실이었다. 주말 장터나 벼룩시장이 열릴 때마다 마음에 드는 소품들을 하나씩 사들였고, 소품은 안방과 거실과 별채의 공간을 조금씩 메웠다.

소품을 배치할 때마다 문득 사물들의 대화가 떠올라 혼자 웃곤 했다. 이것들이 다들 떠들어대면 도떼기시장이 따로 없겠다는 생각이 들었다.

통창 너머 언덕으로 진달래와 개나리가 색을 섞기 시작했고, 금붕어도 연못 안에서 잘 돌아다녔다. 가끔 턱시도 고양이도 나타났지만, 여전히 민웅을 경계하는지 다가오지는 않았다.

하루는 시장에서 사 온 캔을 따서 들이밀었는데 지금 그딴 걸 나한테 먹으라는 거냐? 라는 눈빛으로 한동안 민웅을 노려보다가 사라졌다. 처음 본 날도 느꼈지만, 상당히 건방진 고양이였다. 그놈의 꼬리로 바닥을 탁탁, 때리며 심기 불편한 표정으로 민웅을 바라볼 땐 민웅도 바닥을 쿵쿵, 구르며 심기가 편하지 않음을 표현하고 싶었지만, 고양이를 따라 할 순 없지.

그러던 어느 날 잠자리에서 다시 그 목소리들이 들렸다.

"그러니까 선생께서 영국에서 오셨다고?"

LP판 중 하나가 며칠 전에 산 디피용 접시를 보고 물었다. 창틀 위에 동그랗게 선 접시가 말했다.

"그렇다네. 나는 레알 본차이나라네."

연필깎이가 물었다.

“본차이나면 중국산이라는 말이야?”

“이보게 연필깎이. 그러니까 자네가 연필이나 깎고 사는 걸세. 평생 노동으로 자신의 존재를 증명해야 하는 프롤레타리아 계급이다 보니 그 정도 식견인 걸 이해는 하네만, 어디 가서 함부로 그런 소릴 했다간 무식하다는 소릴 면치 못할 걸세. 나는 엄연한 런던 태생이야.”

연필깎이가 발끈했다.

“이봐요, 영감. 내가 연필 안 깎은 지가 30년이 넘었어. 그리고 연필 깎는 게 뭐가 어때서? 뭐야, 이 영감? 재수 없네?”

“그럼 본분을 다했으면 원래대로 돌아가지, 왜 쓸데없이 공간이나 차지하고 앉았나?”

“아니, 공간을 누가 더 차지하고 있는데 뭐라는 거야, 지금. 내가 우리나라에서 공식적으로 생산된 하이샤파 13호요. 민웅이 아빠가 고이 쓰다가 민웅이한테 물려준 상징적인 존재라고, 내가.”

“13호라니. 숫자도 불길하군.”

연필깎이가 울컥하더니 커튼을 향해 소리쳤다.

“야, 커튼! 그 영감 밀어!”

그러나 커튼은 조용히 몸을 늘어뜨리고 있을 뿐이었다. 만년필이 말했다.

“재가 영혼이 있을 리가 없지. 이번에 여기 와서 단 건데.”

LP판 중 하나도 접시가 딱히 마음에 들지 않았던지 살짝 비아냥거리는 말투로 물었다.

"그렇게 잘나신 분께서 어쩐 일로 여기까지 굴러들어 오셨을까요?"

"굴러들어 오다니. 예술의 명예는 행위자의 인품과도 관련이 있네. 자네가 아무리 명반으로 분류된다고 한들 그런 말투를 사용해서는……. 그래. 내가 이런 얘길 하는 게 무슨 의미가 있겠나. 스스로 깨우치지 못한다면 한낱 잔소리에 불과한 것을."

"와."

LP판 사이에서 여러 가지 의미로 감탄하는 소리가 들렸으나, 접시는 아랑곳하지 않고 자신의 목소리를 이었다.

"나 역시 오랜 세월 무례한 에티튜드를 수도 없이 겪어온바, 이 정도도 이해하지 못할 만큼 꽉 막힌 존재는 아닐세. 무릇 소통이란 낮은 곳으로 귀를 기울이는 것부터 시작되는 법이니. 나는 말일세, 약 150년 전에 런던에서 장인의 손에 의해 제작되었고, 이후 콘월 대공 가문의 글레나 부인께서 나를 자신의 저택으로 들였다네. 꽤 오랜 세월 그 집에서 머물다가 부인의 손녀인 미셸이 혼인하면서 나를 인도로 데려갔지. 안타깝게도 그곳에서 대공의 가문과 인연이 다한 나는 이후 스페인을 거쳐 미국으로 들어갔다가, 한국전쟁 때 장군의 부인을 따라 이곳으로 오게 되었다네."

"파란만장하시군요."

"이루 다 말로 할 수 없지."

"하지만 그런 분께서 '레알' 본차이나라고 하시니 레알 안 믿기네요."

"오랜 세월을 살다 보면 지역 특색을 띤 유행어 하나 정도는 습득하기 마련이라네. 자네들이 왜 때문에 나한테 그렇게 빠친 건지는 모르겠으나, 불행히도 내 역사를 증명해줄 친구가 선룸에 있네."

"선룸의 찻잔 말이에요?"

"오, 자네는 좀 안목이 있는 모양일세?"

"아니요, 거기도 꼭 영감님처럼 말하는 찻잔이 있다고 들어서요."

"역시 그렇군. 고된 생을 살았다고 해도 태생적 고결함을 감추기란 쉽지 않은 법이지. 그 찻잔이 첼시의 마들렌 부인께서 소장하던 애장품일세. 나랑은 보스턴에서 우연히 만났네만, 이후 줄곧 같은 신세를 겪고 있으니 내 말이 안 믿긴다면 그 찻잔이 증명해줄 걸세."

"그분도 뭘 딱히 증명해주고 그럴 정신이 아니신 것 같던데."

그때 각도기가 우호적이지 않은 목소리로 물었다.

"영감님이 아무리 고결하다고 한들, 떨어지면 깨지는 건 마찬가지 아닙니까?"

접시 영감은 어쩐 일인지 전반적으로 환영받지 못하는 분위기였다.

"나는 잘 깨지지 않네. 150년의 역사가 그걸 증명하지. 못 믿겠다면 나보다 자네가 먼저 금이 간다에 내 문양을 하나 걸지."

제도판이 판결했다.

"이길 수 없어. 그만해."

물건들의 설전이 한바탕 벌어지는 동안 가장 황당한 사람은 민웅이었다. 자신의 물건들이 새로 들인 영국 접시 영감한테 일방적으로 밀려서가 아니었다. 하이샤파가 커튼을 향해 소리치는 순간, 어둠 속에서 민웅이 눈을 떴기 때문이다.

꿈이 아니었다.

다소 격앙된 분위기여서인지 물건들은 민웅이 잠에서 깼다는 사실을 인지하지 못했고, 민웅도 그 사실을 숨겼다. 자신이 깼다는 사실을 알면, 고양이가 나타났을 때처럼 모든 대화가 중지되리라는 것을 알았기 때문이다.

민웅은 눈을 감고 그들이 하는 모든 대화를 들었다. 처음엔 맨정신에 들리는 대화들이 너무 황당해 이걸 어떻게 해야 하나 싶었지만, 물건들의 대화가 너무 흥미진진했다. 저도 모르게 몰입한 사이 새벽 동이 텄고, 빛이 들자 그들의 대화도 멈췄다.

굉장히 신비스러운 경험이었다. 사물이 말을 하는 상황은 더 말할 것도 없고, 그 와중에도 신기했던 건 눈을 감고 들어도 무엇이 얘기하는지 다 구분된다는 사실이었다. 그리고 분명 의식이 있는 상태에서 새벽을 맞았는데, 마치 숙면이라도 취한 것처럼 피로감이 없다는 것도 너무너무 신기했다.

자리에서 일어난 민웅은 모른 척 오전 루틴대로 시간을 보낸 뒤, 아침을 먹고 영국 접시 영감을 가만히 바라보았다. 저게 150년이나 된 접시였다고? 민웅은 저 접시를 어디서 샀는지 정확하게 기억했다.

인근 오일장에서 할머니한테 산 물건이었는데, 그 할머니에게서 구입한 물건만 예닐곱 개가 넘었다. 다른 분들과 다르게 접시나 찻잔, 앤틱만 파는 할머니였고 파는 물건들이 너무 예뻐 이것저것 사다가는 다 사게 될 것 같아 자제한다고 한 게 그 정도였다.

그러고도 아쉬워 또 언제 나오시는지 여쭤보았는데, 죽지 않으면 내달이나 나올까 모르겠다는 답변을 들었다.

민웅이 영국 접시 영감을 가만히 바라본 이유는 지난밤에 들은 대화 중, 인상적인 내용이 있었기 때문이다.

민웅이 할머니한테 구매한 물건 중에 이젤이 하나 있었다. 그 이젤은 따로 판매하는 것은 아니었고 그림 몇 점을 진열할 용도로 내놓은 것이었는데, 프레임의 표면에 굉장히 섬세하고 아름다운 문양이 양각되어 있었다.

민웅은 이상하게도 그 문양에서 눈을 뗄 수 없었다. 결국, 할머니에게 판매를 졸랐고 잠시 고민하던 할머니는 언제 처분해도 하긴 해야지, 라며 뭔가 사연이 담긴 듯한 독백을 내뱉고는 민웅에게 넘겨주었다.

그런데 뜻밖에도 영국 접시 영감이 그 이젤에 관한 이야기를 언급한 것이었다.

"가슴속에 한이 깊은 녀석인데, 누구라도 그 녀석의 한을 좀 풀어줬으면 좋겠어."

평생 공감이란 모르고 살았을 듯한 접시 영감이 그렇게 말할 정도였으니, 민웅도 호기심이 일 수밖에 없었다. 게다가 민웅의 눈에도 특별했던 이젤이었고.

이젤의 사연은 접시 영감이 할머니 댁에 함께 있을 때 듣게 되었고, 이 집에 와선 아직 입도 벙긋하지 않았다고 들어서 좀 걱정된다고 영감은 말했다.

다른 물건들이 무슨 사정이길래 그러냐고 물었을 때, 영감은 남의 사연을 함부로 말할 순 없다면서 또 선을 긋는 바람에 물건들의 원성을 샀다. 연필깎이가 대표로 투덜거렸다.

"그럼 애초에 얘기나 꺼내질 말든지. 노망난 영감탱이 같으니라고."

민웅이 느끼기에 영국 접시 영감은 좋은 영혼이었다. 시대를 역행하는 말투와 종종 드러나는 선민의식이 다른 물건들의 심기를 거스르기는 했지만, 따뜻한 마음을 가진 접시였고 특히 남의 사연을 함부로 입에 담지 않겠다고 말한 부분에서 민웅은 일종의 믿음 같은 게 생겼다.

덕분에 꼼짝없이 선룸에서 잠을 자게 되었지만.

선룸에서 자야만 이젤의 사연을 들을 기회도 생길 테니까.

하지만 괜찮았다. 선룸에서도 물건들의 대화를 들을 수 있다는 걸 안 이상, 그것은 그 자체로 굉장한 흥밋거리였다.

민웅이 선룸에 침낭을 깔고 자기 시작한 이삼일 간은 아무 소리도 듣지 못했다. 아마도 자신의 낯선 행동을 경계하는 모양이라고 민웅은 생각했다.

꽤 까다로운 양반들이네.

해서 안방과 선룸을 오가며 자는 일을 반복했고, 그러던 어느 날 마침내 선룸에서도 물건들의 목소리를 들을 수 있었다.

세월이 오래 흘렀거나, 각별한 사연을 가진 물건만이 영혼을 얻을 수 있다던 책상의 말은 선룸의 물건에도 해당하는 사항이었다. 민웅이 선룸에서 지내는 한 주간—접시, 찻잔, 식기, 앤틱 식탁, 진열장, 동 촛대까지 대개 골동품에 살짝 걸친 물건들이 수다를 떨어댔는데, 그러는 동안 이젤은 단 한마디도 하지 않았다.

영국 접시 영감으로부터 이젤의 얘길 듣지 못했다면 영혼이 깃들지 않은 물건이라고 생각될 정도였다. 그러다가 선룸에서 지낸 지 2주가 지나던 날, 마침내 이젤의 이야기를 듣게 되었다.

인간과 다르게 물건들은, 서로 싸우기는 할지언정 왕따는 없었다. 다만 이젤이 너무 혼자 있고 싶어 하니 그가 원하는 대로 배려해주다가, 이제 슬슬 자기들끼리의 얘깃거리가 떨어지니 대화 중에도 종종 이젤을 쳐다보는 횟수가 많아졌다. 그런 시선을 모를 리 없는 이젤이 마침내 입을 연 거였다. 어쨌든 그도 이젠 이 집의 구성원이었으니까.

“저는 13년 전, 이효정 양의 열 번째 생일날 그 아이의 생일 선물로 제작된 이젤입니다.”

강희수는 이효정의 개인 미술 선생님이었다. 처음에는 일주일에 세 번 평창동 효정의 집으로 방문해서 미술을 지도하던 희수는 효정의 요청에 따라 일주일에 다섯 번으로 방문을 늘렸다. 효정이 특별히 미술을 좋아하기도 했지만, 희수가 그 집에서 유일한 효정의 말벗이었기 때문이다.

강남에서 대형 성형외과를 운영하는 효정의 아버지는 일주일에 두어 번 집에 들어올까 말까 했으므로 얼굴 자체를 보기 어려웠고, 어머니는 늘 안방에서 잠을 자거나, 깨어 있어도 창밖만 바라보거나, 해가 지면 술에 취해 있었다.

희수도 한때는 꽤 잘살았던 집안의 딸이어서, 모든 부잣집이 이 같은 분위기가 아니라는 사실을 알았다. 어느 날 집안에 불운이 깃들었고, 희수도 자신의 꿈을 포기하고 생계를 위해 미술을 가르쳐야 하는 상황으로 떠밀렸을 뿐이었다. 그즈음에 효정을 만났다.

불행을 극복하긴 했으나 아직 말끔하게 이겨낸 것은 아니었으므로 착하고 예쁘고 자신을 잘 따르는 효정이, 희수에게도 큰 힘이자 위로이자 좋은 말벗이었다. 서로의 관심사와 공허감의 공감대가 컸던 터라 두 사람은 아주 빠르게 친해졌다. 이젤은 그런 효정을 위해 희수가 직접 조각해 만든 생일 선물이었다.

효정에게 희수는 어떤 존재인가. 세상에서 가장 자신의 마음을 잘 이해해주는 친구이자, 자매이자, 부모 같은 사람. 어느 순간부터는 부모보다 더, 효정이 믿고 따르고 의지하는 유일한 존재. 이제 효정에게 없어서는 안 될 사람.

그렇게 8년이란 세월이 흘렀다. 예고 2학년이 된 효정은 희수에게 지도받은 지 8년 만에 대한민국 학생 미술대전에서 전체 대상을 수상하는 쾌거를 이루었다. 우울한 가정의 양 축을 담당하는 엄마 아빠이긴 했어도, 효정을 사랑하지 않은 것은 아니었으므로 누구보다 기뻐했다.

미술대전 수상작들의 전시회가 열리던 날, 효정의 아버지는 병원에서 바로 출발하기로 했고 어머니도 평창동에서 따로 출발하기로 했다. 효정은 대상 수상자로서 사전에 가서 준비해야 할 일이 있었으므로 희수의 차를 타고 이동했는데,

그날 사고가 일어났다.

연희동 삼거리에 정차한 희수의 차로 음주 운전자의 트럭이 돌진해 왔고, 정통으로 들이받힌 희수의 차는 도로 위를 두 번 굴렀다. 그 사고로 효정은 하반신불수가 되었다.

효정은 삶의 의지를 잃었다. 하반신을 사용할 수 없기 때문이 아니었다. 그 일로 희수가 자신을 떠나버렸기 때문이다. 효정의 아버지가 말했다.

"죄책감 때문이다."

효정은 이해할 수 없었다. 불의의 사고가 왜 희수 언니의 책임이란 말인가. 그러나 아빠의 말은 달랐다.

"내가 사고 현장 CCTV를 확인했다. 음주 운전 차량이 돌진한 것은 사실이지만, 강희수 선생이 조금만 정신 차리고 대처했다면 피할 수 있는 상황이었다. 강희수 선생도 그 사실을 인지했고."

아마도 그 때문에 효정을 볼 면목이 없었을 거라고 아빠는 말했다. 효정은 믿을 수 없었다. 그런 일로 자신을 보지 않는다는 건 있을 수 없는 일이었다. 효정이 희수를 찾아가겠다고 말했지만, 강희수 선생은 잠적해버렸다고 아빠는 말했다.

말도 안 돼. 효정은 아빠의 말을 믿을 수 없었다. 인터넷으로 사람을 고용해 사실 여부를 확인해보았다. 아빠의 말은 사실이었다. 효정은 충격에서 벗어나지 못했다. 아빠가 말했다.

"사람을 시켜 찾고 있으니 찾을 수 있을 거다. 조금 기다려

보렴."

그러나 1년이 지나고, 2년이 지나도 희수는 나타나지 않았다. 처음에 효정은 어떻게든 희수를 만나 언니 때문에 벌어진 일이 아니라는 사실을 알려야 한다고 생각했다. 그런 말도 안 되는 죄책감으로 언니가 살아간다는 건 있을 수 없는 일이었다.

희수를 찾는 것만이 오로지 인생의 목표인 것처럼 효정은 살았다. 그러나 흔적조차 찾을 수 없자, 효정은 서서히 분노를 느끼기 시작했다. 자신과 함께한 시간이 무려 8년이었다. 그 오랜 세월을 이토록 한순간에 끊어버릴 수 있다는 사실에 효정은 이루 말할 수 없는 배신감을 느꼈다.

"어떻게 나를 두고 도망가버릴 수가 있어? 어떻게!"

효정은 나날이 깊은 수렁 속으로 빠져들었다. 정신과 치료를 받고 돌아와 휠체어에 앉아 멍하니 창밖을 바라보는 일상으로 모든 계절을 보내는 해도 있었다. 언제 다시 열릴지 알 수 없는 상점처럼 효정은 굳게 문을 닫은 채, 누구도 자신의 공간으로 들여놓지 않았다.

그러나 효정의 삶이 멈추어도 세월은 흘렀고, 더 많은 세월이 흐르고서야 효정은 조금씩 희수를 이해하기 시작했다.

그래, 나라도 그랬겠다. 늘 함께 있던 사람이 하반신불수가 되었는데 자기만 혼자 멀쩡하려니 도저히 볼 수 없었겠지. 그래, 그랬겠네. 이렇게 매일 앉아만 있는 꼴이 나조차도 끔찍

한데 언니는 어땠겠어.

그래, 언니. 언니라도 다치지 않아 다행이야. 그렇게라도 나를 떠나서 언니가 잘 살 수 있다면 그게 맞는 것 같아. 그동안 언니를 미워해서 미안해. 나만 생각했어. 나만 힘들다고 생각해서 언니가 어떤 마음이었을지 전혀 생각해보지 않았던 거 같아. 미안해, 언니. 정말 미안해.

효정은 창밖을 바라보며 꾹꾹 새어 나오는 울음을 애써 참았다. 이젠 정말 언니를 보내줘야 할 것 같은데, 혹여 언니가 꿈에서라도 자신의 울음소릴 듣는다면 편히 지낼 수 없을 것 같아 두 손으로 입을 막았다.

효정은 희수와의 추억이 담긴 물건들을 정리해 밖으로 내놓았다. 그중엔 이젤도 있었다.

이젤이 말했다.

"저는 사고 차량 뒷좌석 상단 보드에 잘 고정되었던 덕에 부서지지 않았고, 덕분에 모든 걸 다 보았습니다. 그래서 알죠. 이효정 양이 들은 얘기는 사실이 아니라는 걸. 아버지의 말은 거짓이에요. 효정 양의 어머니나 강희수 씨조차 진실을 알지 못합니다. 진실을 아는 건 오로지 저 하나뿐."

그 진실에 관해 들은 민웅은 가슴이 답답해지는 것을 느꼈다. 두 사람의 안타까운 사연 때문만이 아니었다. 이들의 깊은 오해의 골에서 격한 기시감을 느꼈기 때문이다.

민웅에게도 한때 두 사람처럼 가까웠던 친구가 있었다. 초등학교 1학년 때 짝꿍으로 처음 만나 고등학교 1학년이 될 때까지, 9년이란 시간을 단짝으로 지냈다.

그런데 그 9년의 세월이 무색하게 두 사람의 연은 단칼에 끊기고 말았다. 그땐 사소한 오해로 얄팍한 신의의 민낯이 드러났다고 생각했지만, 어쩌면 그 친구에겐 사소한 일이 아니었을지도 모른다는 생각이 훗날 들었다.

어느 쪽이든 두 사람이 다른 사람의 이간질로 멀어진 건 사실이었으므로 민웅은 효정과 희수의 오해가 남 일처럼 느껴지지 않았다.

민웅은 그 후로도 바로잡을 기회가 있었지만 (알량한 자존심과 오기 때문에) 그러지 못했는데, 이들은 심지어 그런 상황도 아니었다. 각자 고립되고 차단되어 진실을 알 기회조차 없었다. 민웅의 마음에 가장 크게 걸리는 점이 바로 그 부분이었다. 연이 끊긴 것은 차치하더라도, 이들에겐 진실을 알 권리가 있었다.

문제는 두 사람을 찾을 방법이 없다는 것이었다. 미술대전 수상자와 강남 성형외과를 접점으로 샅샅이 검색해보았지만, 실마리를 찾을 수 없었다. 사고 기사조차 단출한 몇 줄이 전부여서 단초가 되지 못했다.

어떻게 해야 할까. 어떻게 해야 두 사람을 찾을 수 있을까.

지금으로선 이젤을 판 할머니를 찾는 것이 유일한 방법이었다. 그러나 시장은 다음 달이나 열리므로 기다리는 수밖에 없었다.

기다리는 동안 민웅은 새로운 취미 생활을 시작했다. 집을 꾸미고 꾸민 공간 일부를 사진으로 찍어 SNS에 올렸다. 피드마다 호의적인 댓글이 하나둘씩 달렸다. 대체로 사진의 색감이나 구도가 마음에 든다는 내용이었다.

칭찬은 고래까지 춤추게 만들므로 민웅은 자신이 꾸민 집안 곳곳과 소품, 해가 저물어가는 오후의 풍경이나 비껴들어오는 햇살의 도형을 찍어 올렸다. 민웅에겐 이제 일상이지만 이전에는 일상이지 않았던 풍경들을 담아 피드를 채웠다.

조금씩 늘어나는 팔로워 수를 지켜보던 민웅은 문득, 기발한 아이디어를 떠올렸다. 전파 너머에 존재하는 저들 사이로 소문만 낼 수 있다면, 이젤의 주인을 찾을지도 모른다.

처음엔 이젤의 주인을 찾습니다, 와 같은 1차원적 발상으로 시작했지만, 늘 그렇듯 마법의 만년필로 생각을 정리하다 보면 결국 그럴싸한 계획이 완성되었다. 그럴싸한 계획이란 타이슨만 피하면 될 일*이었으므로 민웅은 곧바로 실행에 착

---

* 권투 선수 마이크 타이슨이 말했다. "누구나 그럴싸한 계획을 가지고 있다. 처맞기 전까지는"이라고.

수했다.

민웅이 가진 소품 하나하나를 찍어 피드에 올리고 그들의 사연을 소개하는 것이었다. 그 이야기들을 사람들이 좋아할지 알 수 없었으나, 민웅은 항상 재미있게 들어왔던 터라 시도해볼 만하다고 생각했다.

이 꽃병은 2002년 붉은 악마가 광화문 광장을 가득 메웠던 해에 울산 공장에서 만들어졌습니다. 꽃병의 말에 따르면 자신은 99번의 세공을 거쳐 완성된 작품이라고 하더군요. 유리공예 제작자가 공을 많이 들였다고 합니다.

그래서인지 제작자는 이 꽃병을 판매하지 않았다고 해요. '제니'라는 이름까지 붙여 자기 집 탁자 위에 올려놓았다고 합니다. 그때까지만 해도 제니의 삶은 여느 꽃병과 다르지 않았다네요.

제니가 처음으로 꽃병의 삶에 회의를 느낀 건 제작자의 고통을 목격하면서부터였답니다. 장인정신을 가진 제작자의 철학이 공장 매출엔 그다지 도움 되지 않았던 모양이에요. 자신이 민폐가 된다는 걸 깨달은 제작자는 결국 공장을 나와 작은 개인 공방을 차렸는데, 예술가의 인생이 대개 그렇듯 이 제작자의 삶도 녹록지 않았던 모양입니다.

건강이 좋지 않았다네요. 밥을 잘 먹지 못하고 먹은 밥도 게워낼 때가 많았나 봐요. 그러면서 종일 불가마와 씨름하니 병이 안 생길 수 없는 환경이었겠죠.

안타까웠지만 제니가 할 수 있는 일은 없었어요. 과거엔 그래도 몸에 꽃을 담고, 빛의 각도에 따라 반짝이며 제작자의 시선을 끌고, 그의 두 볼로 피어오르는 생기를 보며 안도했는데, 어느 때부터인가 더는 꽃도 꽂히지 않았고 집도 어둡기만 해서 제니도 늘 어둠 속에서만 있었다고 합니다.

그러던 어느 날 건장한 사내 둘이 찾아와 제작자와 심한 다툼을 벌였다고 해요. 그들은 제작자가 공방을 차리면서 진 빚의 채권 관련자들이었던 모양입니다.

제니가 없는 자리에서도 여러 번 다툼이 있었던지 그날 유독 심했고, 사내 하나가 제니를 들어 제작자의 머리를 내려쳤다고 합니다.

제니가 그러더군요. 자기 인생에서 처음으로 자기가 만들어진 걸 후회한 날이라고.

차라리 그날 깨져버리기라도 했다면 나았을 텐데 튼튼하긴 왜 그리 튼튼하게 만들어졌는지 자기는 깨지지 않고 제작자의 머리만 깨져 피를 흘렸다고 합니다.

곧장 병원에 가서 치료라도 받았다면 좋았을 텐데. 제작자는 병원에 갈 처지조차 되지 못해 홀로 시름시름 앓다가 결국 생을 마쳤다고 해요. 제니는 지금도 그때를 회고하며 동료들에게 묻곤 합니다.

내가 그를 죽인 걸까요? 내가 살인의 도구로 쓰인 걸까요?

제작자는 숨을 내려놓고서도 무려 2주 동안이나 그대로 방치

되었다고 해요. 그의 사인은 영양실조에 고독사로 판명되었습니다. 아이러니하게 제작자의 시신을 수습한 이들도 그 채권자 일행이었다고 하네요.

그들이 제작자의 시신을 수습하면서 제작자가 만든 모든 공예품을 쓸어갔고, 제니는 어두운 상자에 담겨 이리저리 떠돌다가 결국 남대문 시장으로 팔려나갔다고 합니다.

그러다가 제가 사는 동네 장터로 다시 팔려 왔고 그렇게 제가 제니를 발견할 수 있었습니다.

저는 이 꽃병을 처음 보았을 때 한눈에 장인의 솜씨라는 걸 알 수 있었어요. 마치 영국 레이븐즈크로프트가의 크리스털 공예품을 보는 것 같았거든요. 그렇지 않나요? 조명이 달라지면 꽃병의 빛도 달라진답니다.

여하튼 그래서 사지 않을 수 없었는데 사고 나서야 이런 기구한 사연을 가졌는지 알았네요. 제가 제니와 직접 대화를 나눌 수는 없지만, 들을 수는 있을 것으로 생각해 이렇게 마음을 전하곤 합니다.

"제니야. 그의 죽음은 너와 상관없어. 그건 네 잘못이 아니야."

민웅의 시도가 통했다. 다소 믿기 어려운 이야기부터 잡다한 이야기까지 사람들은 모두 흥미로워했다. 소품과 글이 따로 존재했다면 이렇게까지 재미있어하지 않았을 텐데, 사람들은 이 세트 메뉴에 열광했다.

— 장식과 사진에 소질이 뛰어나신 줄은 알았는데, 창작에도 발군의 재능이 있으시네요.

— 구라 맛집이라는 소문 듣고 놀러 왔습니다. 사물에 이름을 붙이고 대화를 나누시다니 대단하십니다. 책으로 엮어 내셔도 될 것 같아요.

그러던 어느 날 민웅은 DM을 하나 받았다.

— 안녕하세요, 선생님. 『오늘의 공간』 편집자 강선영입니다. 선생님의 공간을 저희 잡지에 소개하고 싶습니다. 괜찮으시다면 연락 부탁드리겠습니다.

그곳에 이젤의 사연을 실었다.

내용은 상당 부분 각색했지만, 혹여라도 효정이 이 글을 봤을 때 자신의 이야기라는 것을 알 수 있는 정도는 남겨놓았다. 사실 이젤의 문양만으로도 효정은 알 테지만, 조금 더 그럴싸한 이야기로 입소문을 만드는 게 목적이었다.

잡지가 발간되고 며칠 사이 팔로워 수가 봄날의 올챙이처럼 늘어나던 어느 날, 민웅이 그토록 기다리던 사람으로부터 DM이 들어왔다. 이효정의 메시지였다.

효정은 이젤이 있는 곳으로 오고 싶어 했으나 민웅은 효정의 몸이 불편하다는 것을 알았다. 아직 강희수를 찾은 것도 아니었으므로 민웅은 간만에 볼일도 볼 겸 자신이 서울로 올라가겠노라고 말했다.

무엇보다 아버지와의 관계가 어떤지부터 파악해야 한다고 민웅은 생각했다. 이 일은 한 사람과의 관계를 회복하는 것과 동시에 다른 사람과의 관계를 망칠 수도 있었다. 신중하게 처신해야 했다.

처음엔 아버지가 두 사람을 속였다는 사실을 알리지 않고 어떻게든 오해를 풀어보려고 했지만, 아무리 생각해봐도 그것은 불가능했다. 두 사람이 재회한다면, 어떤 식으로든 알 수밖에 없었다.

뭐라고 말해야 할까. 아버지의 입장을 최대한 변호하고, 아버지를 원망하지 말아야 한다고 설득해야 하나?

서울로 출발한 뒤 여러 가지 생각들을 좌우로 움직이며 테트리스를 하다 보니 어느새 평창동에 도착했다. 동네 담벼락이 예사롭지 않았다. 핵전쟁에 대비한 방공호 마을 같았다. 효정의 집은 그 방공호 마을 한편에 있었다.

전화로 도착을 알리니 차고 문이 열렸다. 범블비가 나온다고 해도 놀랍지 않을 것 같았다. 차를 세우고 계단을 오르자 너른 정원이 나왔는데, 드라마에서 보던 부잣집 정원이 딱 거기 있었다. 잘 정리된 잔디 둘레로 노송들이 아크로바틱 무용수처럼 늘어섰고, 그 한편에 효정이 앉아 있었다.

전동 휠체어에 앉은 효정이 고개를 숙여 묵례했다. 얼굴의 선이 고왔다. 옆에 선 분이 엄마인가 했는데 도우미분이신가 보았다. 민웅에게 다과를 내주고는 종적을 감추었다.

야외 테이블에 앉아 밖을 바라보니 신세계가 펼쳐졌다. 왜 부잣집 아주머니들이 전화만 받으면 평창동입니다, 라고 말하는지 알 것 같았다. 유럽 어느 유서 깊은 마을의 풍경 같았다. 이런 풍경을 보면서도 사람을 잃으면 불행에 잠기는구나, 민웅은 생각하며 효정과 첫인사를 나누었다. 약간의 한담을 더 한 뒤, 민웅은 전해야 할 얘기를 조심스럽게 시작했다.

"트럭은 효정 씨와 희수 씨가 탄 차의 정면으로 달려들었습니다. 그러나 차는 측면을 들이받혔고, 그 바람에 두 바퀴를 굴러 모퉁이 약국 벽에 부딪히고서야 멈췄죠. 차가 측면으로 받혔다는 얘길, 들은 적이 있습니까?"

효정은 눈을 동그랗게 뜨고 고개를 가로저었다.

"두 분이 서 있던 횡단보도의 신호가 바뀌면서 희수 씨가 이제 막 차를 출발시키려고 할 때, 맞은편 도로에서 트럭이 돌진해 왔습니다. 음주 운전 차량이었고, 휘어져 오는 각도로 봤을 때 그대로 서 있었다면 효정 씨가 앉은 조수석 앞쪽을 강타했을 겁니다."

그 찰나에 희수도 그렇다는 걸 인지했다. 희수는 액셀을 있는 힘껏 밟았지만, 트럭을 피할 순 없다는 걸 깨달았다. 그래서 차가 출발하는 것과 동시에 핸들을 꺾었고, 방향은 우측이었다. 차는 드리프트라도 하는 것처럼 굉음을 울리며 돌았고, 트럭은 운전석 차 문을 정통으로 들이박았다.

효정이 역시나 두 눈을 동그랗게 뜨고 민웅을 바라보았다. 보고 싶다고만 했다면 사고 현장 CCTV를 효정도 볼 수 있었다. 그러나 보지 않았다. 볼 수 없었다는 말이 더 정확한 표현이겠지만.

"저 때문에…… 언니가 방향을 튼 건가요?"

민웅이 고개를 끄덕이고 말했다.

"트럭의 동선이 제멋대로여서 효정 씨를 보호하려면 그 방법밖에 없었을 겁니다. 그러고도 희수 씨는 몸을 틀어 효정 씨의 몸을 감쌌습니다. 안타까운 말씀이지만, 그러지 않았다면 효정 씨는 더 크게 다쳤을 수도 있었습니다."

효정의 시선이 민웅에게 맞닿아 있었으나, 순간 넋이 나간 것처럼 초점이 흐려졌다가 돌아왔다. 효정이 물었다.

"그, 그런데 언니는 어떻게 다치지 않을 수가 있었죠?"

"다쳤습니다."

커다란 효정의 눈망울이 정말로 두 배는 커진 것 같았다.

"언니는 안 다쳤다고…… 가벼운 타박상이 전부였다고 했는데?"

민웅은 숨을 한 번 몰아쉬고 최대한 사실만 전달하려는 기자처럼 덤덤한 목소리로 말했다.

"아니요, 희수 씨는 그 사고로 팔다리와 골반, 갈비뼈까지 모두 부러졌습니다. 그리고……."

민웅은 더 말을 이을 수 없었다. 테이블 위에 놓인 효정의 손이 걷잡을 수 없이 떨렸기 때문이다. 잠시 넋을 놓았던 효정도 뒤늦게 그 사실을 깨달았는지 다급하게 손을 내리고, 두 손을 마주 잡아 눌렀다. 민웅은 효정이 진정하기를 기다렸다가, 말을 이었다.

"부러진 곳들은 다행히 모두 잘 치료되어 정상 생활하는 데 지장이 없을 만큼 회복했습니다."

사실이었다. 민웅이 지어낸 말이 아니었다. 효정의 얼굴 위로 안도의 빛이 잠깐 돌았다가 금세 초조한 빛으로 바뀌었다.

"어, 언니는 지금 어디 있나요?"

"어디 계신지 아직 찾지 못했지만, 내일 이젤을 판매한 할머니를 만날 수 있을 것 같습니다. 그 할머니를 통해서 희수 씨의 행적을 추적해보려고요."

"네?"

효정은 민웅의 말을 언뜻 이해하지 못했다.

"그, 그럼 지금 하신 말씀들은 모두 어떻게……."

이젤한테 들었다고 말할 수는 없었다. 인터넷엔 흥미를 위해 사물의 말을 듣는다고 글을 올렸지만, 그게 정말이라고 말했다간 오히려 지금 한 말들까지 모두 거짓이라고 생각할 수 있었다.

"그건 좀 밝히기 어렵습니다만, 분명한 건 제가 말씀드린 내용이 거의 사실일 거라고 저는 생각합니다."

"거, 거의요?"

그랬다. 이젤의 말이 100퍼센트 옳다고 민웅도 장담할 수 없었으니까.

"그러고 보니 선생님께선 그 모든 장면을 마치 본 것처럼 말씀하셨는데, 그게 어떻게……."

그래. 그게 어떻게 가능한지 궁금하겠지.

"아주 가까운 거리에서 그 모든 걸 목격한 분에게 직접 들은 얘기입니다. 물론 저 또한 그분의 말이 진실이라는 전제하에 드리는 말씀이고요."

"하지만 아빠는, 아빠는 다르게 말했어요."

드디어 민웅이 피하고 싶은 대목이 등장했다.

효정의 아버지는 강희수를 원망했다. CCTV와 블랙박스까지 모두 확인했음에도, 아버지는 이상하게 강희수에게로 몰아치는 분노를 참을 길이 없었다. 효정이 그 시각 그 장소에 있었던 것이 바로 그 선생 때문이라는 생각을 떨칠 수가 없었다.

그런 내용으로 효정의 부모님이 다투는 걸 이젤이 들었다고 했다. 민웅도 처음엔 이해하기 어려운 아버지의 태도를 옹호할 생각이 없었다. 그런데 막상 말을 하려다 보니 문득 이젤이 잘못 듣거나 일부만 들은 건 아닐까? 하는 데 생각이 미쳤다. 민웅이 물었다.

"만약 효정 씨가 아버지의 입장이었다면, 크게 다친 희수 씨의 상황을 어떤 식으로 효정 씨께 알렸을까요?"

"네?"

"어쩌면 알리는 걸 망설이진 않았을까요?"

효정은 민웅의 질문을 이해하는 데 다소 시간이 걸렸다.

"부모님께 효정 씨는 둘도 없는 외동딸입니다. 그렇잖아도 육신의 상처가 깊은 딸에게, 마음의 상처까지 주고 싶지 않았을 수도 있지 않을까요?"

효정의 눈빛이 착 가라앉았다. 내면 깊은 곳으로 내려가 자신의 마음을 살펴보려는 것 같았다. 이해의 토대는 깔았으니 이제 진실을 말할 때.

"그래서 효정 씨의 아버지는 희수 씨께 거짓말을 전하는 것으로 결정을 내리셨던가 봅니다."

효정의 고개가 살짝 들리며 동공이 반짝 빛났다. 민웅은 그 빛을 잠시 주시하다가 말을 이었다.

"희수 씨에게, 효정 씨가 희수 씨를 보고 싶어 하지 않는다고 말했습니다."

효정의 눈이 휘둥그레졌다.

"물론 희수 씨는 그 말을 믿지 않았죠. 설혹 그렇더라도 효정 씨를 직접 만나서 얘길 듣고 싶다고 말했지만, 아버지는 받아들이지 않았습니다."

효정의 입술이 소리 없이 벌어지자 민웅이 바로 말을 이었다.

"그래도 희수 씨는 포기하지 않았어요. 자신의 어머니께 사정을 설명하고 대신 효정 씨를 만나달라고 부탁했습니다. 그런데 효정 씨를 만나고 온 희수 씨의 어머니도 아버지와 같은 말을 전했습니다. 그 말이 사실이라고. 효정인 널 보기 원치 않는다고."

효정이 항변하듯 낮게 소리쳤다.

"저는 희수 언니의 어머니를 만난 적이 없어요!"

민웅이 고개를 끄덕였다.

"효정 씨는, 당시 희수 씨의 집안 형편에 대해 들어보신 적이 있습니까?"

효정이 쏟아질 것 같은 눈으로 민웅을 쳐다보았다. 들어본 적 없는 눈치였다.

"희수 씨의 어머니로선 선택의 여지가 없었을 겁니다. 그때의 집안 사정으론 희수 씨의 병원비를 감당할 수 없었거든요. 그래서 효정 씨의 아버지가 그 비용을 대는 조건으로 어머니께 부탁했고, 어머니는 그 부탁을 거절할 수 없었습니다."

효정이 중얼거렸다.

"말도 안 돼."

민웅이 그 말에 동의라도 하듯 고개를 끄덕이다가 말을 이었다.

"어머니까지 그렇게 말씀하시니 희수 씨도 받아들이는 수밖에 없었을 겁니다. 그러곤 세월이 지나면서 점점, 그럴 수도 있겠다고 믿게 되었죠. 효정 씨가 자기 때문에 불구가 되었다고 생각할 수도 있겠다고."

"말도 안 돼. 전 단 한 번도……."

그러나 의미 없는 말이라는 걸 깨달은 듯 입술을 깨물었다. 말없이 테이블 위를 가만히 바라보는 효정을 잠시 두었다가, 잠든 공기를 흔들어 깨우듯 민웅이 조심스럽게 물었다.

"아버지를 원망하시나요?"

효정이 고개를 들어 민웅을 보았다. 이제 막 민웅을 처음 보기라도 한 것 같은 눈빛이었다.

"그 모든 게 효정 씨를 위한, 선의의 거짓말이라고 생각하지 않으셨을까요?"

"그건 저를 위한 게 아니에요."

목소리가 단호했다. 민웅도 고개를 끄덕였다. 거기까지가 자신이 할 수 있는 최선이었다. 본의 아니게 아버지의 마음을 변호하려다 보니 문득, 민웅에게도 드는 생각이 있었다. 오래전 나와 친구를 이간질했던 그 녀석은 도대체 그때, 무슨 마음으로 그랬던 걸까?

잠시 침묵을 지키던 효정이 물었다.

"내일, 이젤을 판매한 분께 간다고 하셨죠?"

"네. 장날이기는 한데, 약속한 건 아니라서 나오실지는 알 수 없어요. 하지만 안 나오신다면 다른 분들께 여쭤서라도 찾아가 볼 생각입니다."

"그럼 저도 같이 가게 해주세요. 부탁드립니다."

"아직 만날지 안 만날지도 모르는데……."

"그래도 꼭 가고 싶어요, 선생님. 정말 부탁드려요. 일부러 저 때문에 먼 길 오셨는데 이런 부탁까지 드려서 정말 죄송합니다."

"아니, 그렇다곤 해도……. 밖에 나가셔도 괜찮은 건가요?"

"네, 그럼요. 다만 선생님께서 저랑 다니는 게 답답하실 수는 있을 것 같아요. 죄송합니다."

"아니, 그건 괜찮은데……."

부모님의 허락을 받아야 하지 않느냐고 물으려다가 입을 다물었다. 어머니는 몰라도 아버지가 알게 되면 당연히 허락할 리 없을 테니까. 민웅이 말했다.

"저는 뭐, 괜찮습니다."

효정이 밝은 표정으로 고개를 꾸벅하더니 머뭇머뭇 말을 이었다.

"오늘 부모님도 안 계시고 집안일을 도와주시는 이모님들만 계시거든요. 손님방이 따로 준비되어 있는데, 그곳에서 하루 주무시면 불편하실까요?"

편하지야 않겠지만 길도 잘 모르는 동네에서 숙소를 잡는 것도 일이었다.

"어, 뭐, 저는 괜찮습니다. 그래 주시면 저야 감사하죠."

"천만에요, 선생님. 제가 정말 감사하죠. 초면에 자꾸 무리한 부탁만 드리게 되어 죄송해요."

이렇게까지 적극적일 거라곤 생각지 못했지만, 이곳에서

소식만 기다리는 것도 못 할 일일 것 같기는 했다.

이튿날, 개운한 기분으로 일어나 준비를 마치니 효정도 모든 준비가 끝난 상태였다. 곱게 웨이브 진 머리에 꽃무늬 원피스를 입고, 따스해 보이는 외투를 걸쳤다. 옅게 화장까지 해서 어제보다 훨씬 화사했고, 환한 미소가 정말 아름다웠다.

여기도 봄꽃이 피었네. 민웅은 혼자 생각하고 괜스레 머쓱해했다.

민웅의 차에 함께 타고 갈 줄 알았는데 효정이 이용하는 전용 밴이 있었고, 도와주시는 분도 계셨다. 그러고 보니 민웅은 휠체어에 관해 아는 바가 없었다. 사용법은 물론 이동 시에 무엇을 주의해야 하는지도 몰랐다. 아무리 많은 것을 배워도 세상엔 배울 것투성이라더니, 뜻하지 않은 부분에서 다시 한번 무지함을 느꼈다.

민웅은 집에 들르지 않고 바로 오일장으로 향했다. 오일장은 이제 막 개장한 참이었다. 비포장도로라 걱정했지만, 효정이 탄 전동 휠체어는 생각보다 튼튼했다. 뒤따르는 도우미분도 듬직했던 터라 세 사람은 큰 불편 없이 시장을 가로질렀다.

얼마 지나지 않아 지난번과 비슷한 앤틱들이 진열된 테이블을 찾았고, 그 한편에 할머니가 앉아 계셨다. 민웅을 기억하는지 할머니가 민웅을 보고 환하게 웃은 다음, 그 뒤에 있는 효정과 효정이 탄 휠체어를 유심히 보았다. 그러곤 서서히 표정에 변화가 일었다.

할머니의 환한 미소가 그늘에 가려지기라도 한 것처럼 사라졌고, 더불어 동공도 크게 확장되었다. 그 변화의 과정이 너무나도 사실적이어서, 민웅도 살짝 놀랐다. 할머니가 엉거주춤 자리에서 일어나더니 테이블 앞쪽으로 걸어 나왔고, 효정의 얼굴을 뚫어져라 쳐다보았다. 효정도 가만히 할머니와 눈을 맞췄다. 할머니가 물었다.

"혹시……, 효정이 아니니?"

효정의 눈이 동그래지며 그렇다고 대답했다. 할머니는 배터리가 다된 로봇처럼 주춤주춤 효정의 앞으로 다가가 어깨에 손을 대더니 팔뚝을 한 번 쓸어내리고는, 손을 잡았다. 할머니의 눈가 주름 사이로 층층이 눈물이 고였고, 이윽고 흘러넘쳤다.

효정이 다소 놀란 표정으로 민웅을 한 번 보고 다시 할머니를 보았다. 할머니는 말없이 효정의 손을 잡은 채 한동안 눈물만 뚝뚝 흘렸다.

민웅도 그 할머니가 강희수의 어머니일 거라고는 짐작도 못 했다. 민웅이 이젤을 갖고 싶다고 졸랐을 때 언제 처분해도 하긴 해야지, 라고 말씀하셨던 기억이 그제야 번뜩 떠올랐다.

어깨를 들썩이는 슬픔이 할머니의 등허리를 한차례 휩쓸고 지나간 뒤, 네 사람은 장터에서 그리 멀지 않은 할머니 댁으로 이동했다. 걸어서도 갈 수 있는 거리였는데, 가는 내내 할머니는 효정에게 미안하다는 말을 반복했다. 백 번도 넘게 한 것 같았다. 효정도 그때마다 괜찮다고, 이제라도 언니를 볼 수 있게 되어 다행이라고 말했다.

강희수와 어머니가 사는 곳은 흔하디흔한 시골집이었다. 파란색 대문으로 들어서자마자 할머니가 강희수를 불렀다.

"희수야! 희수야!"

툇마루가 튀어나온 거실 옆방에서 불투명한 간유리 문이 드르륵 열리더니, 희수의 얼굴이 빼꼼 나왔다. 희수가 물었다.

"아니, 왜 벌써 돌아왔어?"

민웅이 뒤를 돌아보니 효정의 시선이 돋보기로 초점이라도 맞춘 것처럼 희수의 얼굴에 꽂혀 있었다. 미간이 잔뜩 찌푸려진 것으로 보아 뭔가 이상하다는 것을 눈치챈 모양이었다. 할머니가 말했다.

"어서 나와봐 이것아. 손님이 찾아왔어."

"손님? 누구?"

희수가 바라보는 바로 앞마당에 민웅과 효정과 효정의 도우미가 서 있었음에도 희수는 그렇게 물었다. 효정이 두 손으로 다급하게 입을 막았다.

"누가 왔는데?"

희수가 재차 물으며 방에서 나왔는데 그의 몸짓이 예사롭지 않았다. 손으로 더듬어 방문 근처의 시각장애인용 지팡이를 찾아 들더니, 마루를 탁탁 두드리며 밖으로 나와선 툇마루에 걸터앉았다.

그 소리에 어디선가 래브라도 리트리버 한 마리가 뛰어오더니 왕! 하고 짧게 짖었다. 마치 자기가 거기 있다고 알리듯이. 그러더니 희수 쪽으로 바짝 고개를 들이밀었고 희수가 그런 개의 머리를 쓰다듬었다. 희수가 다시 물었다.

"누가 오셨는데?"

할머니가 말했다.

"효정이가 왔다."

그 순간 희수의 손이 개의 머리 위에서 우뚝 멎었다. 개가 희수의 발아래에 다리를 접고 엎드렸다. 잠시 침묵이 흐른 뒤 희수가 물었다.

"누구?"

할머니가 말했다.

"효정이가 왔다고."

그때 효정의 울음이 절규처럼 터져 나왔다.

"왜 말하지 않았어! 왜 나한테 아무도 말하지 않았어!"

사실 민웅은 처음 만났을 때 말하려고 했지만, 사지가 부러졌다는 말만으로도 효정이 몸을 부들부들 떨었기 때문에 더 말할 수 없었다.

희수가 자리에서 일어나자 개도 함께 일어났다. 희수가 댓돌에서 다리를 내려 효정의 울음이 들리는 곳으로 천천히 걸어왔다. 개가 그 옆을 따랐다. 천천히 다가온 희수가 더듬더듬 효정의 휠체어와 손과 팔을 더듬었고 울고 있는 얼굴에 손이 닿자, 효정의 얼굴을 품에 꼭 끌어안으며 말했다.

"우리 효정이가 왔네."

민웅의 SNS는 여전히 호황이었다. 대청호 인근으로도 다양한 꽃길이 절정을 이루어 그림 같은 풍광이 펼쳐졌다. 그 풍경이 민웅만의 감성으로 재해석되어 피드를 채우자 팔로워 수가 계속 늘었고 카메라의 기종을 묻는다거나 장소를 묻는 댓글도 함께 늘었다.

카메라야 휴대폰이 전부였고, 장소 또한 정확한 위치를 알려주진 않았지만 대략 대청호 부근이라는 답글을 달았다.

— 아름답네요. 한국에도 이런 곳이 있다니 놀라워요.

— 마음이 풍요로워지는 풍경입니다.

댓글은 풍경뿐만 아니라 민웅이 꾸민 집과 장식에도 달렸다.

— 쉼터 같아요. 사진만 봐도 심신이 안정되네요.

— 너무 아름다운 공간입니다. 실제로 보고 싶어요.

사람들이 자신의 사진을 좋아하고 자신이 좋아하는 풍경도 좋아하니 민웅도 좋았다. 특히 민웅이 산 소품의 구매처를 묻는 댓글이 정말 많았다. 양산품들이 아니라서 따로 구매하기 어려울 것 같다는 답글을 남기자 생각지도 못했던 댓글이 달렸다.

그럼 민웅이 가진 소품을 판매할 계획이 없냐는 질문이었다. 뜻하지 않은 소통과 칭찬이 탑처럼 계속 쌓이더니 결국 민웅의 머릿속에서 하나의 실체를 갖추었는데, 그것은 아르키메데스의 전구였다. 그리고 며칠 후 달린 댓글 하나가 그 전구에 반짝, 불을 밝혔다.

비용이 좀 들더라도 민웅이 꾸민 장소에서 하루만 자고 갈 수 있다면 소원이 없겠다는 내용이었다. 더없이 행복할 것 같다고.

응? 그거 괜찮은데? 전혀 불가능한 소원이 아니야.

민웅에게 공간을 꾸미는 일은 본디 노동이 아니라 놀이였다. 그 자체로 즐거움이었는데 그것이 일이 된 건 직업이 되었기 때문이 아니었다. 끊임없이 부정당하고 빼앗기고 다시 작업하라는 주문 때문에 결국 일이 되고 만 것이었다.

마음이 가지 않으니 민웅의 디자인도 점점 퇴보하기 시작했고, 마침내 타인의 디자인으로 가득 찬 책들이 메뚜기 떼처럼 날아들어 민웅의 책상 위를 뒤덮었다.

새롭거나 창의적인 아이디어 따위 필요 없으니, 기한 내로 디자인을 마감할 자신이 없으면 던져준 책에서 찾아 공간을 메우라는 선임들의 비결 전승이었다. 그런 비결이 쌓여 아마도 민웅이 새로운 걸 떠올릴 때마다 재빠르게 훔쳐 가는 동력이 되었겠지. 아니면 습관이 되었거나.

그러나 이곳에 내려온 순간 민웅에게 공간을 꾸미는 일은 다시 놀이가 되었다. 그리고 민웅의 놀이를 좋아하는 사람들이 전파 너머에 존재했다. 문득 그들을 직접 만나고 싶다는 생각이 들었다. 그들에게 자신이 만든 공간을 보여주고 싶었고, 소품도 얼마든지 팔 수 있었다.

이것이 밥벌이가 될 수도 있겠구나. 머릿속에 전구가 켜진 민웅은 며칠 동안 그 전구를 껐다 켰다 하며 사업 계획을 작성했다. 손으로 그려가며 계획을 구상하니 실체가 점점 손에 잡히는 것 같았다. 그즈음 신통방통하게도 복덕방 사장으로부터 전화가 왔다.

"지내실 만한가요?"

"지내실 만한 정도가 아니라 완전 대박입니다."

"그렇게까지나요?"

"네, 와. 사장님. 여기 장난이 아닌데요?"

"제가 마음에 드실 거라고 말씀드렸잖습니까. 그러면 별문제 없이 잘 지내시는 거로 알고 이만 전화 끊겠습니다."

"아니 아니, 사장님! 별문제가 있습니다!"

"무슨 문제일까요?"

"혹시 여기 옆에 있는 집도 사장님 복덕방에서 관리하는 곳인가요?"

"아, 네. 두 곳 모두 공민웅 씨가 지내시는 곳과 비슷한 구조인데 옆집은 더 넓고, 그 옆집은 그보다 더 넓습니다."

"그렇다면 혹시 그 집 중 하나를 제가 좀 빌릴 수 있을까요?"

"지금 지내는 곳이 괜찮으시다면서요."

그래서 민웅은 옆집을 빌려 어떻게 활용하고 싶은지 대충 설명했다.

"상업 공간으로 이용하고 싶다는 말씀이군요."

"네."

"전화 끊지 말고 잠시만 기다려보세요."

민웅은 침을 꼴딱 삼키고 사장의 목소리가 다시 들려오기를 기다렸다. 이윽고 사장이 말했다.

"아쉽게도 그 집은 빌려주는 곳이 아니네요."

"아."

이런.

"집주인이 쓸 계획인가요? 지금은 빈 거 같던데."

"그건 아닌데, 임대로는 아예 올라와 있지도 않아서요. 그러나 매매는 가능할 수도 있습니다. 알아볼까요?"

매매라. 옆집을 아예 내가 산다고?

"이 집은 계약 연장이 절대 안 되는 거죠?"

"네. 그건, 처음에 말씀드린 그대로입니다."

빌리는 것과 사는 건 다른 문제이긴 한데……. 어차피 사업 구상대로라면 빌려서 하는 것에는 한계가 있었다.

"그럼 일단 매매 여부랑 가격을 좀 알아봐 주시겠어요?"

"알겠습니다."

저녁 식사를 막 끝낸 직후 복덕방 사장으로부터 다시 전화가 왔다.

"네, 사장님."

"매매 가능합니다. 매매가는 5천만 원이고 돈만 준비된다면 언제든지 매매할 수 있다고 합니다."

5천만 원이면 민웅이 현재 가진 전 재산이었다. 다시 말해 집을 사고 나면 물건 살 돈이 없다는 말이었다.

"생각을 좀 해봐도 될까요?"

"물론입니다. 충분히 생각하시는 걸 저도 추천합니다."

"그럼 제가 생각해보고 연락을……. 그러고 보니 제가 사장님 전화번호를 모르네요?"

"내일 이맘때 제가 다시 연락드리겠습니다."

"아니 그냥 전화번호를 알려주시면……."

그러나 전화는 이미 끊겼다. 뭐야, 끊었네. 뭔 전화번호를 그렇게 꽁꽁 싸매고 계셔.

어쨌거나 후. 5천이라. 지금 이 기회를 놓치면 평생 후회할 거 같은데. 이 일을 하지 않는대도, 몇 개월 후엔 달리 뭘 해야 할지도 아직 계획이 없었다.

너무 하고 싶은 욕심은 차치하고라도, 생각하면 할수록 이 일밖에 없다는 생각이 머릿속에 한 번 똬리를 틀자 다른 길은 전혀 떠오르지도 않았다. 머릿속에 헝클어져 있는 블록을 넣었다 뺐다 하며 정리하는데 강희수에게서 전화가 왔다.

“오빠! 뭐 하세요!”

정작 터져 나온 목소리는 효정인 것으로 보아 함께 있는 모양이었다. 하긴 함께 있지 않은 시간을 찾기가 더 어렵겠지.

“멍때리고 있어.”

“멍을 왜 때려요?”

“맞을 만하면 때리는 거지.”

그러자 전화기 너머로 두 사람이 쑥덕거리는 소리가 들렸다.

— 어머, 언니. 이거 어떡해? 받아줘야 해?

— 응. 그런 거 안 받아주면 은근히 삐지고 그런다.

“다 들리고요. 저 그런 걸로 안 삐집니다.”

전화기 너머에서 더없이 밝은 웃음소리가 까르르 울렸다. 그런 뒤엔 출발 신호를 들은 마라톤 선수들처럼 효정의 말이 쏟아졌다. 몰랐던 효정의 반전이었다. 차분하고 다소곳했던 효정이 실은 엄청난 수다쟁이였던 것이다.

그건 이젤도 마찬가지였다. 효정과 희수가 민웅의 집에서 하룻밤 묵고 간 이후로, 이 우울했던 이젤의 입이 터졌다. 수다가 봇물 터지듯 쏟아져 나와서 선룸에서는 도저히 있기 어려울 정도였고, 그것은 선룸의 물건들도 마찬가지였다.

“닥쳐라!”

“제발 그 입 좀 다물어라!”

“그만해, 이러다가 우리 다 죽어!”

"이 사실을 어떻게든 민웅이한테 알려서 재를 옮겨야 해. 난 정말 미칠 것 같아."

하지만 민웅도 이미 알았다. 이미 들었다. 그동안 이젤이 그토록 우울했던 건 자신을 느닷없이 팔아버린 할머니에 대한 야속함과 난데없이 자신을 들고 온 나에 대한 원망이 겹쳐서라는 사실도 들었고, 효정이 내놓았던 소지품들이 어떻게 희수네에 갔는지도 들었다. 효정의 어머니가 사람을 시켜 희수 어머니를 찾아 건네준 것이었다.

그래서 이젤의 말은 1도 더 들을 게 없었고, 딱 한 가지 궁금한 거라면 이젤의 입을 어떻게 막을 수 있는가 하는 것뿐이었다. 어디로 옮겨도 민폐였는데 그렇다고 마당 한가운데 덜렁 혼자 둘 수도 없었다. 선룸 물건들의 원성만 나날이 높아졌다. 저걸 어쩌나 그런 생각을 하고 앉았는데 전화기 너머에서 효정의 목소리가 들렸다.

"오빠, 안 들어요?"

"응? 뭐라고?"

효정이 희수에게 이르는 소리가 들렸다.

— 이 오빠 또 내 얘기 안 듣고 있었어.

— 솔직히 그걸 다 듣는 게 쉬운 일이 아니기는 해.

— 언니!

민웅이 물었다.

"너 정말 저 이젤 안 가져갈 거냐? 네 거잖아. 도대체 왜 여기 두라는 거야?"

효정이 말했다.

"다 생각이 있어서 그래요."

"네 생각은 이미 머릿속을 꽉 채운 거 같던데 또 있다고?"

효정은 민웅의 말을 무시하고 자기 할 말을 했다.

"요즘 오빠 SNS 인기 폭발이잖아요."

"요즘 아니고 예전부터."

"요즘 특별히 더 그렇던데."

여기서 부정하면 열 마디가 돌아올 것이다.

"그래, 그럼 그런 걸로."

"그래서 오빠, 저는 오빠가 재능을 썩히는 게 아까워요."

"갑자기?"

"아니 전부터 그렇게 생각했어요."

여기서 부정해도 열 마디가 돌아올 것이다.

"그래. 그렇다 치고."

"그래서 희수 언니랑 얘기하다가 생각한 건데, 이번 기회에 그 재능을 한번 살려보는 게 어때요?"

"응?"

효정의 말은 민웅이 빌린 집, 그 옆의 두 채를 모두 매입해서 지금 있는 집처럼 꾸민 다음, 소품 판매 겸 펜션 사업을 하면 좋을 것 같다는 의견이었다. 민웅이 물었다.

"내 머릿속엔 언제 왔다 간 거니?"

"오빠도 같은 생각을 하고 있었구나!"

희수가 말했다.

— 민웅 씨 SNS를 보는 사람은 아마 다 같은 생각을 했을 걸?

젠장. 나는 그게 나만의 아이디어인 줄 알았는데.

"그래서 말인데, 오빠. 우리도 그 일에 끼워줘요."

"응? 어떻게?"

"아시겠지만 오빠가 어머니한테 산 물건들 그거, 오래전에 희수 언니가 구한 거잖아요? 그러니까 희수 언니의 감각도 검증된 거나 마찬가지잖아요. 그 해외 거래처를 언니가 확보할 수 있어요. 언니가 예전에 파리에서 공부했을 때 인맥이 아직 있대요. 유럽 앤틱 시장은 물론이고 각 도시의 벼룩시장 정보도 얻을 수 있어요."

"오 대박!"

솔깃한 말이었다. 그러나,

"문제가 하나 있다."

"언니 시각? 그 문제는 저랑 오빠가 언니의 눈이 돼주면 될 거 같아요. 언니 감각 여전해요. 제가 보장해요. 제 사부잖아요. 저 오래전에 미술대전 대상 받은 사람이에요. 저 믿죠?"

무조건 믿는다고 말해야 한다. 찰나의 망설임도 있어서는 안 된다.

"응. 믿지. 게다가 희수 씨는 내가 감히 논할 수준도 아니고.”

사실이었다. 마치 일반인 고수와 엘리트 체육인의 차이라고나 할까.

“와! 그럼, 같이 하면 되겠다!”

“그런데 내가 말하는 문제는 그게 아니야.”

“그럼 뭐가 문젠데요?”

“음, 이런 말 하기 좀 그런데…….”

“오빠가 그렇게 말할 땐 반드시 그 얘길 하던데.”

앤 날 얼마나 봤다고 왜 이렇게 잘 알아? 민웅이 말했다.

“돈이 없어.”

민웅의 말이 떨어지기 무섭게 효정이 말했다.

“돈은 제가 있어요, 오빠. 제가 투자자예요.”

맙소사. 정말?

맥락이란 관계의 이어짐을 말하는 것인데, 이것은 서정抒情에서도 드러난다. 한 사람의 서정성은 저마다 다른 방식으로 표현되어도 같은 맥락을 가진다. 민웅의 아트워크도 마찬가지였다.

민웅이 꾸미는 공간은 사진을 통해서도 그 특징이 잘 드러났다. 민웅이 찍은 사진을 좋아하는 사람은 민웅이 꾸민 공간도 좋아했고, 민웅이 진열한 소품도 좋아했으며, 음악적 취향도 비슷했다.

사물을 바라보는 민웅의 관점과 구도와 색감까지 모두 그들의 취향이었다. 그들은 같은 맥락의 정서를 들여다보며 비슷한 꿈을 꾸었고, 유사한 공감대를 형성했다. 거기에 희수의 관점과 손길까지 더해지자, 이것은 흔히 접할 수 있는 일반인의 수준이 아니라는 평가를 얻기 시작했다.

펜션 공희정

새로 매입한 두 채의 집은 휠체어도 무난하게 다닐 수 있도록 약간의 구조만 변경했고, 시각장애인도 편리하게 이용할 수 있는 기능들을 요소요소에 장치했다. 그리고 이러한 내용은 민웅의 SNS에서 더욱 폭발적인 호응과 지지를 얻었다.

오픈과 동시에 일주일도 채 되기 전에 수개월의 예약이 완료되었고, 뒷동산의 목련이 팝콘처럼 흩뿌려졌을 때쯤, 1년치 예약이 모두 끝났다. 숙박비 전체가 선지급이었으므로 부담될 수 있는 예약이었음에도, 먼저 다녀간 이용자들의 호평이 이어지면서 펜션 공희정은 명소가 되었다.

특히, 때마다 지역 장터에서 쓸어 담아 오는 소품들은 그야말로 인기 폭발이었다.

처음엔 숙박한 사람들에게만 판매했지만, 그 수요가 너무 폭발적이고 요구하는 사람들의 불만이 폭주하는 터라 숙박 예약자에게 우선권을 부여하되, 일정 기간까지 판매가 되지 않은 물건은 인터넷에서 선착순으로 주문한 사람에게도 돌아가도록 시스템을 갖췄다.

모든 시스템이 안정화되었을 무렵, 희수가 물색한 유럽 시장의 조력자들과도 연락이 닿았다. 문화 역사가 오래된 유럽의 많은 국가는 다양한 소품들을 다양한 장소에서 거래할 수 있었다. 벼룩시장이 매우 활성화되었고 각 지역의 플리마켓을 쓸고 다니다 보면 때로 왕건이를 건질 수도 있었다.

사전 검토와 서류 문제와 연락 관련은 효정과 희수가 맡았고, 직접 건너가 물건을 사들이는 일은 민웅이 맡았다. 효정이 말했다.

"가는 김에 물건만 사지 말고 여행도 해요. 사진도 많이 찍어 오고. 그리고 그 이야기를 우리한테도 들려주고 사람들한테도 들려줘요. 오빠 구라는 예술의 경지라고 팔로워들 사이에서 정평 났던데, 그 재능도 썩히지 말자고요."

구라가 실은 구라가 아니었지만 어쨌거나 구라처럼 시작부터 술술 풀렸으므로, 이때까지만 해도 모든 게 다 잘될 것만 같았다. 마침내 진정한 봄날이 찾아올지도 모른다는 예감이 오감을 자극했다. 그러나 종종 그래왔듯 한 가지 놓친 부분이 있었다. 봄이 오기 전엔 늘 겨울이 먼저 온다는 사실이었다.

쭉쭉 뻗어나갈 것 같던 사세가 갑자기 퇴근 시간 도로 정체 상황처럼 바뀌었다. 그에 따라 민웅의 스트레스도 밀푀유처럼 쌓였다. 민웅이 붕어싸만코를 효정과 희수에게 건네며 중얼거렸다.

"뭔가 점점 빛 좋은 개살구가 되어가는 느낌인데."

처음 예약이 꽉 찼을 땐 금방이라도 뭔가 될 것 같았으나 이미 받은 돈이 알을 까지는 않다 보니 불지 않고, 도리어 여기저기 쓸 덴 많아서 호주머니가 점점 호두알 같은 모양이 되어가는 중이었다. 효정이 말했다.

"소품 잘 나가잖아요."

붕어싸만코를 한 입 씹으며 민웅은 고개를 끄덕였지만, 소품은 소품대로 또 문제였다. 처음엔 들여놓는 대로 휙휙 나가 완판 매진 사례, 땡스 베리 감사의 연일이었으나, 비는 만큼 빨리 채워놓지 않으면 사진에서 보았던 그 예쁜 펜션이 와 보니 달라요, 가 되기 때문에 서둘러 채울 수밖에 없었다.

바로 이 서둘러야 하는 상황에서 민웅의 1차 코르티솔 호르몬이 대량 분비되었고, 예쁜 소품이 항상 대기 중이지는 않는다는 점에서 2차 에피네프린 호르몬이 장기에서까지 뿜혀 나왔다. 관자놀이에서 스트레스 적색경보가 수시로 울려댔다.

해서 닥치는 대로 눈에 띄는 대로 사들이다 보니 이젠 돈줄이 마른오징어의 긴 다리처럼 가늘어지면서 민웅의 모발까지 얇아지는 와중에, 재고마저 늘어 사업 현황이 배만 볼록 튀어나온 민웅의 몸매처럼 변했다. 민웅이 앞머리를 이마 위로 까 넘기며 효정에게 물었다.

"나 여기 선이 좀 뒤로 밀린 거 같지 않아?"

"탈모요?"

"응."

"기분 탓이에요, 오빠."

"말이라도 고맙다."

여러모로 고마운 게 사실이었다. 효정과 희수가 아니었다면 민웅은 안 그래도 불안정한 멘탈이 또 바사삭, 가루가 되었을지도 몰랐다.

그때 희수가 제안했다.

"제가 좀 생각을 해봤는데, 우리도 동영상 채널을 하나 만드는 게 어때요? 민웅 씨 이스탄불에서 택시 호객 당했을 때, 15불 부르니까 민웅 씨가 너무 비싸다고 말해서 기사가 그럼 얼마를 생각하냐니까 30불이라고 했던 거, 그런 얘기 너무 재미있잖아요. 두유 스피크 잉글리시? 라고 기사가 정색하며 물었다는 얘기가 난 너무 웃겼는데. 그런 거 후일담으로만 쓸 게 아니라 민웅 씨가 아예 동영상까지 찍으면 더 재미있을 거 같은데."

"맞아. 오빤 매우 잘하다가 한 번씩 그런 어처구니없는 실수를 하는데 그게 꽤 주기적이어서 정기적인 콘텐츠로도 가능해요. 오빠 그러는 거 은근히 웃기거든요. 세상 완벽한 척은 다 하는 사람이 바보짓 하는 거."

"지금 나한테 욕한 거지?"

"기분 탓이에요, 오빠."

희수가 말했다.

"외국에서 인터뷰하는 상품 사연도 판매 당사자가 사연을 직접 이야기하는 형태로 올려도 괜찮을 거 같아요. 원문 자막 작업은 제가 하고, 판매자의 허락하에 그걸 민웅 씨가 좀 각색해서 올리면 더 재미있을 거 같고요."

민웅이 말했다.

"동영상을 찍는 거나 각색은 그렇다 쳐도, 편집이 일일 거 같은데."

효정이 말했다.

"편집은 제가 있어요, 오빠. 제가 편집자예요."

앤 뭐만 하면 다 자기가 있대. 효정의 말이 이어졌다.

"이참에 아예 쇼핑몰까지 구축하자고요. 큰돈 안 들이고 할 방법을 알아요."

"구축이야 그렇다 쳐도, 관리가 문제지."

"관리는 제가 있어요, 오빠. 제가 관리자예요."

그렇게 투자자이자 편집자이자 관리자인 효정의 진두지휘하에 '펜션 공희정'의 공식 동영상 채널과 쇼핑몰이 시작되었다.

"안녕하세요! 공희정의 공, 공희정의 희, 공희정의 정, 우리는 펜션 공희정이에요!"

세 사람의 손을 뻗는 인사가 끝나면 왕! 하고 리트리버가 뛰어올랐고, 효정이 팝콘 같은 웃음을 터뜨리며 개를 끌어안고선 "얜 우리 펜션 희의 눈이 되어주는 참치예요! 참치야 인사해!"라는 말과 동시에 카메라를 향해 킁킁거리는 참치의 코가 커다랗게 당겨지는 인트로를 제작했다. 민웅이 말했다.

"손을 앞으로 뻗는 것만 빼자."

"그게 핵심이에요."

"이상한 핵심이잖아."

"안 이상해요. 저, 대한민국 미술대전 대상 받은 여자예요. 절 믿어요."

학생 대전이잖아. 그리고 그게 이 인트로랑 무슨 상관이냐고.

하지만 이 인트로는 묘하게도 사람들의 레트로한 호응을 얻었고, 곧 밈이 되었다.

이렇게 시작한 채널의 동영상들은 펜션의 일상과 민웅이 소품을 구하러 다니는 여정을 담았다. 판매자가 말하는 사연을 싣고 번역해서 자막을 달았고, 지역축제나 벼룩시장 정보 등도 공유했다.

특히 판매자 사연 인터뷰 동영상에는 이것을 규탄하는 댓글들이 종종 달렸다.

— 갑자기 판매자 사연을 직접 인터뷰해 삽입하는 행태는,

과거 펜션 공의 구라를 리얼리티로 '세탁'하려는 시도가 아닙니까?

—(원어민 등장) 판매자가 말하는 내용과 자막이 달라요. 엄청 각색됐네요. 세탁이 아니라 새로운 구라를 시도하시는 듯.

그렇게 '펜션 공희정'은 얼마 지나지 않아 이야기를 판매하는 공간이란 평가를 얻었다. 물론 구라 공희정이라고 평가하는 사람도 있었다. 그러나 어떤 평가든 사물들도 저마다의 이야기가 있다는 걸 알리는 건, 꽤 멋진 일이었다.

고충과 보람은 동전의 양면 같았고, 복덕방 사장의 말도 옳았다. 6개월이란 시간이 정말 쏜살같이 지나갔다.

그 짧은 기간 아주 많은 것들이 바뀌었지만, 가장 크게 달라진 건 민웅 자신이었다. 무엇보다 민웅이 세상과 인간을 바라보는 시각이 바뀌었다. 거기엔 아무래도 늘 함께하는 두 사람의 영향도 없다고 할 수 없겠지.

펜션은 사람이 머물다 가는 공간이다 보니 각종 사건 사고가 없을 수 없었다. 당연히 값을 치르지 않은 채 사라지는 소품도 다수 생겼다.

예전의 민웅 같았으면 이 도둑놈들을 어떻게 잡아 조질까부터 생각했을 텐데, 어느 순간부터 민웅은 그러지 않았다. 그냥 두었다. 마음을 졸이거나 분개하지도 않았다. 살다 보면 잃어버릴 수도 있고, 정의롭지 못한 사람을 볼 수도 있고, 마음에 장애를 가진 사람을 만날 수도 있다.

인간이라면 누구라도 어느 부분에선가는 똑바로 놓이지 못할 수도 있다는 사실을 받아들이고 나니, 그 반대편에 선 사람들의 행동도 눈에 띄기 시작했다. 아이가 몰래 가져간 걸 돌려주려고 다시 온 사람도 있었고, 말하지 않으면 몰랐을 파손을 스스로 알리고 적극적으로 보상하려는 사람도 있었다.

그때마다 민웅은 가슴 한편에서 피어나는 이 놀라운 감정을 혼자만 아는 게 너무 아쉬웠다. 해서 이 모든 일들을 공희정의 공식 채널과 SNS에 올렸다. 도난당한 일이나 망가뜨리고 모르는 체하는 사람들의 사연은 말고, 그간 인간을 미워했던 마음이 미안할 만큼 인간적인 사건들만 골라서 올렸다.

— 이것은 펜션 공의 구라 시즌2인 겁니까?

그러나 사람들 대부분은 그것이 자신들이 함께 지켜야 할 공간임을 공감했다. 펜션 공희정뿐만 아니라 자신들의 삶에서도 그것이 지켜야 할 영역임을 동감했다.

그래도 여전히 사건 사고는 이어졌지만, 달라진 관점 속에서의 무질서는 질서의 일부였다. 이면이라도 한 몸에 속한 영역이었다.

세상에 곧기만 한 길은 없다. 질서와 무질서가 반복되지만 길은 같은 길이고, 인간은 스스로 적당한 균형을 지키며 더 나은 방향으로 나아가고 있다. 안 그랬다면 진작에 무너졌겠지.

세 사람의 이름을 걸고 만든 세계를 가만히 들여다보노라니, 우물 안의 자신만 그 사실을 모르고 있었다는 걸 민웅은 깨달았다.

"얄짤없네요."

"그렇습니다. 공민웅 씨가 아무리 계약 연장을 원한다고 해도 조건은 처음 말씀드린 그대로입니다."

"이젠 사장님이 요거트로 된장을 만든대도 믿겠어요."

"제가 그런 걸 만들 일이 있을까요?"

"말이 그렇다는 말이에요."

"아쉬우십니까?"

"아쉽지 않다면 거짓말이겠죠. 어차피 저는 그 근처에 새로운 거처를 얻어야 하는데, 왔다 갔다 하면서 계속 볼 테니까요."

"그렇다면 방법이 전혀 없는 것은 아닙니다."

"네?"

"임대차 계약은 연장이 안 되지만 매매 계약은 가능할 수도 있습니다."

"정말요?"

"본래는 안 되지만 공민웅 씨께서 옆집과 그 옆집에 일을 잔뜩 벌여놓지 않았습니까? 사람들이 계속 오갈 텐데, 집주인으로서는 아무래도 불편하겠지요. 시끌벅적한 그곳에 누가 다시 들어올까 걱정되기도 할 테고요."

"시끌벅적하지 않아요. 다들 조용히 지내다 가십니다."

"그저께는 매우 시끌벅적하던데요."

"그저께 거기에 가셨어요?"

"굳이 가보지 않아도 알 방법이 있습니다."

"아무렴요. 어련하시겠어요."

"저는 공민웅 씨가 거기까지 계산하고 일을 벌이신 걸로 생각합니다."

"제가요? 설마요."

민웅이 눈을 동그랗게 뜨고 복덕방 사장을 쳐다보았다.

"그런 거로 치면 사장님께서 두 집 모두 매매 가능하다고 정보를 주신 거 아닙니까? 그렇다면 이건 모두 사장님의 설계가 아닌가요? 두 집의 중개수수료를 챙기고 남은 한 집마저 깔끔하게 털어 잡수시려고요?"

"잡숫긴 뭘 잡숫습니까? 집이 무슨 메밀묵도 아니고."

"그래서 말인데 오늘 자정이 되면 꼭 여쭤보고 싶은 게 한 가지 있습니다."

"여기 자정까지 계시겠다고요?"

"임차 기간 중, 임차인은 이 계약 과정에 관해 누구에게도 발설해선 안 된다. 이게 주의 사항 두 번째 조항인데, 생각해보니 그 과정이 어디서부터 어디까지를 말하는 건지 모호해서 지금까지 참고 있었어요. 그런데 오늘 자정이 되면 임차 끝나니까 그때 여쭤볼 거예요."

"알겠으니까 지금 여쭤보세요. 주의 사항은 제가 조정하겠습니다."

"자정까지 기다릴래요."

"여기 자정까지 문 안 엽니다."

"제가 여길 처음 들어왔을 때도 자정이 넘어서 나갔는데요?"

사장이 안경을 추켜올렸다. 그 안에서 빛나는 안광을 민웅은 다시 느꼈지만, 이번에는 쫄지 않았다. 왜 때문인지 지금은 능동적인 자신감이 생겨서, 싸우자고 하면 싸울 수도 있을 것 같았다.

"지금 얘기하세요."

하지만 굳이 싸울 필요는 없겠지. 민웅이 물었다.

"사장님은 아시죠?"

"밑도 끝도 없이 뭘 말입니까?"

"그 집에선 사물들이 대화를 나눕니다. 저는 그 대화를 들을 수 있고요."

"그렇습니까? 놀랍군요."

"그런 표정으로 그렇게 말씀하시다니, 생각했던 것보다 훨씬 더 뻔뻔하시네요."

"공민웅 씨만 하겠습니까?"

"제가 뭘요?"

"하려던 말이나 계속하세요."

"그런데 그 대화를 저만 들을 수 있습니다. 제 동료인 두 사람도 같은 방에서 잠을 잔 적이 있는데, 아무도 그 대화를 듣지 못했어요. 저한테만 벌어지는 거 같은데, 어떻게 이런 일이 가능한 거죠?"

"아무리 가까운 사이라도 혼숙은 좋지 않아요."

"저는 그때 다른 방에서 잤어요. 아니 그게 아니라 지금 제 얘긴 그게 아니잖아요!"

사장이 왼손을 들어 시계를 보았는데, 시계 한복판에 도깨비 형상이 그려져 있었다. 저런 걸 잘도 차고 다니는구나, 민웅은 생각했지만 내뱉지는 않았다. 대신 다른 걸 물었다.

"혹시 그 시계, 뚜껑 열면 새콤달콤 나오고 그런 거 아닙니까?"

사장이 고개를 절레절레 흔들며 자리에서 일어났다.

"차나 마저 들고 그만 돌아가세요. 저는 다른 일정이 있습니다."

민웅이 독촉했다.

"사장님은 아시잖아요. 아시는 거 다 알아요. 우리 계약, 우연 아니죠? 거기서 사물의 목소리가 들리는 것도 우연이 아니야."

사장이 뒤돌아서며 말했다.

"우연이 안이면 밖으로 뒤집으시면 되겠네요."

"헉."

"헉은 무슨."

"도대체 그런 말은 어디서 배우는 거예요? 가마니까지는 어떻게든 이해해본다고 해도 이건 선 넘는 거 아닙니까?"

사장이 가소롭다는 듯 피식 웃었다.

"남 얘기할 상황이 아닌 거로 아는데. 메타인지가 잘 안 되면 우승권 씨한테 물어보세요. 강등권 드립을 어떻게 생각하느냐고."

민웅이 벙찐 표정으로 바라보자 사장이 막타를 날렸다.

"잊지 마세요. 우리 복덕방은 고객 맞춤이라는 사실을."

그러고는 쿨하게 뒤돌아서 사라졌다.

그러니까 자긴 아닌데 나 때문에 그런 말을 한다는 거야? 민웅은 어이가 없는 동시에 자신이 원하는 대답도 듣지 못했다는 사실을 깨달았다. 하지만 끝날 때까지 끝난 게 아니지. 내일 매매 계약할 때 다시 들들 볶아볼 작정이었다.

미처 전하지 못한 말

한강이 흐른다. 한강 투신자살 기사를 접할 때마다 중호는 생각한다. 죽고 싶으면 그냥 가까운 빌딩이나 아파트 옥상이 낫지 않나? 어차피 뛰는 건 마찬가지인데 물속으로 뛰어드는 건 비효율적이다. 뛰어내리는 공포는 같다고 해도 즉사와 익사는 고통의 연속성 면에서 다르다. 굳이 더 괴로운 형태로 죽을 이유가 있나?

게다가 (전셋값만 수십억에 이른다는) 한강 변에 사는 게 아니라면 교통비가 들고, 갔다가 마음이 바뀌면 왕복으로 든다. 바로 그게 문제다. 진짜 죽을 생각을 했던 사람이 한강까지 가는 길에 죽고 싶은 마음이 사라져버릴 수도 있다는 거.

죽는 건 생각보다 쉽지 않다. 죽자고 마음먹은 순간 결행해도 잘 안 되는 판국에 굳이 한강까지 가는 건 아무래도 이상한 일이다, 라고 생각하던 중호는 오늘 한강에 와 있다. 생각이 바뀌었다. 한강엔 중호가 모르는 죽음의 매력이 있을지도 모른다.

중호는 알고 싶었다. 그럼에도 사람들이 그렇게 많이 뛰어내리는 한강에 오면 자신에게도 혹시 그럴 용기가 생기는 것은 아닌지, 도무지 실행할 수 없는 자살 충동 욕구가 이곳에만 오면 마법처럼 어떤 확신의 형태로 바뀌는 것은 아닐지.

그러나 잔잔하게 흐르는 한강을 아무리 내려다보아도 확신 따윈 들지 않는다. 낙하의 공포와 익사의 고통만 생각했는데, 막상 보니 춥기까지 할 것 같다. 심지어 시체마저 퉁퉁 불어 푹 삶은 오골계처럼 되겠지.

사는 동안도 거지 같았는데 죽으면서까지 그렇게 불행한 건 진짜 좀, 너무한 거 아닌가? 무섭고 숨 막히고 추워하면서 죽는 와중에, 시푸르뎅뎅 퉁퉁 분 시체는 죽은 다음까지도 불행하다. 불행 종합 세트도 아니고 뭐야 이게, 대체.

시신을 수습하기 위해 사회적 비용이 든다고는 하나 뭣 같은 사회에 마지막 펀치를 날리며 죽었다고 하기에도 너무나 비효율적이다. 그럴 바엔 폭탄마가 되어 집주인의 오장육부부터 날리는 게 낫지. 그런 다음 병원을 날리고 편의점도 날리고 그간 자신을 괴롭혔던 모든 존재를 다 날린 다음에 죽는 게 가장 효율적이긴 하다.

중호가 그러지 못하고 지금 한강 물만 하염없이 내려다보는 이유는 그럴 수 없기 때문이다. 폭탄을 구할 수도 없고 혹여 구한다고 해도, 저들을 날려버리는 것으로 문제가 해결되었다고 할 수 있을지 알 수 없기 때문이다.

중호가 고등학교 동창인 한상구의 아파트로 들어가게 된 건 같은 동창인 허수인의 권유 때문이었다. 대학을 졸업하자마자 결혼한 한상구가 캐나다로 유학을 떠나면서 전세로 내놓은 걸 허수인이 연결해주었다.

아파트 전세 시세가 4억에 달했지만, 중호가 동창인 데다가 아버지의 병간호까지 하는 상황이라 형편에 맞춰 1억을 낮춰준 것이었다. 자신의 불행을 떠벌리고 다니기 좋아하지 않는 중호로서는 허수인이 마음대로 한상구에게 자기 사정을 알린 것이 탐탁지 않았으나, 뭐라 할 수 없었다.

가진 것이 없다고 자존심까지 없는 것은 아니었지만, 중호를 도와주려고 그랬다는 걸 모르는 것도 아닌 마당에 자기 기분 타령이나 할 수는 없었으니까. 다만 그런 상황에 놓인 자기 처지가 조금 원망스러웠을 뿐, 허수인에게 먼저 떠벌린 자신의 책임도 있으므로 남 탓할 일이 아니라고 생각하고 말았다.

아버지의 두 번째 수술로 너무 힘들었던 날, 병원 편의점에서 우연히 만난 허수인에게 술김에 털어놨던 건데. 그때까지만 해도 온 동창들에게 자기 사정이 퍼질 거라고는 짐작도 못했다. 아니, 어렴풋이 짐작은 했지만 좀 변했을 줄 알았지.

아버지의 똥이나 치우고 산다는 소문이 과장되긴 했으나 아예 없는 사실은 아니었으므로 달리 할 말도 없었다. 중호가 직접 하지 않는달 뿐, 그게 간병인의 일이기는 했으니까. 어차피 그 동창 놈들을 만날 일도 없었으므로 중호는 그냥 무시했다.

살짝 껄끄러웠던 건 한상구와 허수인의 생색이 다소 불편하다는 것 정도?

상황이 조금 애매했다. 사실 중호는 3억짜리 전세까지도 필요 없었다. 아버지의 차도가 좋아지면 둘이 살 집이었으므로 더 작아도 상관없었지만, 한상구의 아파트가 아버지의 병원과 10분 거리라는 사실이 중호의 발목을 잡았다.

게다가 한상구도 출국 날짜에 맞춰야 해서 서둘렀다고 부동산 사장님한테 들었다. 급전세로 나온 매물이라 중호가 아니었더라도 시세보다 싸게 줬을 거라고.

동네방네 자기들이 무슨 불우이웃 동창을 돕기라도 한 것처럼 떠벌리고 다니는 거야 그러려니 하면 그만이었지만, 한상구가 중호에게 말하지도 않고 집을 팔아버린 건 전혀 다른 성질의 문제였다. 거기서부터 파국이 시작되었으니까. 먼저 말만 해줬어도 시간적으로 여유를 갖고 차분하게 모든 걸 처리했을 텐데.

어느 날 부동산으로부터 전화가 와서 집주인이 바뀌었으니 새로 계약하자는 말을 들었다.

중호는 지금도 그날을 생각한다. 나는 멍청한 사람이 아니다. 다만 그날 아버지의 세 번째 수술이 있었다. 아버지의 수술비 때문에 퇴근하고 나서도 편의점 야간 알바를 한 지 반년째였다. 투잡을 뛰면서 아버지의 수술 일정도 챙겨야 하고 계약도 신경 써야 했는데, 그 모든 걸 중호 혼자 해야 했다.

너무 정신없는 와중이라 재계약 사항을 신중히 살피지 못했다. 하지만 부동산 사장이 대신 확인해줬고, 아무 문제도 없다고 했다. 자기가 다 확인했으니 걱정하지 말라는 말만 믿고 재계약을 마무리했다.

한상구와는 여전히 연락되지 않았고 허수인도 한상구와 연락이 닿지 않는다고 했다. 허수인이 한상구를 들먹이며 욕할 때 중호는 가만히 듣고만 있었다. 생각 같아서는 그런 말조차 듣고 싶지 않았지만 허수인이 아버지의 세 번째 수술 선생님을 연결해주었다.

지금에 와선 어디까지가 진실인지 중호로서는 알 길이 없지만, VIP 수술 일정만으로도 빠듯한 외과 과장의 수술 스케줄을 자기가 '지인짜' 어렵게 빼냈다고 했다. 허수인이 말했다.

"의사 친구 둬서 좋다는 게 뭐냐. 이럴 때 써먹는 거지. 병원 편의점에서 우리가 우연히 만난 게 실은 우연이 아닌 거라니까. 그게 다 하늘의 뜻이다, 그 말씀인 거지."

그랬다. 허수인을 다시 만났을 때 중호는 허수인이 그 병원의 전공의인지도 몰랐다. 그리고 아버지의 세 번째 수술에 이르기까지, 그때까지만 해도 중호는 허수인을 정말로 고맙게 생각했다. 그 수술이 잘못되었다는 걸 알기 전까지는.

물론 아버지의 수술이 잘못된 부분에서 허수인의 책임은 없다. 다만 중호가 그 사실을 알게 되기까지 허수인이 알면서도 숨겼다는 게 어처구니없을 뿐이었고, 그날 이후로 줄곧 중호를 피한다는 사실에 가벼운 실망을 느꼈을 뿐.

원래 인간 따위 믿지 않는 중호였지만, 삶이 너무 고되다 보니 잠시 심정적으로나마 의지했던 모양이라고 치부하고 말았다.

사실 병원 소속 전공의로서 병원 과실을 먼저 까발릴 수 없다는 걸 중호도 이해하지 못하는 바는 아니다. 다만 그것이 다른 누구도 아닌 자기 아버지의 목숨이 걸린 문제라는 점에서 마음이 따라주지 않을 뿐. 병원 모르게라도 먼저 알려줄 수 있지 않았을까?

그래도 허수인을 탓할 마음은 없었다. 중호를 피해 다니는 것도 이해할 수 있었다. 오히려 그럴 필요 없다고 말해주고 싶었다. 네가 잘못한 게 뭐냐고. 미안해할 필요 없다고.

그러나 정작 허수인이 중호를 찾아왔을 때, 중호는 그렇게 말하지 못했다. 친구로서 온 것이 아니라 병원의 대리인으로서 왔기 때문이다.

중호가 간병인과 다른 의사, 간호사들의 소견을 모아 병원 측에 의료과실을 제기했을 때, 병원이 최초로 보인 반응은 교과서적이었다. 과실을 인정하기는커녕 도리어 중호를 몰아붙였다. 그때까지만 해도 중호는 어떻게든 좋은 방향으로 해결해보려고 했다. 강한 상대와 싸워봐야 넝마가 되는 건 약자라는 걸, 이미 아버지의 삶을 통해 진절머리 나도록 학습했다.

그런데 병원에서 아버지마저 진상 환자처럼 취급하니 더는 참을 수가 없었다. 말도 안 되는 짓거리를 하는 건 병원이지 내 아버지가 아니다.

아버지는 일생 소방 일선에서 타인을 구하며 살았고 중호도 그런 아버지를 보며 자랐다. 단 한 번도 아버지가 자랑스럽지 않은 날이 없었다. 말과 행동이 언제나 일치되는 분이었고 자신의 안위 때문에 타인의 위험을 외면하는 사람이 아니었다. 그간 아버지가 보여준 생각과 행동은 인간이란 존재 자체보다 큰 것이었다.

그런데 돈 버는 것 외에 인간의 가치라고는 없는 것들이 그런 아버지를 모욕하는 걸 중호는 도저히 참을 수 없었다. 중호는 의료 소송을 불사하겠다고 선언했고, 의료 소송이 통하지 않는다면 병원 로비에서 분신이라도 하겠다고 공언했다.

그제야 병원에서 보낸 사람이 허수인이었다. 중호가 허수인의 동창이라는 걸 안 모양이었다. 허수인을 통해 병원에서 제시한 내용은 간단했다. 재수술을 비롯해 회복 기간 입원 치료 비용 일체를 병원 측에서 부담하는 조건으로 합의를 보자는 내용이었다.

"그렇게 하자. 중호야. 우리 같은 대형 병원 상대론 소송 못 이겨. 일단 아버지부터 다시 잘 치료하는 게 중요하잖아."

그래. 어차피 이 모든 게 아버지를 위한 거였으니까. 무작정 싸움을 이어나갈 때가 아니긴 했다. 중호는 결국 합의를 선택했고, 중호의 변호사 또한 별달리 한 일도 없이 합의서 한 장 검토해주는 것만으로 500만 원을 챙겼다. 수임료 일부를 반환해준다거나 하는 일은 벌어지지 않았다. 변호사는 마치 자신이 합의를 끌어내기라도 한 것처럼 숟가락을 들고 서성거리다가 거하게 한 상 받아먹고 퇴장했다.

합의서에 사인하고 며칠 후, 중호는 아버지를 수술한 사람이 외과 과장이 아니라 그 병원에 의료기기를 납품하는 영업사원이라는 사실을 알았다. 중호는 그때, 살면서 처음으로 피가 거꾸로 솟구친다는 느낌을 체험했다.

"허수인, 너 알았어?"

허수인은 당연히 모른다고 했다. 중호는 핏발 때문에 눈알이 터져버릴 것 같았지만 허수인의 말을 믿어야 한다고 생각했다. 안 그랬다간 정말로 기관총이라도 구해 병원에다가 난사하고 싶어질 테니까.

"합의는 없어! 이 사기꾼 놈들아. 너희가 사람 새끼들이니? 전부 감방에 보내버릴 거야!"

그러나 인권 변호사를 통해 합의서를 검토해본 결과, 합의를 번복할 순 없었다.

“생각보다 절차가 복잡합니다. 이겨도 상처뿐인 승리가 될 상황이에요. 그런데 다른 문제도 아니고 아버지의 수술이 걸린 일이니 솔직히 말씀드리자면, 분통이 터지시겠지만 그래도 그냥 묻고 합의서대로 하는 게 현재로선 가장 나은 방법입니다.”

너무나도 피곤한 하루였다. 회사도 편의점도 모두 그만두고 싶었지만 그럴 수 없는 게 현실이었다. 회사는 이미 반차를 내고 나와 돌아갈 필요가 없었다. 편의점도 하루 정도 쉬고 싶어 전화를 넣었지만, 점장은 단호했다.

“당일에 그러면 안 되지. 사람이 다 자기 스케줄이라는 게 있는데.”

중호 역시 책임감으로 말하자면 너무 커서 문제인 사람이었으므로, 그런 말을 듣고도 쉬겠다고 고집할 순 없었다. 나 때문에 남이 피해를 받는 일이 있어서는 안 된다. 내 사정은 그저 개인의 사정일 따름.

그날 어지간히도 피곤했던지 중호는 저도 모르게 편의점 카운터에 엎드려 잠깐 눈을 붙였다. 정신적 스트레스가 극에 달했으므로 몸이 버티는 것에도 한계가 있었다. 그때 누군가 중호의 뒤통수를 세게 내리쳤다.

깜짝 놀라 자리에서 벌떡 일어난 중호가 정신을 차리고 보니, 초로의 남자가 막걸리 통을 들고 중호를 가리키며 욕했다.

"야 이 잡놈의 자식아. 잠은 집에 가서 처자야지 손님이 들어왔는데도 그러고 있으면 되겠냐?"

중호가 뒤통수를 어루만지며 가만히 보자 막걸리 통의 뚜껑이 갈라져 막걸리가 새어 나오고 있었다. 남자가 말했다.

"어? 이거 뭐야? 막걸리가 새네?"

중호는 잠결에 정신이 퍼뜩 든 상황이라 분노 이전에 어이가 없었다. 본의 아니게 침착한 목소리가 나왔다.

"아저씨, 지금 그 통으로 제 머리를 치신 거예요?"

그때 남자가 터진 막걸리 통을 카운터 위로 던졌고 금 간 뚜껑이 완전히 쪼개지며 막걸리가 샴페인처럼 솟구쳤다.

"그래, 이 망할 자식아. 어쩔래. 빨랑 가서 새 걸로 다시 가져와!"

중호는 정말로 울고 싶었지만, 꾹 참고 카운터를 나와 막걸리를 새로 하나 가져왔다. 어차피 만취 상태라 대화가 되지 않을 게 뻔했다. 경찰을 불러봐야 중호의 시간만 뺏긴다는 것도 이미 몇 번이나 학습해서 잘 알고 있다. 이럴 땐 그냥 빨리 계산하고 내보내는 게 상책이었다.

그런데 이 아저씨가 취기에 혼자 원맨쇼를 하더니 자기가 흘린 막걸리에 미끄러져 발라당 뒤로 넘어지고 말았다. 문제는 제대로 넘어졌다는 사실이다. 뒤통수가 깨졌는지 피가 흘렀고 정신을 잃진 않았으나 어버버버 말을 이상하게 했다.

중호는 다급하게 119를 불러 남자를 병원에 실어 보냈다. 그리고 얼마 후 그의 가족이 편의점으로 들이닥쳤다. 그들은 중호에게 어처구니없는 말을 쏟아냈다. 중호가 술 취한 남자를 폭행해서 뒤통수가 깨졌다고 소리쳤는데, 술도 취하지 않은 가족들의 언행을 보니 가족력이 보였다.

"말도 안 되는 얘기들 하지 마시고요. 저기 CCTV 보이세요? 그 아저씨가 뭐라고 거짓말을 하셨든 저기 다 찍혔으니까 적당히들 하세요. 적반하장도 유분수지, 막걸리 통으로 머리를 맞은 것도 저거든요? 고소는 누가 고소를 해야 하는데 지금."

그러나 CCTV엔 해당 영상이 없었다. 녹화가 되지 않았고 CCTV 자체가 연결되어 있지 않았다. 중호가 다급하게 점장에게 전화를 걸었으나 받지 않았다. 결국 경찰이 왔고, 그대로 편의점 문을 닫고 경찰서로 향하고서야 점장과 전화가 연결되었다. 중호가 걸었을 땐 받지 않더니 경찰이 거니 바로 받았다.

"그거 CCTV, 화질을 좀 더 좋은 걸로 바꾼다고 오늘 낮에 작업하고 갔는데, 낮 근무자가 연결을 안 해놨나 보네."

낮 근무자는 점장이었다. 유체 이탈 화법이란 게 이런 건가. 중호는 그날 새벽 내내 경찰서에서 조사를 받고 나왔다. CCTV에 영상이 찍히지는 않았지만 만취한 남자의 진술만으로 중호를 기소한다는 건 어불성설이었고, 그들의 폭언과 태도만 봐도 중호의 말이 진실이라는 건 누구라도 알 수 있었다.

그러나 이튿날 담당 경찰로부터 걸려 온 전화의 내용은 달랐다.

"이거 아무래도 폭행 건으로 기소될 거 같은데 피해자랑 합의하시는 게 좋겠어요. 저쪽에서도 그러자고 하니까."

"그게 무슨 말도 안 되는……."

그러나 세상엔 그런 말도 안 되는 일이 종종 벌어지고 증거가 없는 싸움에서 이기는 건 늘, 조금이라도 힘을 가진 사람이었다. 2천만 원의 치료비를 보상하고 선처를 바란다는 반성문을 100장 쓰고, 피해자한테 무릎 꿇고 사죄하면 합의해 주겠다는 내용에 중호는 응할 수밖에 없었다.

담당 경찰의 귀띔이 없었다면 끝까지 승복하지 않았겠지만, 피해자가 서의 간부와 검찰 관계자까지 줄이 닿는 사람이라는 말을 듣고 깨끗하게 포기했다. 포기하지 않았을 때 무슨 꼴을 당하는지도 아버지를 통해 지독한 방법으로 학습했다. 억울한 국민을 위한 나라는 없다.

그날 집에 돌아온 중호는 처음으로 어둠 속에서 끅끅거리며 울었다.

의료과실을 조사하는 비용이니, 변호사 비용이니 그간 들어간 돈도 장난이 아니었는데, 2천만 원이란 큰돈을 또 만들

방법은 없었다. 계약 기간이 아직 많이 남았지만 전셋집을 빼는 것밖에는. 사정을 설명하고 나갈 수밖에 없었다. 그런데 집주인이 연락되지 않았다. 집주인이란 인간들은 왜 다 하나같이 이렇게들 전화를 안 받는 건지.

답답한 마음에 부동산을 찾아가자, 사장이 말했다.

"어이구. 총각 그 집에서 계속 살았던 겨?"

중호는 이 낮도깨비 같은 소리가 무슨 뜻인지 언뜻 이해되지 않았다. 중호의 표정을 가만히 살피던 사장이 말했다.

"총각이 연락이 안 돼서 공시송달로 집행 일자를 보냈다고 허든디? 전혀 몰랐나 비네? 그 집 경매 넘어간 지 꽤 됐는디?"

중호는 자기가 무슨 말을 들었나 싶었다. 귀신에 홀린 것 같은 표정으로 중호가 되물었다.

"무슨 말씀이신지 전혀 모르겠는데요? 공시송달은 뭐고 경매는 또 뭐예요?"

"아 경매는 말 그대로 경매지이. 집주인이 돈을 못 갚으니께 경매로 넘어간 거고, 넘어간 다음에 낙찰받은 사람이 직접 거주할 거라고 내용증명을 몇 번이나 보냈는디 총각이 받지 않는다고 그냥 공시송달로 명도 처리했다고 허든디? 우체국이나 법원에 가봐. 거기 내용이 있을 거니께."

"무슨 경매가 하루아침에 된다는 거예요?"

"경매는 하루아침에 안 되지이. 족히 몇 개월은 걸린 거 같은디 총각이 인제까지도 그걸 몰랐다니께 내가 더 놀랍네 그

랴아.”

아무도 말을 안 해주는데 내가 어떻게 알아.

“저는 내용증명을 받은 적도 없어요.”

“잉? 그럴 리가 없을 틴디? 우린 그래서 총각이 진작에 다른 데로 간 줄 알았는디?”

“아니, 여기 전세보증금 들어간 게 얼만데 가긴 어딜 가요.”

“아이고, 그러고 봉께 그 집이 을마에 들어갔더라? 4억이든가?”

“3억이요.”

“씨게 들어간 건 아니구마이. 그거 중간에 계약이 한 번 바뀌었나 그랬지 아마?”

“아니 그거……. 그거 사장님이 괜찮다고, 아무 문제 없다고 그러셨던 거잖아요.”

“아이구 그럼, 내가 그랬다믄 필시 그랬을 거여. 내가 허튼 소리는 안 하니께. 가만히 좀 기둘려봐 그 집이 그란디…….”

사장이 등기부 등본을 떼서 가만히 살펴보더니 말했다.

“어이구, 이 양반 이거 대출을 계약 당일에 받아부렀네. 이래버리믄 우리도 알 도리가 읎지?”

“인제 와서 그게 무슨 말씀이세요. 그때 사장님이 아무 문제 없다고 하셔놓곤.”

“우린 잘못이 읎지. 우리한테 그라믄 안 되지. 총각 계약서 쓴 당일에 등기부 등본 뗀 거 내가 보여줬잖여. 근디 우리가 계약하는 그 잠깐 사이에 대출을 받아버리믄 우리라고 알 도리가 있남? 작정하고 그런 거 같은디 그라믄 우리도 알 방도가 없으. 우리가 신은 아니니께."

"하."

중호가 하도 어이가 없어서 두 손으로 머리를 한 번 움켜쥐었다가 놓자 사장이 말했다.

"자 그라고, 이건 그 대출도 문제가 아니여. 은행서 총각 보증금 봐가믄서 내준 걸 테니께. 이 봐봐. 대출받고 바로 압류가 들어왔제? 큰 거시기는 이미 딴 데서 진작에 땡겨 챙겼고, 이건 작정하고 넘겼다고 봐야 혀."

사장이 혀를 차곤 안쪽에 앉은 사모님을 보고 말했다.

"이런 식으로 빼먹으믄 한 열 군데만 넘어가도 솔찮이 돈이 되겠구먼?"

"긍께 사기도 똑똑한 놈들이 치는 거라니께유. 우리 같은 이들은 허고 싶어도 못허유."

"임자는 작정하면 헐 수 있지 않으까? 임자는 대학도 나왔잖여."

"당신도 차암……. 대학 나온다고 그게 다 되남유."

중호는 기분이 아니라 실제로 머리가 어질어질한 것을 느꼈다.

"아니 저기, 사장님……."

"어이구 총각, 얼굴이 왜 그랴. 보증보험 안 들었댜?"

"보증보험이요?"

"그랴. 내가 들라고 했을 틴디?"

정신을 가다듬고 가만히 생각해보니 사장님이 들라고 한 건 아니었지만, 한상구와 계약할 당시 보증보험에 가입했다.

"들었어요."

"거봐. 그게 다 내가 선견지명이 있어서 그런 겨. 긍게 정신 차리고 얼른 확정일자 서류 떼서 거기부터 확인해봐. 그럼 그 짝에서 다 챙겨줄 텐게. 요즘 법이 좋아서 그렇게 쉽게 돈 안 떼먹혀."

중호는 뭐부터 알아봐야 할지 돌아버릴 것 같았지만, 이럴 때일수록 정신을 차려야 했다. 누구 상의할 사람이 한 명만이라도 있었다면 좋았을 텐데, 변호사를 만나자니 또 돈이고 오로지 인터넷만이 유일한 창구였다. 검색하다 보니 다행히 부동산 사장의 말이 맞는 것도 같았다.

보증공사 직원이 말했다.

"이거 주인 바뀌고 재계약하셨을 때 확정일자 신고를 다시 하면 안 되는 거였거든요."

"네? 이거 바뀐 집주인이 다시 하라고 해서 한 건데?"

"에이그. 그러면 확정일자가 저쪽 채권자보다 뒤로 가니까 후순위로 밀리거든요."

"네?"

중호는 몰랐다. 계약 후엔 확정일자가 필수라는 사실만 알았지, 계약이 바뀐 다음 다시 하면 안 된다는 말은 처음 들었다. 도리어 바뀐 집주인이 확정일자를 상기시켜줘서 친절한 사람이라고 생각했다. 내가 이렇게 멍청한 인간이었나? 압류 잡힌 날짜를 보니 재계약한 날짜와 중호가 확정일자를 받은 날짜 사이에 교묘하게 딱 걸려 있었다.

아니 그러면 주민센터에서라도 말해줄 수 있는 거 아니었나?

하지만 중호는 성인이다. 성인에겐 아무도 먼저 나서서 가르쳐주지 않는다.

"그리고 이거, 바뀌었을 당시에 집주인 변경 사항도 저희 쪽에 말씀해주셨어야 했거든요."

그것도 중호는 몰랐다. 그런 걸 미리 다 아는 사람이 있을까? 중호는 잠깐 생각했지만, 갑작스럽게 통보받은 상황이 아니었다면 먼저 알아봤을지도 모른다는 생각이 들긴 했다. 공교롭게도 아버지의 수술 일정과 딱 겹치는 바람에.

"아 그게 제가, 그때 굉장히 중요한 일이 있어서……."

"네. 어쨌거나 이게 좀 문제가 될 수도 있을 거 같네요. 요즘 전세 사기당하신 분들이 워낙 많아서 공사에서도 심사가 조금 까다로워졌거든요."

"그럼 못 받을 수도 있다는 말인가요?"

"거절 사유가 될 수는 있어요. 일단 서류는 접수해드릴게요."

그날 주택도시보증공사를 나오는 길에 중호는, 햇살이 너무 밝아서 죽고 싶다는 생각을 처음 했다.

"나한테 왜 이러냐 진짜."

그래도 세상은 흐르고 중호의 전화도 할 일을 한다. 진동이 울리기에 액정을 확인해보니 회사였다.

"어, 오중호 씨. 어디야?"

"아 예 과장님. 제가 지금 좀 개인적인 일이 있어서 월차를 낸 상황이라……."

"그래? 외부에 있다길래 외근 나간 줄 알았더니. 얘기는 대충 들어서 알고는 있는데, 그래도 요즘 회사 빠지는 날이 너무 많아. 집안에 일 처리할 사람이 중호 씨밖에 없어?"

"네, 그게 좀……. 죄송합니다."

"어휴. 그래도 오늘 오후엔 거래처에 좀 들어갔다 와줘. 그거 일 아는 사람이 지금 중호 씨밖에 없어. 나중에 따로 반차 챙겨줄 테니까."

"어, 과장님 그런데 제가 오후에…… 집주인을 만나기로 약속이 되어 있어서요……. 죄송합니다."

전화기 너머에서 깊은 한숨 소리가 들려왔다.

"알았어, 그럼."

전화가 뚝 끊겼다. 이번엔 중호의 가슴속에서 깊은 한숨 소리가 흘러나왔다. 반면 상황이 이 지경으로까지 몰리니 이젠 나도 모르겠다 될 대로 되라지, 하는 생각까지 들었다. 모든 걸 다 내려놓고 싶었지만……, 그래도 일단 처리해야 할 일이 있었다.

약속한 커피숍에서 이번에 낙찰받았다는 집주인을 만났다. 처음엔 안 만나겠다고 하다가 계신 곳으로 찾아가겠다고 하니까 나왔다. 상황이 좀 이상했다. 이런 경우 원래는 낙찰받은 주인이 세입자를 만나려고 기를 쓰고 세입자가 주인을 피하는 게 대부분이라고 하던데, 중호의 경우는 반대였다.

그러다 보니 중호도 우연히 들은 얘기가 마음에 걸렸다. 내용증명을 보내지 않고도 보낸 것처럼 서류를 꾸며 공시송달을 날릴 수 있고, 그러면 소리 소문 없이 강제집행을 할 수 있다는 말이었다.

하지만 막상 만나보니 중호 또래의 신혼부부였다. 자기가 안 나가겠다고 버티는 것도 아닌 마당에 이 사람들이 설마 그렇게까지 했을까 싶었다. 중호가 사정을 설명하자 남편이 아내의 눈치를 살피는 것으로 보아, 아내가 실권자인 모양이었다. 아내가 말했다.

"사정은 잘 알겠는데요. 우리도 이사 날짜가 잡혀서 어쩔 수가 없네요. 죄송합니다. 저희도 집행관이 들어가서 물건 빼는 건 불편하니까 먼저 이사 가시겠다면 이사 비용은 따로 챙겨드릴게요. 아시겠지만, 원래는 이사 비용도 저희가 챙겨드릴 필요가 없는 거거든요."

여자의 목소리가 단호했다. 너무 단호해서 중호는 자신도 모르게 그 말이 나오고 말았다.

"저기, 혹시……. 제가 내용증명을 받은 적이 없어서 그런데요. 정말 보내신 게 맞나요?"

남자가 중호의 시선을 피하자 여자가 발끈했다.

"아니 그럼 지금, 우리가 거짓말을 했다는 거예요?"

"그게 아니라……. 아닙니다. 죄송합니다."

"그리고 그게 무슨 상관이죠? 우리가 세입자분 강제로 내보내고 다른 세입자를 받겠다는 것도 아니고, 우리가 우리 집에 들어가서 살겠다는데?"

"네. 그러네요. 맞습니다. 죄송합니다."

여자가 자리에서 일어서자 남자가 그 뒤를 따라 엉거주춤 일어났다. 남자가 중호를 보고 말했다.

"커피값은 저희가……."

"아닙니다. 제 건 제가……."

"아 예. 그럼."

며칠 뒤 중호는 주택도시보증공사로부터 문자를 한 통 받았다. 보증 이행이 거절되었다는 내용이었다. 오후 업무 시간 내내 공사로 전화를 걸었지만, 연결되지 않았다. 과장이 중호에게 눈을 흘기며 지나갔다.

도대체 어쩌란 말인가. 전세보증금을 받을 수 없다면 합의금도 줄 수 없고, 새로 이사 갈 집도 구할 수 없다. 너무 궁지로 몰리다 보니 중호는 마치 꿈을 꾸는 것만 같았다. 왜 자꾸 나한테 이런 일이 벌어지는 거지? 정신이 몽롱해졌다.

바로 그때, 마침내 중호를 한강으로 보낼 운명의 전화가 걸려 왔다.

"오상식 환자, 보호자분 되시죠?"

"네, 그런데요. 누구시죠?"

"여기는 은성병원 원무과입니다. 오상식 환자분 퇴원 수속 안내차 전화드렸습니다."

"퇴원 수속이요?"

"네. 오상식 환자분, 이번 주 중으로 퇴원 수속 밟으셔야 하거든요."

"네? 그게 무슨 말씀이세요? 다음 주에 아버지 수술 잡혀 있는데요?"

"그게, 취소되었습니다."

"네?"

전화기 너머로 잠시 침묵이 흐르더니 목소리가 다시 이어졌다.

"뉴스…… 못 보셨나요?"

"뉴스요?"

"의료 파업으로 환자분 수술할 의사가 없어요."

"그게 무슨 말도 안 되는……. 아버지 이번에 수술 못 받으면 돌아가십니다. 종합병원에서 의사가 없다는 게 말이 됩니까?"

"그러니까요. 저도 보호자분 말씀에 동의합니다."

"아니! 동의가 아니라 수술을 못 받으면 돌아가신다고요!"

"그러니까요. 하지만 의사 선생님들이 전부 사직서를 내신 상황이라 저희도 다른 방법이 없습니다. 저는 여기 행정 직원이라 그 외의 상황에 관해서는 전혀 모르고요."

중호의 마음속에서 무언가가 뚝 끊어졌다. 툭 떨어졌다. 저도 모르게 의자를 박차고 일어나며 소리쳤다.

"야 이 사기꾼들아! 너희가 잘못해서 다시 잡은 수술이잖아! 너희가 의료기기 영업 사원한테 수술시켜서 사람을 반송장으로 만들어놓고 인제 와서 수술이 취소됐다니 그게 무슨 말도 안 되는 헛소리야!"

"선생님. 사정은 알겠지만 그렇다고 저한테 폭언하시는 건 아니죠. 요즘 이러면 신고당해요. 사정 생각해서 이번 한 번만은 넘어가 드리겠습니다. 주중으로 퇴원 절차 밟으세요. 전화 끊겠습니다."

강제로 영혼이라도 뽑혀 나간 듯 멍하니 섰던 중호가 정신을 차렸을 땐, 사무실 내의 모든 직원이 중호를 바라보고 있었다. 중호는 황망한 얼굴로 지금 자기가 선 곳이 어딘지 잠시 가늠하다가, 사무실을 나왔다.

이젠 나도 모르겠다. 뭐가 어떻게 돌아가는 건지, 뭘 어떻게 해야 하는 건지.

중호가 한강 다리 위에 도착했을 땐, 맨정신이었음에도 만취로 기억이 끊긴 것처럼 머리 한 부분이 텅 비었다. 뻥 뚫렸다. 큰 공백이 생겼다. 여기까지 어떻게 왔는지 아무런 기억도 나지 않았다.

중호는 흐르는 한강을 하염없이 내려다보았다. 세상이 기어코 나를 죽이려고 드는데, 막상 한강에 와서도 결심을 돕는 마법 같은 건 일어나지 않았다. 중호는 마치 태권도라도 하듯 아랫배 양쪽으로 두 주먹을 불끈 쥐고, 창자가 끊겨 나갈 것처럼 큰 소리로 고함쳤다.

"나더러 뭘 더 어떻게 하라고! 뭘! 더! 어떻게!"

그러는 사이 도롯가에 차량 두어 대가 서서 잠시 중호를 지켜보다가 사라졌다.

인생 자체가 너무 황당하니까 눈물도 안 나오네, 빌어먹을. 아버지만 아니면 내가 진짜 죽는 건데. 이 거지 같은 인생을 계속 살 이유가 1도 없는데.

그때 문득 인기척이 느껴져 옆을 보니 턱시도를 입은 여자가 중호 옆에 서서 한강을 내려다보고 있었다. 이렇게까지 가까이 와 있는데도 뒤늦게 인기척을 느낀 중호는 흠칫 놀랐다.

"아, 깜짝이야. 씨."

그러나 여자는 중호에겐 눈길도 주지 않은 채 한강을 내려다보며 말했다.

"죽으려면 빌딩이나 아파트 옥상 같은 곳이 낫지 않을까요? 어차피 뛰는 건 마찬가지인데 물속으로 뛰어드는 건 비효율적이잖아요. 뛰어내리는 공포는 같아도 즉사와 익사는 고통의 연속성 면에서 다르니까요. 굳이 더 괴로운 형태로 죽을 이유가 있을까요?"

아니 이게 무슨……. 지금 여자가 한 얘기는 전부, 평소 내가 하던 생각이잖아. 비슷한 생각이야 할 수 있다고 쳐도 이렇게 단어 하나까지 모두, 똑같을 수가 있나? 중호는 현실감이 느껴지지 않았다. 그런데 현실감이 없는 걸로 치면 여자의 존재 자체부터 그랬다.

언제 왔는지 알 수 없는 건 차치하고라도 한강 다리 위에 턱시도를 입은 여자가 서 있는 것부터 이상하고 무엇보다 생김새가 너무…….

미인이었다. 여우라고 해야 할지 고양이라고 해야 할지 그런 쪽의 동물이 인간으로 환생하면 딱 이런 모습이겠다 싶은 여자가 늘씬한 키를 자랑하며 중호의 일행인 것처럼 옆에 딱 붙어 서 있었는데, 그 기운이 서늘했다.

냉미녀라는 게 분위기를 말하는 게 아니라 진짜로 서늘한 걸 말하는 거였어? 그런데 지금 그게 중요한 게 아니라…….

중호는 번뜩 정신을 차렸다.

"누, 누구세요?"

"죽는 건 생각보다 쉽지 않아요. 더구나 한강에 떨어져서 죽는 건 더욱 그렇죠. 여기서 뛰어내리려면 일단 이 난간에 다리부터 올려야 하는데 이미 거기서부터 쉽지 않아 보이네요."

여자가 중호의 다리를 힐긋 보더니 말을 이었다.

"그래도 안쓰럽게 어떻게든 기를 쓰고 올라가서 뛰어내린다고 한들, 바로 죽지도 못해요. 춥고, 숨 막히고, 눈을 뜨면 어둡기까지 해서 그 공포가 이루 말로 할 수 없죠. 그 시간이 얼마나 될 거 같아요?"

"시간이나 마나 이분 말씀하시는 게 은근히 기분 나쁘네? 지금 제 다리는 왜 보신 거예요? 누가 안쓰럽게 기를 써야 여길 올라갈 수 있다는 거예요?"

그러나 여자는 자기 할 말만 했다.

"길어야 한 2분 걸릴까요? 하지만 막상 그 속에 있어보면 시간은 그렇게 흐르지 않습니다. 10년쯤 고통받은 거 같은데 고작 1분이 지났을 뿐이죠. 스스로 지옥을 선택하는 셈이랄까. 사는 것도 지옥이었는데 죽는 것까지 그런 식으로 가고 싶으세요?"

"아니, 죽긴 누가 죽는다고 지금……. 그리고 죽어보신 것도 아니면서 어떻게 그렇게 잘 아세요? 지금 누구 겁주는 거예요?"

"죽고 나서도 시체가 시푸르뎅뎅 퉁퉁 불어서 이게 사람인지 썩은 만두인지 구별조차 안 되겠지."

"썩은 만두라니. 무슨 비유를 해도……. 자기 할 말만 할 거면 말을 걸질 말든가. 그만하시라고요. 저도 다 안다고요."

"다 아는 양반이 그럼 여기서 뭘 하는 거죠?"

"보니까 무슨 생명 지킴이 그런 걸 하시는가 본데, 그런 거 치곤 되게 불친절하시네요. 상식적으로 뭐 좀 위로하고 그러는 게 먼저 아닌가? 이런 식으로 교육받지 않았을 텐데, 너무 마음대로 막말하시는 거 아닙니까? 제가 그렇지 않아도 지금 기분이 별로 안 좋거든요?"

그러자 여자의 태도가 갑자기 싹 바뀌었다.

"위로는 무슨. 기분은 내가 더 안 좋거든?"

"네?"

"됐고, 이거나 받아 가세요."

여자가 내민 것은 명함이었다.

도깨비 福德房

중호가 읽었다.

"도깨비……."

여자가 다그쳤다.

"도깨비 뭐요."

"도깨비 복, 덕, 거?"

여자가 한심하다는 듯 한숨을 내쉬었다.

"복덕거라는 말이 있니?"

"아니 왜 다짜고짜 반말을. 그럼 말을 해주든가 요즘 누가 명함에 한자를 새긴다고."

"복덕까지 때려 맞혔으면 그다음은 몰라도 당연히 방 아니야?"

"복덕방 나도 아는데 한 글자씩 보다 보면 자칫 그렇게 읽힐 수도 있죠!"

"자칫 같은 소리 하고 앉았네. 됐고, 거기 주소 있지?"

"있겠죠, 그럼 명함인데!"

"거기로 가, 지금. 짜증 나게 하지 말고."

"아니 누가 짜증을 나게 한다고. 아 그리고 왜 자꾸 반말이세요? 나야말로 진짜 짜증 나네? 내가 여길 왜 가야 합니까?"

"돈 필요하지 않아? 집 필요하지 않아? 지금 지푸라기라도 잡아야 할 사람이 누군데 짜증이야, 짜증이. 짜증 나게. 내가 지금 누구 때문에 이 좋은 날 여기 와서 이러고 있는 건데 확, 씨."

중호는 순간 움찔하며 한 걸음 뒤로 물러섰다. 확, 씨라는 말 때문만이 아니라 여러모로 놀랐기 때문이다. 천상계처럼 생긴 여자의 입에서 나오는 막말은 차치하고라도 이 여자가 지금 내게 뭐라고 한 거지? 돈과 집? 그게 내게 필요하다는 걸 어떻게 안 거지?

그렇다고 처음 보는 여자한테 순대처럼 어리숙하게 그걸 어떻게 알았냐고 물어볼 순 없었다. 그러나 태도에 대해서는 한마디 할 수 있겠지.

"평소 그렇게 막말해도 외모 때문에 다들 그냥 들어주고 그런 모양인데 전 그런 사람 아니거든요? 그리고 저 때문에 여기 오신 게 아니잖아요. 어디서 왜 화가 난 건지 모르겠지만 그렇게 아무한테나 막 화풀이하고 그러는 거 좋지 않습니다. 사람이 겉만 번지르르하면 뭐 합니까? 기본이 안 됐는데."

여자가 기가 막힌다는 눈빛으로 중호를 한 번 보고는 이내 허공을 향해 소리쳤다.

"들었어요? 지금 날 보고 기본이 안 됐다고 말하는 거? 내가 이래서 여기 안 온다고 했잖아! 또 이런 일 시키면 진짜 가만히 안 있을 거야!"

중호는 저도 모르게 한 걸음 더 뒤로 물러섰다. 미친 여자였을 줄이야. 그때 여자가 중호를 홱 돌아보며 말했다.

"야, 너! 어딜 자꾸 슬금슬금 뒤로 가. 나는 분명히 명함 줬다. 엉! 그러니까 가든 말든 네가 알아서 하고 네 팔자도 이제 네가 알아서 하는 거야. 알겠어?"

생각지도 못한 윽박을 들은 중호가 어리둥절 뭐라 대거리도 하지 못한 채 눈만 끔벅거리는 사이, 여자는 벌써 돌아서 저만치 멀어지고 있었다. 걸음이, 비정상적으로 빨랐다. 여자가 점처럼 작아지고서도 귀신에게 홀리기라도 한 듯 중호는 멀뚱멀뚱 그쪽을 바라보다가, 명함을 내려다보았다.

복덕방이라니. 요즘도 이런 말을 쓰는 곳이 있나? 어쨌거나 여자의 말대로 중호는 정말로 지푸라기라도 잡아야 할 상황이었다. 돈이 필요하다는 걸 어떻게 알았는지 잠깐 생각해보니 답은 의외로 간단했다. 한강 다리에서 이러는 사람이 돈 아니면 무슨 문제가 있겠어. 성적 비관 고딩도 아닌데.

이제 이해가 되네. 복덕방이니까 집 뭐 이런 걸 담보로 돈을 빌려주는 곳인가 보았다. 돈 빌려주는 영업도 이젠 별의별 방식으로 다 하는구나. 턱시도를 입었을 때부터 알아봤어야 했는데.

그런데 나한텐 집도 필요하지 않냐고 하지 않았나? 그건 도대체 어떻게 안 거지? 아. 요즘 전세 사기가 많다더니 벌써 그런 시장 상황까지 반영한 거야? 빠르다 빨라. 전세 사기를 당한 사람한테 집도 빌려주고 돈도 빌려준다니. 돈 놓고 돈 먹는 사람들이라 그런지 두뇌 회전율이 극단적으로 효율적이네.

어쨌거나 중호의 문제도 궁극적으로는 돈이었으므로 돈을 빌리는 방법이 있었다. 너무 갑작스럽게 모든 일이 터지다 보니 거기까진 미처 생각지 못했는데, 일단 빌려서라도 고비를 넘기고 갚는 건……, 갚는 건 차차 생각하자. 안 되면 진짜 장기라도 팔면 그만이다. 죽을 생각까지 했는데 돈만 제대로 받을 수 있다면 콩팥 하나쯤이야 없어도 그만이다.

다시 회사로 돌아온 중호는 모든 직원과 상사에게 깊이 고개를 숙이고, 격려와 질타와 위로와 쓴소리를 듣고 퇴근했다. 집으로 돌아온 중호는 식탁에 앉아 차근차근 계획을 정리해 보았다.

병원 말은 일단 무시한다. 설마 퇴원 수속 밟지 않는다고 환자를 그대로 내치기야 하겠나. 아무리 미친 세상이라지만 그 정도로까지 돌아버린 건 아닐 거다. 문제는 수술인데, 그건 내가 의사를 찾아서 칼 들고 협박을 해서라도 반드시 하게 하고 만다. 내가 감방에 가는 한이 있더라도 이건 그냥 못 넘어가.

합의도 그렇고 집도 그렇고 이러나저러나 가장 급한 건 역시 돈이었다. 중호는 이튿날부터 제1금융권을 필두로 직장인 신용대출이 가능한 곳을 알아보기 시작했다. 그 흔한 차 한 대도 없는 중호였으므로 일단 1금융권은 모두 아웃.

된다고 해서 막상 가보면 뭔가 하나 추가되고, 뭐가 조금 달라지고, 왠지 슬쩍 하나 더 붙고 하는 바람에 사기가 꺾였다. 된다고나 하지 말든가. 도대체 오라고는 왜 하는 거야? 앉아서 사람 엿 먹이면 특별한 쾌감이라도 느껴지는 거야?

대출 문제로 점심을 거른 것만도 사흘. 강제로 1일 1식을 하다 보니 피골도 점점 상접해갔다. 아직 2금융권으로는 내려가지도 못했는데 벌써 지치는 느낌이었다. 그때 불현듯 며칠 전에 받은 명함이 떠올랐다.

주머니를 뒤져보니 잘 있다. 어차피 손해 볼 것도 없으니 전화나 해보지 싶었는데 희한하게 주소는 있으면서 전화번호가 없었다. 뭐지 이거? 이런 식으로도 영업이 된다고? 명함은 직접 돌리면서 전화번호는 없다고?

뭔가 느낌이 싸했다. 설마 장기 매매 같은 걸 하는 덴 아니겠지. 정 안 되면 콩팥이라도 팔아야 한다고 생각하니 요즘 뭐만 하면 장기 매매가 떠오르네. 하지만 그런 거치곤 여자가 너무 예쁘던데. 아니지. 어쩌면 그래서 더 예쁜 여자가 영업을 뛰는지도. 생각해보니 그 여자, 냉기가 철철 흐르고 말투도 왠지 조폭 같았어.

중호는 혀를 한 번 차고 명함을 버리려다가 문득, 여자가 명함 준 걸 무슨 엄청난 기회라도 준 것처럼 말했던 게 떠올라 멈칫했다. 확실히 그냥 하는 말 같진 않았는데. 안 가면 분명 내 손해라는 듯이 말했던 게 아무래도 마음에 걸렸다. 그래서 명함을 다시 한번 찬찬히 살피는데 어라?

주소가 낯익었다. 이거 편의점 주소랑 한 끗 차이네? 인터넷으로 지도를 열어보니 확실했다. 중호의 집에서 5분 거리, 병원에서도 5분 거리, 딱 그 중간에 있는 편의점 옆 건물.

거기 이런 복덕방이 있었다고? 기억이 전혀 없는데. 어차피 퇴근하고 집에 가려면 지나야 하는 길이다. 중호는 그때 들러

보기로 했다. 점장이 날 보면 불편하겠지만.

합의 사건 이후 중호는 편의점에서 잘렸다. 점장이 직접 말도 못 해서 점장 사모가 대신 나와 말했다.

"중호 씨. 솔직하게 말할게. 우리가 중호 씨 편을 들면 그 사람들 우리 편의점을 고소할 거예요. 바닥이 미끄러워서 넘어졌니, 잘못된 상품을 진열했니. 안 그래요? 그러니까 우리도 심정적으로는 중호 씨를 믿지만, 상황이 좀 그래요. 무슨 말인지 이해하죠?"

"네. 그럴 수도 있겠네요."

"그럴 수도 있는 게 아니라 그런 사람들은 진짜 그런다니까."

"네. 알겠습니다. 솔직하게 말씀해주셔서 감사합니다."

"섭섭하게 생각하지 말아요."

섭섭하든 아니든 그건 내 마음 아닌가. 가장 섭섭한 건 저녁에 나오던 폐기 음식이다. 그나마 그걸로 저녁 식비를 아꼈는데, 요즘 밥값이 장난 아니다 보니 그마저도 부담되었다. 점장이 간신처럼 고개를 빼꼼 내밀더니 말했다.

"저기 중호 씨. 그래도 집이 코앞이니까 왔다 갔다 하면서 기한 지난 도시락 같은 거 가져다 먹어요. 내가 저녁 알바한테 말해놓을 테니까."

그러자 사모가 버럭했다.

"이 양반이 지금 누굴 거지로 아나! 장난해요?"

후. 그건 내가 해야 할 말 아니었나? 하지만 난 그런 말을 할 생각이 없었는데.

"네. 어쨌든 두 분 말씀은 잘 알아들었으니 사람 구해지는 대로 인수인계하겠습니다."

"저기, 사람은 구했는데."

"네?"

사모가 말했다.

"인수인계도 이 양반이 할 거니까 중호 씨는 그냥 여기까지 하는 걸로 할게요. 대신 오늘도 근무한 걸로 시급은 쳐줄 테니까."

그때 딸랑, 하고 출입문이 열리더니 동그란 얼굴의 여자가 뛰어 들어왔다.

"오메, 첫날부터 지각하는 줄 알았네."

사모가 말했다.

"아주머니, 지각하셨어요. 오늘은 첫날이라 그렇지만 앞으로는 이러시면 곤란해요."

여자가 굽신거리며 사모의 눈치를 살피곤, 중호를 보았다. 중호는 갑자기 불청객이 된 느낌이 들어 인사하고 편의점을 나왔다. 겁나 불편한 편의점이 됐네, 빌어먹을. 그나마 식당보단 편의점 도시락이 싸서 먹을 만했는데, 이젠 편의점도 다른 데를 가야 하나. 젠장.

놀랍게도 그런 간판이 정말로 편의점 옆 건물에 있었다. 와. 내가 여길 그렇게 오가면서 이걸 한 번도 못 봤다고? 편의점을 그만두지 않았다면 점장에게 복덕방이 원래 여기 있었냐고 물어볼 텐데, 지금 그러면 불편하겠지? 그러잖아도 오가는 길에 몇 번 시선이 마주쳤고, 그때마다 점장은 진열대 뒤로 숨었다. 내가 언제 뭐라고 했어?

중호는 의식적으로 편의점에서 보이지 않는 방향으로 다가가 얼쩡거리며 복덕방을 들여다보았다. 내부가 보이지 않았다. 정육점 같은 분위기면 아예 들어가지도 않을 생각이었는데 보이지 않으니 알 수가 있나.

하지만 동네가 동네이니만큼 설마 이런 곳에서 이상한 짓을 하지는 않겠지? 중호가 살짝 문을 여니 딸랑, 하고 풍경 소리가 울렸다. 무의식적으로 고개를 드는데 문 상단의 도깨비 풍경이 씩, 웃는 얼굴로 중호를 내려다보고 있었다.

조금만 싸한 느낌이 들어도 바로 튀어나오려고 했으나 웬걸? 굉장히 아기자기한 소품 카페 같았다. 꽃이며 장식이며 각종 문양이며, 이런 걸 유럽풍이라고 하나? 테이블도 단란하게 세 개가 전부였다. 주방 카운터 너머로 머리를 양 갈래로 땋은 여자아이가 보였는데, 자기 얼굴만 한 안경을 쓰고 있었다. 만화에나 나올 법한 풍경에 만화에나 나올 법한 여자아이가 있어 중호는 잠시 눈을 끔벅이다가 물었다.

"여기, 혹시, 어른은 안 계시니?"

그러자 여자아이가 뚜벅뚜벅 걸어 나와선 말했다.

"제가 여기 사장입니다. 조금 어려 보이다 보니 흔히들 그렇게 보십니다. 당황하실 필요는 없습니다."

하지만 당황이라는 게 하지 말란다고 해서 하지 않을 수 있는 게 아니다.

"어, 저, 저는, 여기가 복덕방인 줄 알고 들어왔는데요."

자기를 사장이라고 소개한 아이가 말했다.

"복덕방 맞습니다. 제대로 오신 거예요."

"아, 그렇군요. 제가 명함을 받아 가지고……."

"네, 들었습니다."

"아. 들으셨군요."

응? 중호는 자기도 모르게 반응해놓고도 뭔가 이상하다는 걸 느꼈다.

"드, 들으셨다고요?"

"네. 한강에서 올라가지도 못할 난간을 보고 계셨다고."

뭐야, 얘도 화법이 왜 이래? 그 여자 딸인가?

"아니, 올라가려고 하면 충분히 올라가죠. 그 여자분은 아무 데서나 이상한 얘길 하고 다니시네."

"일단 저는 오중호 씨께 명함을 준 아이보다 나이가 많습니다. 그 아이도 오중호 씨보다 최소 쉰 살은 많을 거고요. 우리가 나이를 따지는 스타일은 아니지만 그래도 애, 재, 그렇게 불리는 건 좀 그러니까 한 번 짚고는 넘어갈게요."

쉰 살이라니. 그런 얘길 뭐 이렇게 진지한 표정으로 하냐. 하지만 방금 애라고 생각했던 건 사실이었으므로 중호는 순간 뜨끔했다. 소인증을 앓는 분이라면 더없는 실례가 될 테고. 그 바람에 알려준 적도 없는 자기 이름이 불렸다는 사실도 인지하지 못했다. 심지어 '애'는 속으로 생각했다는 것도 까먹고 사과했다.

"죄송합니다. 너무 동안이시다 보니……."

"네, 이해합니다. 편하신 자리에 앉으세요. 차 하시죠?"

"네. 저는 커피……."

"커피는 없습니다."

"아, 예 그럼 아무거나. 그러잖아도 오늘 커피를 좀 많이 마신 것도 같네요."

사장은 돌아서자마자 차를 내왔다. 쟁반에 찻잔을 하나 들고 온 게 아니라 다기 세트를 통째로 가져왔다. 그러고는 중호의 맞은편에 앉아 느긋하게 도기를 세팅했다. 종이컵에 녹차 티백이나 하나 넣어줄 줄 알았더니. 의외로 정성이네? 사무실 분위기도 그렇고 요즘 대부업체는 이런 식인 건가? 중호가 물었다.

"여긴…… 생긴 지 얼마 안 됐나 봐요?"

"그렇습니다. 나흘 됐으니까요."

사장이 우려낸 차를 한 차례 버리고 손목에 찬 시계를 보더니 덧붙였다.

"나흘 하고 열한 시간 지났네요."

"아."

중호의 눈길이 잠시 사장의 시계에 머물렀다. 시계가 참. 뭐지 저게? 도깨비인가? 아무튼 요즘 제정신으로 돌아다닐 때가 별로 없었으니까 갑자기 뭐가 생겼다고 한들 알기 어려웠겠지. 그나저나 열한 시간까지 계산하다니 이 양반도 범상치 않네.

"사무실이 정말 예쁘네요."

"그렇습니다. 소품 대부분을 강매당하기는 했지만, 그래도 나름 전문가라는 사람이 꾸미기는 한 거라."

다도는 모르지만 다도의 정석처럼 보이는 표정으로 차를 몇 번 우려낸 사장이 마침내 중호에게 잔을 건넸다.

"드세요. 심신을 안정시켜주는 찹니다."

그러더니 옆에 놓인 태블릿을 들어 무릎에 올리고는 다리를 꼬았다. 생긴 것과 달리 말투나 행동거지가 확실히 애는 아니다. 사장이 태블릿의 스크롤을 내리면서 무언가를 보았다.

흠. 돈 얘기는 내가 먼저 꺼내야 하는 건가? 이런 곳에서 돈을 빌려본 적이 한 번도 없는 중호는 살짝 긴장감을 느꼈다. 앞에 놓인 차를 한 모금 마시자 사장이 말했다.

"한강에서 높은 자살률을 보이는 이유는 그곳이 아름답기 때문입니다."

"네?"

"특히 노을 지는 강변의 하늘은 이 세상 풍광이 아닐 때가 많죠. 그런 풍광은 사람의 마음을 움직입니다. 감정을 증폭시키죠. 거대한 외로움이라는 감정을. 그리고 이 외로움은 곧 감당하기 어려운 슬픔으로 바뀝니다. 아름다운 세상이지만 나의 세상은 아니거든요. 자신은 그저 이곳에 발을 잘못 디딘 이방인일 뿐."

중호는 이 난데없는 이야기를 언뜻 이해하지 못해 눈만 끔벅거렸다. 사장의 음성이 건조하게 이어졌다.

"아무리 적응하려고 해도 적응할 수 없고 돌아가려고 해도 어디로 가야 할지 알 수 없습니다. 강변을 따라 빼곡하게 들어선 아파트 빌딩 숲 어디에도 내가 있을 곳은 없죠. 그 너머에도, 그 너머의 너머에도. 삶의 의지가 거기서 무너집니다. 아름답지만 나의 세상은 아닌 곳에서."

그제야 중호는 사장이 왜 이런 얘기를 하는지 알 것 같았다.

"혹시 제가 한강에 갔던 것 때문에 이런 얘기를 하시는 거면 살짝 오해가 있으신 것 같습니다."

"오해는 없습니다. 오중호 씨의 세상이 아직 이곳에 남아 있어서 무너지지 않은 것뿐이니까요. 하지만 점점 줄고 있죠. 그 세상이 전부 사라지기 전에 이곳엘 오게 되어 참 다행입니다."

여러모로 당황스러운 말이었다. 오해가 없다는 단언도 그랬지만 나의 세상이라니. 내 세상이 아직 여기 어딘가에 남았고 점점 줄고 있으며 전부 사라질 수도 있다는 말을 이런 곳에서, 이런 식으로 듣게 될 줄은 몰랐다.

재미있네. 노래 가사에서나 보던 말을 눈앞에서 육성으로 듣다니. 이 사장님, 보기와 다르게 허세가 좀 있는 분이셨네. 중호는 딱히 비아냥거릴 의도는 아니었지만 이런 말을 실제로 하는 사람이 존재한다는 사실에 흥미를 느껴 저도 모르게 반응했다.

"이 세계에 아직 제 세상이 남았다니 다행이네요."

"그렇습니다. 아버지께서 물려주신 세상이죠."

중호는 다시 한번 당황했다. 거기서 아버지 얘기가 나올 줄은 몰랐기 때문이다. 하지만 아버지는 흥미의 대상이 아니다. 중호의 표정이 살짝 굳었지만, 사장은 괘념치 않고 말을 이었다.

"인간은 부모로부터 여러 가지를 물려받는데 그중엔 자질이나 근성 같은 성향도 포함됩니다. 오로지 물질적인 것만 유산으로 생각하다 보니 그런 건 안중에도 없는 세태이지만 보이지 않는 것의 가치가 빛을 발할 때도 반드시 있기 마련이죠."

중호는 사장의 얼굴을 가만히 보았다. 틀린 말은 아니지. 하지만 한 가지는 확실하게 알겠다. 생활에 여유가 있으니 인생을 뜬구름 잡듯이 살아도 살 만한 것처럼 보인다. 그래. 그런 환경이라면 나라도 그랬겠지. 나 역시 책 읽고 음악 듣고 예쁜 소품으로 이렇게 주변이나 꾸미면서 좀 더 아름다운 삶의 가치만을 생각하며 살았을 거다. 사장이 말했다.

"그런데 지금 오중호 씨의 인생에서 가장 큰 어려움을 주는 존재가 아이러니하게도 부친이시네요. 원망의 마음이 있습니까?"

중호도 그 문제에 관해 생각해본 적이 있다. 없다고 하면 거짓말이겠지. 그래서 지금은 명확히 안다. 원망이 있지만, 그것은 아버지에 대한 원망이 아니다. 아버지처럼 살아도 아무런 보상이나 대가 없이 부서지기만 하는 세상에 대한 원망이다. 인간에 대한 원망이다.

"아버지가 제게 어려움을 주는 게 아닙니다. 제 아버진 훌륭한 분이세요. 하지만 여기서 아버지 얘기를 하고 싶진 않은데요."

그러고 보니 이 사장님이 내 아버지에 대해 뭘 안다고 이런 얘길 하는 거지?

"맞습니다. 중호 씨의 아버지는 훌륭한 분이십니다. 한 인간의 훌륭한 삶이 얼마나 비효율적인 방식으로 전개되는지를 얘기하려다 보니 부친을 언급하게 되었습니다. 불쾌하셨다면 사과드리죠."

중호는 내심 놀랐다. 뭐지? 나는 여기 와서 비효율적이라는 단어를 한 번도 쓴 적이 없는데? 비효율적인 인생. 중호가 늘 생각하는 문제였지만 누구와도 이 주제로 대화를 나눠본 적 없고 인생에 관해 비효율적이라는 말을 쓰는 사람 자체를 (자신 말고) 본 적이 없다. 그런데 이 사장이 그런 말을 쓴다고?

"인생 자체가 확실히 비효율적으로 진행되는 경향이 있습니다. 컴퓨터처럼 인풋과 아웃풋이 정확하게 맞아떨어지면 더없이 합리적인 세상이 되었겠죠. 하지만 인생은 행위의 결괏값을 예측할 수 없고 기대와는 터무니없이 다른 결과가 나올 때도 많으니 이보다 더 비효율적일 순 없을 겁니다."

그런데 이것은 공감인가 질책인가. 중호도 평소 하는 생각이었지만 남의 입을 통해 들으니 묘하게 질책처럼 느껴졌다. 그래서 뭐, 어쩌라고. 그게 인생의 본질이니까 억울해하지 말라고? 사장이 말했다.

"그런데 기대와는 터무니없이 다른 결과의 비효율성 때문에 종종 반대의 기적이 만들어지기도 합니다. 마치 복불복 복권 같다고나 할까. 그런데 절대로 좋은 일 따윈 생기지 않을 거라고 믿어 그 권리를 포기해버렸다고 칩시다. 그런데 실은 그게 어마어마한 기적의 복권이었다는 걸 훗날 알게 된다고 치죠. 그러면 어떤 기분이 들까요?"

그런데로 김밥을 만들 수도 있겠다고 생각하던 중호는 사장의 시선이 너무 똑바로 자신을 향한 바람에 저도 모르게 더듬더듬 답변했다.

"짜, 짜증이…… 나지 않을까요?"

"짜증 정도로 끝날까요? 죽어서도 통탄한다는 게 그런 경우겠죠. 그래서 제가 중호 씨께는 그런 일이 벌어지지 않도록 주문을 하나 알려드릴 겁니다."

"저한테요? 주문을요?"

"네. 따라 하세요. 존버가 답이다."

"네?"

"따라 하시라고요."

"그게 주문이라고요?"

"네."

뭐지? 지금 날 놀리는 건가? 이거 지금 내가 기분 나빠 해야 하는 게 맞는 거지?

그런데 사장의 표정이 너무나 진지해서 장난기는 고사하고 하라는 대로 하지 않으면 당장 자리에서 일어나버릴 것만 같았다. 엄청난 압박감이 들었다. 얼결에 도를 믿느냐를 따라갔다가 돈을 뜯기는 게 이런 분위기 때문이었나? 하지만 이건 말이니까 돈 들 일은 없다. 만약 돈까지 내놓으라고 하면 그때 자리를 박차고 일어나면 된다. 더불어 쌍욕도 박아주겠어. 안 그래도 요즘 일상이 쌍욕 같은데.

"조, 존버가 다비다."

"아니, 그렇게 도살장에 끌려가는 소처럼 웅얼거리지 말고 제가 말한 것처럼 또박또박 정확하게."

"존버가 답이다. 됐나요?"

"됐습니다. 앞으로도 마음이 꺾일 때마다 그 말을 속으로 생각하지 말고 입 밖으로 소리 내서 말하세요. 그러면 주문의 힘이 생길 테니까."

그러더니 무릎 위의 태블릿을 중호 앞에 내려놓았다. 태블릿 화면 위엔 어떤 집의 내부 사진이 떠 있었다.

"앞으로 한 달간 중호 씨가 머물 집입니다. 사진 넘겨 가면서 보세요. 마음에 드시는지."

"네?"

"집 필요하시잖아요."

"피, 필요하긴 한데……."

갑자기?

여기서?

왜?

"잊으셨나 본데 여긴 복덕방입니다. 복덕방은 복과 덕을 주기도 하지만, 기본적으로 부동산 중개를 주 업무로 합니다."

아니 그건 알겠는데 여태까지 무슨 뜬구름 잡는 얘기만 하다가 갑자기 이렇게 훅 현실로 들어간다고? 그래서 중호도 현실을 말했다.

"하지만 집을 얻으려면 일단 돈이 있어야……."

"그거 다 생각해서 보여드리는 거니까 일단 집부터 보세요. 상황이 어렵다고 곰팡이 핀 집도 괜찮다고 생각하지 마시고."

그래서 중호는 집을 봤다. 한눈에도 고급스러운 내부 장식의 집은 일단 방부터가 세 개여서 이게 뭔가 싶었는데, 계속 넘기다 보니 심지어 단독주택이었다.

"여, 여긴 주택인데요?"

"그렇습니다. 아담하고 예쁜 집이죠."

"어, 저는 이렇게 큰 집은 필요 없습니다. 이렇게 좋을 필요도 없고."

"아니요. 중호 씨에겐 이 집이 딱입니다."

"저한테요? 왜요?"

"왜냐 마나 지금 문제는 크기가 아니라 돈 아닙니까?"

"도, 돈. 그렇죠. 저는 단독주택은 고사하고 원룸을 생각하고 있었는데요. 저한테는 조금이라도 저렴한 집이 필요합니다."

"무료보다 저렴한 집은 없어요."

"저렴한 집이 없다면……. 무, 무료요?"

"네. 이 집은 무료입니다."

"왜요?"

"왜냐하면 무료니까요."

"네?"

"그래봐야 한 달이니까 한 달간 급한 불부터 끄고 그다음은 그다음에 생각하시라는 말씀입니다."

"아무리 한 달이래도 어떻게 이런 집을 무료로……."

그때 중호의 머릿속에 번뜩 떠오르는 기사가 있었다. 전세 사기를 친 놈들이, 세입자가 보증공사에서 보증금을 받고 나가면 그 집에 다시 단기로 세를 들여 불법으로 월세를 받는다는 내용이었다. 한 달이라니. 딱 그거네.

"이거 혹시, 경매라든가 뭐 그런 거에 넘어간 물건인가요? 단기는 그렇다던데. 불……."

불법이란 말까지 할 뻔하다가 다급하게 입을 다물었다. 요즘 길 가다가도 느닷없이 칼을 맞는 세상인데, 말 잘못했다가 배 뚫리면 어디 가서 하소연도 못 한다. 사장이 말했다.

"그런 집도 있을 수 있겠지만 그런 데가 무료로 빌려주진 않을 거 같은데요?"

그러네?

"그럼 여긴 왜……."

"말씀드렸다시피 이곳이 복덕방이기 때문이죠. 그중 이 집은 방에 해당합니다."

"방이라서 무료라고요?"

이게 무슨 말도 안 되는. 자선사업가라도 된다는 말인가?

"사장님. 지금 장난하시는 거 아니죠? 이런 걸로 장난하시면……."

"장난도 때와 장소를 봐가면서 해야 장난이지, 혼자 즐거우면 그게 장난이겠습니까?"

"그, 그러니까요."

사장이 빙긋 웃더니 호주머니를 뒤져 조그만 메모리카드를 하나 꺼내 중호에게 건넸다.

"이거 연결할 만한 커넥터는 집에 있으시죠?"

"이게 뭔가요?"

"제 차의 블랙박스 메모리입니다."

"사장님 차요?"

"네."

"이걸 왜 저한테……."

"그게 덕이니까요. 가져가서 보시면 압니다. 그게 왜 덕인지. 자 그러기에 앞서서."

사장이 태블릿의 페이지를 하나 넘기자 거기 계약서 양식이 있었다.

"일단 여기 내용부터 읽어보시고, 사인 먼저 하시죠. 임대차 계약서입니다."

중호는 얼떨떨했지만 일단 계약서니까 꼼꼼하게 읽어보았다. 최근 임대차 계약서를 마르고 닳도록 읽어서 표준 계약서는 이제 토씨 하나 안 틀리고 외울 정도였다.

살펴보니 정말로 보증금과 세가 없다. 보면서도 믿기지 않는 터라 중호는 열심히 머리를 굴려보았다. 살면서 이런 선의는 겪어본 적이 없었으므로 뭔가 또 내가 모르는 극악한 덫에 걸리지는 않을지 두려웠다. 사장이 말했다.

"걱정하지 않으셔도 됩니다. 이 집은 우리 복덕방 소유고,

사정이 어려운 분들께 오랫동안 무상으로 대여하면서 유지되어온 집입니다. 이 집이 하는 일이 그거예요. 풀 옵션이니 몸만 들어가셔도 되지만, 이미 있는 짐을 놓을 곳도 필요할 테니 기존 짐은 우리 복덕방에서 옮겨드릴 겁니다."

"제, 제 짐도요?"

"네. 버릴 물건이 있으면 오늘 들어가셔서 표시해놓으세요. 포스트잇이나 뭐 그런 걸로 붙여놓으시면 됩니다."

중호는 아무리 생각해봐도 이해가 안 되는 상황이었지만, 또 아무리 생각해봐도 이 상황에서 자기가 당할 사기는 없었다. 내 물건들을 훔쳐 간다고 해도 거기 돈 될 만한 건 1도 없으니까. 오히려 버리는 데 돈이 들면 들었지.

진짜 내가 아무리 멍청하다고 해도 여기서 뜯길 건 장기밖에 없는데, 혹시 이 집에서 자다가 납치라도 되는 건가?

사장이 말했다.

"그렇게 걱정되면 호신 무기라도 하나 옆에 놓고 주무시든가요. 삼단봉이라든가 안 되면 후추 스프레이라도."

내 얼굴에 걱정이 다 드러나나?

"집에서 수면 마취 가스가 나오면 방법이 없잖아요."

"기발하시네. 그러면 현관 자물쇠를 삼중 사중으로 바꾸세요. 방범창인 데다가 집도 파출소 앞이라 뭘 하고 싶어도 못해."

그러고 보니 그랬다. 이 집 주소도 바로 이 동네였다. 살던 집에서는 정반대 방향이었지만 거기도 병원에서 10분 거리이기는 마찬가지.

"바로 앞에 파출소가 있다고요?"

"네."

중호는 눈을 끔벅거리며 사장을 보았다. 생각해보니 이 집이 여기 복덕방 소유라고 했는데 계속 이러면 이거, 자기가 되게 실례하는 걸 수도 있겠다 싶어서 중호는 슬쩍 시선을 내려 다시 계약서를 보았다. 나머지 내용은 표준 계약서와 일치했지만, 주의 사항이라고 적힌 항목이 좀 특이했다.

1. 임차 기간 중, 임차인은 임차 공간에서 겪은 일을 누구에게도 발설해선 안 된다.
2. 임차 기간 중, 임차인은 임차 공간을 임의로 개조·변경·손상해선 안 된다.

전셋집에 못 하나 박지 않는 중호로서는 2번이야 뻔한 얘기였지만 1번이 무슨 뜻인지는 아무래도 알 수가 없어서, 그 대목만 열 번도 넘게 읽어보았다. 사장이 말했다.

"모르겠으면 물어보시든가, 골백번을 다시 읽는다고 그게 이해가 되겠습니까?"

"그, 그러게요. 제가 이 집에서 무슨 일을 겪게 되는 거죠? 잘 때 수면 마취 가스가 나와서 납치되는 건가요?"

"아니라니까, 이 양반이 증말. 이런 새가슴으로 한강엔 도대체 왜 간 겁니까?"

"그러게요. 사람 마음이란 게 참. 어차피 마취되면 발설하고 싶어도 못 할 텐데."

사장이 태블릿을 덥석 쥐었다.

"없던 얘기로 합시다."

"아닙니다! 아니에요! 하겠습니다. 여기 사인하면 되는 거죠?"

중호는 빼앗길 뻔한 태블릿을 다시 움켜쥐고 재빠르게 사인했다.

그런데 막상 사인하고 나니 마음이 한결 편해졌다. 이제 다 끝났다. 또 사인했다. 될 대로 돼라. 그러자 사장이 테이블 위에 큼직한 황금 열쇠 하나를 올려놓았다.

"우리가 현찰은 취급하지 않아서 금덩이만 쓰니까, 이거 갖고 가서 바꿔 쓰세요. 열 돈이니까 지금 시세로 꽤 돈이 될 겁니다."

"어, 저기 사장님. 제가 돈이 조금 더 필요한데요……."

"합의하라고 주는 거 아니고 한 달 동안 생활비 쓰라고 주는 거예요. 먹고사는 거 외에 모든 게 사치라고 생각하니까, 그 돈으로 일단 마음의 여유부터 좀 가지라고 드리는 겁니다. 다른 각도에서도 인생을 좀 보시라고. 사람이 그렇게 앞뒤가 꽉 막혀서야 원."

중호는 잠시 자기가 합의 문제에 관해 얘기했던가 어리둥절했지만 하도 예상치 못한 얘기들이 많이 오간지라 했나 보다고 생각했다.

"아니 그래도 제가 합의는 해야 해서요. 저도 억울하긴 하지만 지금 제 상황이 어쩔 수가 없어서……."

"그래서 제가 그 메모리 칩 드렸잖아요. 집에 가서 그거 보시고 오늘부터 이 집 가서 주무세요. 그래야 우리도 밤에 작업해서 내일 그 집으로 짐을 옮겨놓을 수 있으니까요."

"오, 오늘부터요?"

"거기 임대차 계약서에 날짜 적혀 있잖아요. 뭘 엄청 꼼꼼하게 보는 것 같더니 뭘 본 겁니까?"

"그, 그러네요?"

"그러니까 그 정도 하고 가요, 이제. 나도 힘들다."

실제로도 좀 진상 짓을 한 거 같아 중호는 엉거주춤 자리에서 일어서다가, 황금 열쇠를 슬쩍 손에 들고 끝내 한마디를 더 물어보았다.

"그, 그럼 이게 복이 되는 건가요? 복두꺼비?"

"그건 금이죠. 그리고 열쇠잖아요. 두꺼비는 갑자기 어디서 나온 거야?"

"사장님이 아까 복덕방에서 방하고 덕을 주셔서, 이게 혹시 복인가 해서요."

"복은 본인이 찾아야죠. 뭘 전부 날로 먹으려고 해."

아니 내가 뭘 날로 먹겠다는 게 아니라, 사장님이 먼저 방이니 덕이니 그러니까 이게 혹시 복인가 했던 거지. 도무지 어느 장단에 맞춰야 할지 모르겠네. 그러나 사장이 뒤도 돌아보지 않고 주방으로 들어가는 바람에 그 말은 하지 못했다. 중호는 황금 열쇠를 조심스럽게 주머니에 넣고 복덕방을 나왔다.

본래는 돈을 빌리러 온 거였지만 집이라도 구했으니 다행이라고 해야 하나……. 응? 그런데 잠깐만 이 금덩이 이자가 얼만지 모르는데? 그러고 보니 차용증 같은 것도 안 썼는데? 중호가 다급하게 뒤돌아서 문을 벌컥 열자, 주방 카운터 뒤에서 안경을 벗던 사장이 버럭 소리 질렀다.

"아, 좀! 노크 몰라요? 노크?"

영업집에 들어오는데 노크를? 하지만 그렇다니까 일단 사과부터 했다.

"죄, 죄송합니다. 사장님."

"왜요 또 뭐요."

"다른 게 아니라 이 열쇠, 차용증 같은 거 안 쓰시나 해서요. 제가 얼마를 쳐서 갚아야 하는지도 몰라서."

"없어요, 그런 거. 그냥 쓰시면 됩니다."

이게 무슨 말이지? 그런 게 가능하다고? 이거 혹시 장물인가?

"장물이라고 아무나 막 줍니까?"

헉. 뭐지? 내 생각을 읽기라도 한 것처럼?

"저, 이거 정말 팔아도 되는 거죠?"

팔러 갔는데 잡았다 요놈, 그런 일이 벌어지는 거 아니죠?

"아이고, 의심도 병이라더니. 그렇게 걱정되면 방구석에 누워만 계시든가. 누가 시비를 걸지 어떻게 알고 나가, 나가길. 나가자마자 개한테 물릴 수도 있는데."

그렇게까지야.

"네. 알겠습니다. 실례했습니다."

어차피 차용증 안 써봐야 내가 손해날 것도 없고 장물이래도 별수 없다. 지금은 한 푼이 아쉬울 때니까.

집으로 돌아온 중호는 버려야 할 짐이 있는지 무심히 살피다가 문득, 사장이 준 메모리 칩이 떠올랐다.

커넥터를 꺼내 칩을 삽입하고 컴퓨터에 연결하자 흑백 영상이 화면을 채웠는데, 맙소사.

여긴 내가 일했던 편의점 아니야?

영상을 가만히 보노라니 이 장면은 편의점 주차장에서 편의점의 내부를 찍은 것이었다. 그 진상 남자가 와서 막걸리 통으로 중호의 머리를 내리친 날의 영상이 메모리에 고스란히 저장되었고, 그때 일어났던 일련의 일들이 놀라우리만큼 선명하게 담겨 있었다.

심지어 남자가 제풀에 쓰러지는 장면에선 누군가의 음성

까지 삽입되어 있었다.

"지랄 났네, 지랄 났어."

분명 사장이 자기 차라고 했는데 목소리는 성인 여자의 음성이었다. 응? 그런데 이 목소리, 굉장히 귀에 익은데?

자리에서 벌떡 일어난 중호는 안절부절못하다가 옷을 챙겨 입고 복덕방으로 달려갔다. 그러나 복덕방 문은 이미 굳게 닫힌 상태였다. 호주머니에 든 메모리카드가 어디로 도망갈세라 중호는 칩을 움켜쥐고, 편의점 주변을 서성거렸다. 그러자 전에 보았던 그 동그란 얼굴의 여자가 문을 열고 나왔다.

"아저씨!"

아저씨라고 하길래 설마 자신일까 싶었으나 주변에 사람이 없었다. 중호가 물었다.

"저요?"

"그럼, 거기 아저씨 말고 누가 또 있어요?"

중호가 두 눈을 끔벅거리며 멀뚱멀뚱 쳐다보았다. 혹시 저 여자가 날 알아보는 건가? 혹시 점장이 사모 몰래 내 얘기를 한 건가? 폐기 도시락을 챙겨주라고? 여자가 말했다.

"거기서 서성거리지 좀 말아요."

"네?"

"거기서 아저씨가 자꾸 서성거리니까 내가 마음이 불안하단 말이야. 자꾸 그러면 경찰에 신고할 거예요?"

나 참 어이가 없네. 알지도 못하는 여자한테 순간 배신감이 느껴지면서 쌍욕이 올라올 뻔한 걸 중호는 참았다.

“아주머니, 알겠으니까요. 그 편의점 CCTV나 잘되는지 수시로 확인해봐요.”

“어머? CCTV 왜? 아저씨가 CCTV 건드렸어?”

아이 씨. 어째 날이 갈수록 이상한 사람만 점점 많아지는 거 같냐 왜.

집으로 올라가던 중호는 간단한 옷만 챙겨서 새집으로 들어가라던 사장의 말이 떠올랐다. 그런데 내일은 휴일이라 출근할 일이 없으므로 밤에 뭘 할 필요가 있을까 싶었다. 일단 집에 가서 영상의 복사본부터 백 개 만들어놔야 한다.

영상을 카피하면서 골백번 다시 봐도 이건 빼도 박도 못하게 완벽한 증거다. 이래도 변호사를 선임해야 할까? 그냥 내가 하면 안 되나? 이 상황에서도 뭔가 뒤집힐 게 있나? 역시 문제는 내가 나를 믿지 못한다는 거구나. 경찰이나 검찰도 그 나물에 그 밥이고. 고민하던 중호는 자기도 모르는 새 피로가 쌓여 깜빡 잠이 들고 말았다.

초인종 소리가 한참 울렸고 들렸지만 중호는 그게 자기 아파트라고 생각지 못했다. 이 집의 초인종 소리를 한 번도 들어본 적 없었기 때문이다. 있는지도 몰랐다. 하지만 집요하게 울려대는 소리에 잠이 깨고 보니 정말 이 집에서 울리는 초인종이었다.

쫓겨날 때가 되니 초인종이 다 울리네.

누군지 확인도 안 해보고 문을 열자 거기 검은 정장을 입은 여자가 서 있었다. 빨간색 안경테가 양 관자놀이를 향해 날렵하게 휘어 올라가서, 언뜻 사감 선생님을 연상케 했다. 머리를 올백으로 가지런히 넘긴 걸 보니 무슨 전문직 여성 같기도 했고. 중호가 덜 깬 정신으로 물었다.

"누구세요?"

여자가 손에 든 명함을 중호에게 건넸다. 얼결에 명함을 받아 든 중호가 눈을 비비며 보았다. 한자가 내리박혔고 도가희란 이름이 적혀 있었다. 이름도 특이한 와중에 누가 요즘 이렇게 자꾸 명함에 한자를 박냐, 생각하며 중호는 더듬더듬 한자를 읽었다. 읽어보니 쉬웠다.

"법뭐법인, 공뭐. 뭐뭐토, 도가희."

"토 아니고 사. 법무법인 공유, 변호사 도가희."

"아. 그러네요. 제가 지금 막 자다가 일어나서."

"행여나."

"네?"

"맨정신이면 압니까?"

헉. 이 여자, 한강에서 봤던 그 여자 아니야? 중호는 갑자기 소름이 확 돋으면서 잠이 확 깼다.

"당신이 여기 웬일이세요?"

"웬일이나 마나 계약서에 어제 중으로 새집에 들어가기로 되어 있지 않았나요?"

"그, 그걸 어떻게……."

"약속을 그렇게 개떡같이 취급하시면 곤란합니다. 선생님께서 멋대로 구는 바람에 이사 인원의 일정이 꼬였잖아요."

갑자기 웬 선생님? 호칭은 그러면서 말투는 무슨 제자 혼내듯 하네?

"죄송합니다. 제가 어제 그러려고 그런 게 아니라 저도 모르게 깜빡 잠이 들어서."

이 여자만 만나면 이상하게 자꾸 변명하게 되네. 기분이 좋지 않아. 사람이 예뻐도 태도가 거지 같으면 불쾌할 수 있다는 걸 제대로 보여주고 있어.

"옷 갈아입고, 세수라도 간단하게 하고 나오세요."

"네?"

"자꾸 같은 말 반복하게 하지 말고 시키면 좀 딱딱. 그게 싫으면 쌩돈 들여서 다른 변호사를 선임하시든가. 고소 건 처리 안 할 거예요?"

"아, 고소. 대부업체 직원이신 줄 알았는데 변호사셨어요? 변호사가 왜 저한테 복덕방 명함을, 그것도 한강에서……."

"오징어 씨. 양자 얽힘이 어떤 원리로 일어나는지 아세요?"

오징.

"양자 얽힘이요? 그걸 제가 어떻게……."

"그래요. 세상엔 아무리 설명해줘 봐야 오징어 씨가 모르는 일이 더 많습니다. 그러니 빨리 세수하고 옷."

또 오징어라네. 일부러 그러네, 이 아줌마가. 중호는 얼굴에 대충 물만 바르고 나왔다.

"바람직한 세수네요. 그런데 옷은?"

"옷? 이거 외출복인데 제가 어제 깜빡 잠드는 바람에 그냥 입고 잔 건데요?"

"여러 가지 하시네요."

"여러 가지……. 그건 됐고, 변호사님. 그러니까 지금 도가희 변호사님께서 제 송사를 맡아주신다는 건가요?"

"그렇습니다. 오징어 씨."

"저는 오징어가 아니라 오중호……."

됐다, 그건. 어차피 학교 다닐 때도 애들이 그렇게 불렀다. 저렇게 천연덕스러운 표정으로 그딴 소릴 하는 게 좀 이상할 따름이지, 오징어 자체는 낯설지 않다.

"저는 변호사를 선임할 생각이 없습니다. 일단 제가 먼저 해보고……."

"돈이 안 들어도요?"

"돈이 안 들면 얘기가 또 다르죠."

"으이그. 사람이 어떻게 점점 뻔뻔해져."

"아니, 제가 뻔뻔한 게 아니라 그렇잖아요. 제가 변호사님을 먼저 부른 것도 아니고."

"안 부르긴. 어제 종일 징징거렸다면서."

"제가요?"

"세상이 덫 같아서 혼자 못 살겠다느니 어쩌고저쩌고. 말만 들어도 손발이 다 오그라드네."

"제가요? 누구한테요?"

"기억 안 나요?"

"기억이나 마나 저는 그런 적이 없어요."

"꿈에서 그랬나 보지 그럼."

"네?"

"됐고요, 빨리 타기나 하세요."

빽빽 소리가 나서 돌아보니 눈앞에 고급 세단이 서 있었다. 중호가 재빠르게 조수석에 오르자 세단이 부드럽게 아파트 단지를 휘어져 나갔다.

"그런데 주말에도 일하시네요?"

"네. 누구 때문에."

중호가 입술을 말아 넣었다. 살짝 억울한 면이 없지 않았으나 일부러 중호를 (그것도 심지어 무료로) 도우러 온 분이었다. 존경과 감사의 마음을 가져야 한다.

"오징어 씨 잘 들으세요. 우리는 증거가 확실하므로 합의는 고사하고 맞고소도 할 수 있는 상황입니다. 말도 안 되는 거짓 증언에 간접적인 위력 행사까지, 사안이 악질이라 같은 무고라도 엄중하게 다뤄질 수 있습니다."

혼자 해보려고 했는데 역시 변호사가 일을 처리하는 게 맞는 것 같다. 도가희의 말이 이어졌다.

"그런데 이 지점에서 재미있는 사실이 하나 있어요. 오징어 씨를 고소한 그 집 큰아들과 서의 간부 장남이 친구입니다. 거기에 검찰 관계자라는 사람의 아들도 두 사람의 친구죠. 아버지끼리 친구인 양반들의 아들들도 친구인 겁니다."

"그런 걸 다 어떻게 아셨어요?"

"오징어 씨 사건 털다 보니 나왔어요."

털어?

"자 그럼, 여기서 퀴즈. 오징어 씨를 고소한 그 집 큰아들이 마약을 합니다. 그러면 나머지 두 친구도 마약을 할까요? 안 할까요?"

"마약을요?"

"두 번 말하게 하지 말고."

"마약을 그렇게 아무나 할 수 있는 건가요?"

"요즘엔 지나가는 개도 마약합니다. 뉴스 좀 보고 사세요."

요즘 나한테 뉴스 보라는 인간들은 다 불길하던데.

"하나가 하면 다 하지 않을까요? 셋이 친구라면서요."

그러니까 그걸 나한테 물어본 걸 테고.

"정답. 그러면 두 번째 퀴즈. 우리한테 그 증거가 있다면 이 사실을 그들에게 알려야 할까요, 아니면 그냥 신고해야 할까요?"

"그 사람들한테 알린다고요? 우리한테 증거가 있다고?"

"정확히는 그 집 가장들한테."

"왜요?"

내내 앞만 바라보며 운전하던 도가희가 이때 처음으로 중호를 돌아보았다.

"각각 5억씩만 불러도 15억입니다. 자식을 위해 5억 정도는 충분히 쏠 수 있는 재력가들이고요."

"누구한테요? 우리한테요?"

"우리가 아니라 오징어 씨한테."

"자식들 마약하는 증거를 묻어줄 테니 두당 5억씩 내놓으라고 한다고요?"

"그 금액은 예시입니다. 어떻게 쪼느냐에 따라 두당 10억도 가능할 수 있습니다. 그럼 30억이 오징어 씨 수중에 들어오게 되는 거죠."

"제가 증거를 가지고 있는 것도 아닌데요?"

"증거는 제가 가지고 있고, 그래서 오징어 씨께 기회를 드리는 겁니다. 하도 돈, 돈, 하시니까."

"내가 언제 돈, 돈 했다고. 그리고 설사 그랬다고 해도 저는 지금 당장 합의나 사기당한 전세보증금 때문에 그랬던 거지, 그런 식의 돈이 필요하다는 말이 아니었습니다. 지금 사람을 뭘로 보고. 그거 범죄 아닙니까? 범죄 은닉 뭐 그런 거?"

"일말의 고민도 안 해보고 막 얘기하시는데, 나중에 후회할 수도 있을 텐데. 30억이란 돈이 감이 안 와서 그러는 모양인데, 그 돈이면 오징어 씨 당장 은퇴해도 노후까지 편히 지낼 수 있는 금액입니다. 당연히 아버지도 더 편하게 모실 수 있고요. 무엇보다 오징어 씨가 그렇게 엮이고 싶어 하지 않는 인간들한테 아쉬운 소리 하면서 살 필요가 없어요. 오징어 씨가 그 돈으로 애먼 삽질만 하지 않는다면."

현실감 있는 예시가 날아들자 중호는 살짝 어리벙벙해지는 느낌이 들었다. 저도 모르게 침을 꼴딱 삼키니 도가희가 말했다.

"심지어 그 사람들, 그 돈을 정상적으로 불린 것도 아닙니다. 그러니 서에 도착하기 전까지 찬찬히 생각해보세요. 성급하게 판단하지 말고. 항상 오는 기회가 아니니까."

"증거도 변호사님이 가지고 있는데, 혼자 하시면 될 걸 저한테 이러는 이유가 뭐예요?"

"오징어 씨 사건 조사하다 나온 증거고, 저는 그 돈이 필요하지 않습니다. 돈은 제가 더 많아요. 하지만 오징어 씨는 거지고, 무엇보다 복수하고 싶지 않나요?"

거지라니. 진짜 아무 말이나 막 하는 게 특기네, 이 아줌마.

그리고 복수?

개 같다고 생각한 적은 있었지. 하지만 복수 같은 건 생각해보지도 않았다. 그리고 그게 복수가 맞긴 한 건가?

"그걸 지금 변호사님이 협상해주시겠다고요?"

"그건 아니죠."

"네?"

"저는 증거만 드리죠. 뭘 그렇게 전부 날로 드시려고 하세요. 협상은 본인이 직접 해야지."

"아니 무슨, 두당 10억 어쩌고 그러시더니."

"그러니까 오징어 씨가 잘 협상하면 그 이상으로도 받을 수 있다는 말입니다."

"못 해요 저는, 그런 거. 해본 적도 없고."

"그런 건 차차 하면서 배우면 되는 거고."

"아니 뭘 그런 걸 배워요!"

"돈 30억이 그냥 벌리는 줄 아시네. 그럼 제가 대신 협상하면 할 생각은 있고?"

중호는 잠시 생각에 잠겼다. 아니야. 그건 아무래도 후달리는 일이야. 그리고 그건 범죄잖아. 협박하다가 잘못되면 진짜 감방 간다. 내가 감방 가면 아버지는……. 그때 중호는 아버지한테 뒤통수라도 한 대 얻어맞은 듯 정신이 번쩍 들었다.

맙소사. 나는 오상식의 아들이다. 오상식의 아들 오중호가 어떻게 그런 생각을 할 수가 있지? 중호가 탄식하듯 중얼거렸다.

"와. 악마의 속삭임이라는 게 이런 걸 말하는 거였구나. 와. 순간 깜빡 속을 뻔했네?"

중호가 어이없어하며 운전석을 돌아보자, 자기는 아무것도 모른다는 듯 도가희가 정면을 주시하고 있었다. 중호가 말했다.

"맞고소까지만 도와주세요. 그것도 제 복수가 아니라 죄를 지었으니 응당 그에 맞는 벌을 받는 게 맞고, 자식들 얘긴 변호사님이 알아서 하시고요. 증거를 가진 것도 변호사님이시니까. 그리고 약점 잡아서 돈 뜯는 게 왜 복숩니까? 자살골이지. 그러고 살면 그거 다 고대로 돌려받습니다."

"복덕방 사장님 얘기엔 뜬구름이니 뭐니 하시더니 지금 오징어 씨 얘기도 뜬구름 아닙니까? 그렇게 살면 그거 다 고대로 돌려받을지 어떻게 압니까?"

"아니면 말고요. 내 코가 석 자라 남의 인생까지 신경 쓸 여력이 없습니다. 제가."

경찰서에 증거 제출하고 소장 접수하면서 당황해하는 경찰관의 얼굴을 보니 100년 묵은 체증이 내려가는 것 같았다. 잘했다. 이 정도만 해도 훌륭하다. 복수는 이게 복수다. 땅바닥에 떨어져 굴러다니다 못해 이젠 똥하고도 구별이 잘 안 되는 정의 구현.

도가희 변호사가 데려다준다는 걸 마다하고—고맙긴 하지만 왠지 같이 있는 것만으로도 이유 없이 계속 혼나는 느낌이라—복덕방에 왔더니 웬걸 아직도 문을 안 열었다. 고마워서 점심이라도 한 끼 사려고 했더니. 진짜 여기 사장님 아니었으면 생돈 2천이 그냥 날아갈 뻔했는데. 이거 뭐 어떻게 저녁때라도 나와서 뭐라도 도와야 하는 거 아닌가?

그러기 전에 일단, 사장님 사줄 점심값도 굳었으니 내 거에 얹어서 도가니탕이나 한 그릇 먹어야겠다. 도가희 변호사와 헤어지고 나니 도가니탕이 땡기는 건 우연이겠지.

몇 년 만에 먹는 특식이냐 싶을 정도로 맛있게 점심을 먹은 중호는 룰루랄라 소화도 시킬 겸 복덕방에서 찍어준 주소로 가보았다. 지나가면서 몇 번 본 적 있는 동네였다. 도심 한편에 조성된 단독주택 단지였으므로 부촌이라고만 여겨 들어갈 생각까진 안 해봤는데 여길 오다니.

주소에 도착해보니 과연 부촌의 단독주택다웠다. 낮은 울타리 안으로 작은 정원이 조성되어 있었는데 수목과 화초가 놀라울 정도로 잘 관리되어 있었다. 건축물 자체도 뾰족한 박공지붕이라 꼭 동화에 나오는 집 같았다. 사진을 개구리나 방아깨비가 찍었나 싶을 정도로 실물이 훨씬 훌륭했다.

이런 집을 그냥 빌려준다고?

중호는 아담하니 작은 대문을 열고 정원을 지나 현관 앞에 섰다. 사장에게 들은 비밀번호를 누르고 문을 여니 내부는 더 좋았다. 부동산 현장이 사진보다 더 좋은 경우는 처음이었다.

문을 열자마자 탁 트인 거실이 눈에 들어왔고 천장이 엄청 높아 개방감이 끝내줬다. 현관 입구에 실내 슬리퍼까지 가지런히 놓여 있어 중호는 신발을 갈아 신고, 이제 막 지상에 떨어진 도토리처럼 두리번거리며 실내를 돌아다녔다.

깨끗한 소파부터 테이블, 주방 집기, 화장실 설비까지 뭐 하나 나무랄 데가 없었다. 하나같이 새것 같아 누가 살던 집이라고 믿기지 않을 정도였다.

다만 좀 특이한 건 방의 배열이었다. 사진상으론 각 방의 내부만 있었으므로 전체적인 배치를 알 수 없었는데, 직접 보니 방 세 개가 나란히 정렬되어 있었다.

신기하네.

널따란 벽에 같은 색의 방문이 일정한 간격을 두고 나란히 배치된 모습은 어느 초현실주의 화가가 그린 그림처럼 보였다. 색감도 그랬고. 문을 열고 들어가면 각 방이 모두 다른 세계로 연결될 것만 같은 느낌적인 느낌.

"예술이야, 뭐야."

중호는 중얼거리며 방문을 열어보았다. 사진으로 본 것과 똑같은 방들. 실제로 보니 모든 사물이 너무 완벽하게 정리되어 있어 현실감이 떨어졌다. 맨 왼쪽 방이 서재, 가운데 방이 안방, 오른쪽 방이 응?

오른쪽 방 물건들이 유난히 눈에 익어 가만히 보니 모두 저쪽 아파트에 있어야 할 중호의 짐들이 아닌가.

심지어 방 하나에 대충 때려 넣은 것도 아니고 저쪽 아파트의 배치를 그대로 이 방에 옮겨놓은 것처럼, 요모조모 쓸모에 맞게 제각각 알맞은 자리를 찾아 들어가 있었다. 애초부터 이 집의 일부였던 것처럼. 중호가 다시 손댈 부분이 아예 없었다.

대박이네. 이걸 다 언제 여기로 옮겼대?

중호는 기막혀하며 짐들을 확인하다가, 이전 아파트로 돌아가 더 처리할 게 없나 살펴봐야 한다는 사실을 떠올렸다. 그래서 부랴부랴 가봤더니, 그곳마저 완벽했다. 퇴거 청소까지 깨끗하게 되어 있었다.

미쳤네.

이런 이사업체가 있다는 얘긴 듣도 보도 못했다.

와. 저세상 서비스네. 이건 확실히 중호가 몰랐던 또 다른 세계의 서비스였다.

중호는 혀를 내두르며 이사한 새집으로 돌아와 자신의 침대가 놓인 오른쪽 방에 들어갔다가 다시 가운데 방으로 갔다. 안방 침대가 당연히 더 좋았는데 생각해보니 다 쓰라고 빌려준 물건들이었다. 굳이 내가 쓰던 싱글을 고집할 이유가 없지. 안방 침대는 딱 봐도 슈퍼울트라킹콩고질라 사이즈인데.

중호는 생전 처음 보는 크기의 침대 위로 과감하게 몸을 던졌다.

와. 이거 신세계 체험이네. 침대가 다 거기서 거기라고 생각했던 중호의 편견이 단번에 와르르 무너져 내렸다. 부자들은 이런 침대에서 잠을 자는 거였구나. 대박이네. 구름 위에 누워 있다는 게 뭔 말인지 알 거 같네. 나는 이제까지 마른오징어 위에서 잠을 잤던 거네.

너무 편안하다 보니 수면이 부족한 것도 아닌데 또 잠이 왔다. 졸음이 흰 눈처럼 소복소복 중호의 의식 속으로 쌓이다가 마침내 온 세상을 하얗게 뒤덮었다.

중호가 눈을 뜬 것은 어디선가 나는 하수구 냄새 때문이었다. 의식이 가물가물 돌아올 때까지만 해도 중호는 새집처럼 깨끗하고 구름처럼 편안한 침대 위에 몸을 누였던 걸 기억했다.

그런데 지금은…… 너무 딱딱한 바닥과…… 차가운 공기…….

여러 겹으로 흔들리던 시야가 또렷해지자 낯선 풍경이 눈에 들어왔다. 중호는 저도 모르게 비명을 질렀다.

"으악!"

자리에서 벌떡 일어나 주변을 둘러보니 그곳은 온갖 잡동사니가 쌓인 방이었다. 낡은 옷장과 TV에나 나올 법한 허름한 TV. 노란 장판 위에 깔린 낡은 전기장판. 초록색 테이프를 사선으로 덧댄 금 간 창과 색 바랜 벽지. 벽지 위로 시커멓게 그려진 물길. 영화에서나 보던 쪽방촌이라는 곳에 직접 와 있는 듯한 느낌이었다.

중호는 소리도 내지 못한 채 주변을 둘러보다 다시 한번 소스라치게 놀랐다. 사지 육신이 축소라도 된 것처럼 작아져 있었다. 사정없이 몸을 더듬던 중호는 다급하게 거울을 찾아보았으나 낡은 방구석 어디에도 그 흔한 거울 하나가 없었다.

닫힌 건지 대충 걸쳐놓은 건지 알 수 없는 문을 발견하고 뛰쳐나가려는 찰나,

쿠아아앙!

지축을 뒤흔드는 거대한 폭음이 들렸다. 그와 동시에 창문이 깨져 나갔고 애처롭게 걸려 있던 문도 사선으로 떨어져 나갔다. 중호는 양손으로 귀를 막고 그 자리에 털썩 주저앉았다.

얼마나 그러고 있었는지 의식할 수도 없는 사이 어디선가 사이렌 소리가 울렸다. 조심스럽게 고개를 드니 반파된 문 너머로 쪽방촌의 전경이 보였다. 그런데 그곳은 마치,

핵폭탄이라도 떨어진 곳 같았다.

사방으로 부서진 건물들의 잔해가 전쟁터를 방불케 했고, 시야 곳곳에서 치솟아 오르는 불기둥과 연기 그리고 뽀얗게 흩날리는 먼지구름까지. 막고 있던 귀에서 손을 떼자 그제야 아비규환의 비명이 사방에서 소용돌이쳤다.

중호는 사지가 벌벌 떨려 몸을 가누기도 어려울 정도였다. 꿈인지 생시인지 이게 도대체 무슨 일인지 생각할 여력조차 없었다. 어디선가 계속 터지고 무너지고 갈라지는 소리가 들렸고 그 사이사이로 사람들의 비명과 절규가 찢기듯이 울렸다.

정신을 가누는 것조차 불가능하다고 느껴질 즈음, 자신이 주저앉은 곳에서 불과 10미터도 떨어지지 않은 지점의 대지가 꺼지는 게 중호의 시야에 들어왔다. 마치 싱크홀이라도 생긴 듯 건물들의 잔해가 땅속으로 빨려 들어가며 점점 더 그

영역을 넓혀가는 중이었다.

얼마 후면 이곳까지 닿을 상황이었지만, 중호가 할 수 있는 일은 없었다. 그때 어디선가 누군가의 다급한 고함 소리가 들렸다.

"오 반장님! 그쪽으로 들어가시면 위험합니다! 땅이 꺼지고 있어요! 주변 지반까지 무너질 것 같습니다!"

중호는 두 눈을 질끈 감고 이 모든 게 그저 꿈이기만을 바랐다. 그 순간 누군가의 목소리가 바로 곁에서 들렸다.

"얘야, 내가 보이니?"

중호가 눈을 뜨자 바로 앞에, 소방복을 입은 아빠가 서 있었다. 아빠의 사지가 멀쩡했다. 중호의 눈이 휘둥그레졌다.

"아, 아빠?"

"그래 아빠. 내가 아빠다. 아빠가 보이니?"

"아빠! 아빠!"

중호는 정말 아이라도 된 듯 울음을 터뜨렸다.

"내 손을 꼭 잡거라. 그리고 눈을 감아. 무슨 일이 있어도 절대로 눈을 떠선 안 된다. 알겠지?"

중호는 있는 힘껏 팔을 뻗어 아빠의 손을 잡으며 눈을 감았다. 손을 잡자 몸이 붕 뜨는 느낌이 들었다. 곧 아빠의 품에 안겼다는 걸 알 수 있었다. 어딘가로 다급하게 이동하는 움직임이 느껴졌다. 아빠의 호흡이 가빴다. 간헐적으로 이어지는 폭음과 사람들의 비명이 머릿속을 관통하는 것 같았고 연기 때문에 숨이 막혀왔다. 의식이 점점 가물가물해졌다. 아빠의 목소리가 들렸다.

"얘야, 정신 차려라. 정신을 놓으면 안 된다. 조금만 더 견디면 돼."

중호는 철판처럼 두껍게 느껴지는 눈꺼풀을 간신히 들어 올렸지만 보이는 것은 온통 어둠뿐이었다. 그 순간 중호는 알았다. 이게 죽음이구나. 죽음이 이런 거구나. 중호는 그 어느 때보다 생생하게 죽음을 느낄 수 있었다. 그때 입술과 코 위로 산소호흡기가 덮였고 아빠의 목소리가 다시 들렸다.

"얘야, 포기하면 안 된다. 네가 포기하지 않으면 나도 포기하지 않을 거야. 숨을 들이마셔. 숨을 쉬어야 해."

내가 포기하지 않으면 아빠도 포기하지 않겠다는 말이 뇌리를 파고들었다. 중호는 가물가물한 의식 중에도 아빠가 시키는 대로 했다. 가쁘게 호흡을 끌어당기자 신선한 공기가 폐 속으로 밀려 들어오는 게 느껴졌다. 아빠의 목소리가 또 들렸다.

"그래. 잘했다. 잘했어. 눈 뜨지 말고, 계속, 계속 숨을 쉬어야 해. 포기하지 마라."

다시 아빠의 움직임이 느껴졌다. 기침 소리와 가쁘게 몰아쉬는 호흡과 터질 것처럼 고동하는 아빠의 심장박동이 온몸으로 전해졌다.

그러곤 얼마 후, 몸의 중심이 사선으로 기울어지는가 싶더니, 아빠의 품에서 떨어질 것 같다는 느낌이 드는 것과 동시에 몸이 나동그라졌다.

그때 중호는 눈을 번쩍 떴고 바닥으로 고꾸라지는 아빠의 모습을 보았다. 중호도 바닥으로 나뒹굴었지만, 통증은 느낄 수 없었다. 있는 힘껏 아빠를 불렀으나, 목소리가 나오지 않았다. 아빠, 산소호흡기, 산소호흡기를 해요. 그러나 귓가에 들리는 것은 목구멍을 비집고 나오는 쇳소리뿐이었다.

의식이 점점 희미해지는 와중에도 슬픔이 폐와 기도로 차오르는 것이 느껴졌다. 아빠. 아빠. 온몸이 슬픔에 잠겨 질식할 것 같던 그 순간에 누군가의 고함이 들렸다.

"찾았어요! 오 반장님 찾았습니다! 여기 있어요! 아이도 같이 있습니다!"

허억.

물속에 잠겼던 것처럼 격한 호흡을 토해내는 것과 동시에 중호의 눈이 떠졌다. 침대. 이번에야말로 넓고 포근한 침대 위였다.

"이게 뭐야."

무슨 꿈이 이렇게 생생해. 중호는 손을 들어 자신의 몸을 한 번 훑어보았다. 사지 육신이 온전한 크기 그대로였다. 당연한 일임에도 안도가 되는 걸 보면 꿈이 그만큼 실감 났다는 말이겠지. 땀도 얼마나 흘렸는지 온몸이 축축했다. 어디 아픈 데는 없어 그나마 괜찮았다. 관절을 이리저리 꺾어보니 멀쩡했다.

꿈을 꿔도 왜 이런 악몽을. 아버지한테 무슨 일이 생긴 건 아니겠지?

중호는 다급하게 몸을 일으켜 시간을 보았는데 아홉 시가 조금 지난 때였다. 후우. 한 여섯 시간 잔 건가? 잠깐 잠든 거 같은데 무슨 시간이……. 그동안 피곤하긴 피곤했나 보네.

응? 그런데 아홉 시면 밤이어야 할 텐데 창밖이 밝았다. 뭐지? 다시 시각을 확인하자 밤 아홉 시가 아니라 아침 아홉 시였다. 미친. 여섯 시간이 아니라 열여덟 시간을 내리 잔 거였어? 이런 젠장. 오늘은 휴일이지만 병원과 전쟁을 치러야 하는 날이다. 하필 그런 날 이런 불길한 꿈을 꾸다니.

중호는 재빠르게 일어나 간단하게 샤워를 마치고 바삐 병원으로 향했다.

아홉 시를 조금 넘겼을 뿐인데 병원은 벌써 북새통이었다. 현수막과 전단이 온 사방을 점령군처럼 도배했고, 서로 다른 주장을 하는 단체들이 뭐라고 알아들을 수도 없는 소리를 외쳐대는 중이었다.

이들도 휴일이라 이렇게 몰렸다고 생각하니 너 나 할 거 없이 짠한 인생이란 생각이 들었다가, 그 인파를 뚫고 병원으로 들어가려다 보니 쌍욕이 나왔다. 족히 30분은 걸린 것 같았다. 뭐든 한 다리 걸러 남의 인생을 보면 이해가 되면서도 막상 부딪히면 쌍욕부터 나오는 게 내 탓만은 아니겠지.

중호는 그러고도 한참 동안 원무과 줄에 대기해야 했다. 며칠간은 무시했지만, 이제 곧 다음 주가 수술이다. 오늘 결론 짓지 않으면 주중엔 시간이 없다. 기본적으로 약자가 취할 수 있는 항거 방법은 드러눕는 것밖에 없었으므로, 그러려고 휴일을 택한 건데 이미 병원엔 드러누운 사람 천지였다. 중호는 자신의 전략이 너무 안일했음을 깨달았다.

저마다의 요구를 자세히 들어보니 급하지 않은 사람이 없었다. 하지만 그중 누구도 수술을 앞둔 환자는 없었으므로 그게 그나마 희망이랄까. 한참을 기다려 마침내 원무과 접수처에 도달한 중호는 기가 막힌 말을 들었다.

중호의 아버지는 절차상 급한 환자가 아니므로 일단 퇴원했다가, 수술 날짜를 다시 잡아서 들어와야 한다는 것이었다.

"그것도 의료 파업이 진정된다는 전제하에 드리는 말씀이고요."

"우리 아버지가 급한 환자가 아니라고요?"

원무과 직원도 이런 항의를 이미 수차례 들어 이골이 났는지, 병원 내 입원 중인 중증 환자 리스트를 보여주었다.

"보이시죠? 여기 상단에 이분들은 정말 오늘내일 수술하지 않으면 바로 돌아가시는 분들이에요. 돌아가실 수도 있는 게 아니라, 100퍼센트 돌아가시는 분들입니다. 다행히 오상식 씨 같은 경우는 몇 주 연기되어도 생명에는 지장이 없으세요.

저희도 나름대로 위중한 분들 순서대로 최대한 고려해서 내린 결정이니 여기서 이러셔봐야 소용없습니다."

다행이라니. 그들이 다행이라고 생각하는 나의 아버지는 이곳에서 자기들의 어이없는 개수작으로 재수술까지 해야 하는 마당인데 다행이라니.

"저기, 하지만 우린 경우가 달라요. 이미 병원 측하고 합의도 한 내용이라……."

"네. 전부 다 다르십니다. 저희도 어쩔 수 없어요."

"아니, 내 말은."

그러나 원무과 직원은 이미 다른 대기자와 다시 실랑이를 벌이기 시작했다. 몇 시간을 기다렸는데 고작 2분도 대화를 못 나눴다. 그러나 직원 얼굴에 진 음영을 보니 중호도 뭐라 더 할 말이 없었다. 일주일째 잠도 못 자고 보호자들과 사투 중이라고 해도 믿길 얼굴이었다. 굴곡진 얼굴 곳곳에 검은 음영이 멍처럼 드리워졌다.

게다가 그 얼굴이 아니더라도 이곳에서 고함을 지르고 싸울 생각은 들지 않았다. 이미 다른 사람들이 충분히 그러고들 있어서 함께 자리한 것만으로도 벌써 몇 시간째 기나긴 싸움을 한 것만 같았다.

하. 이거 도대체 어떻게 해야 하는 거지?

이제 막 깊은 늪에서 간신히 빠져나오는 중인데, 그 경계에서 누군가가 내 머리를 군홧발로 짓누르는 느낌이었다.

그때 원무과 안쪽에서 어떤 직원이 주머니에서 휴대폰을 꺼내 받더니, 중호를 힐긋 보았다. 중호와 눈이 딱 마주쳐서 알았다. 중호의 온 신경이 거기로 집중되다 보니 직원이 전화를 끊기 직전에 한 말을 얼핏 들은 것도 같았다.

"허 쌤이? 일단 알았어."

그러더니 뭔가 서류를 찾아 들고는 휘적휘적 중호에게로 다가왔다.

"저기, 오상식 씨 보호자분 되시죠?"

"네. 맞습니다."

"오늘 퇴원 수속하러 오신 거예요?"

"아니요, 저는……."

"저기, 오상식 환자분 퇴원 연기되셨거든요? 오늘 수속 밟지 않으셔도 됩니다."

"네? 그, 그럼 수술도 예정대로 진행되는 건가요?"

"어, 거기까진 제가 잘 모르겠고요. 환자 이송 절차를 밟는다는 거 같은데 자세한 내용은 아마 추후에 다시 연락이 가지 않을까요? 일단 오늘은 그냥 돌아가시면 될 거 같습니다. 보시다시피 지금 병원이 복잡해서 환자 면회는 좀 어려울 거 같거든요?"

환자 이송? 이건 또 무슨 소리야?

"환자 이송이요?"

"네. 자세한 건 담당 선생님께 여쭤보셔야 할 거 같아요.

이송 오더 담당하신 분이 허수인 선생님이라고 정신과 전공의시거든요? 오늘은 비번이니까 내일 다시 방문해보시겠어요?"

이게 다 무슨 소린가. 허수인이 환자 이송 오더를 담당한다고? 떠밀리듯 원무과의 줄에서 벗어난 중호는 병원 로비로 발걸음을 돌렸다. 보호자가 모르는 환자 이송은 있을 수 없다. 말 자체가 안 된다. 스스로 나간대도 각서 쓰고 나가라는 놈들이 무슨. 하지만 여긴 미친 병원이니까 무슨 일을 벌이는 중인지 알 수 없지.

손이 벌벌 떨리는 걸 억누르고 중호는 다급하게 휴대폰을 꺼내 허수인의 번호를 찾았다.

없다.

아, 이런. 짜증 나서 지워버렸나 보네.

원무과로 돌아가 물어볼까 하다가 가르쳐줄 리 없다는 걸 깨닫고 다시 발걸음을 돌렸다. 일단 퇴원이 미뤄졌으니 급한 불은 끈 셈이고, 아무리 생각해도 보호자의 동의 없는 이송은 있을 수 없다. 아직 통보가 온 것도 아니니 흥분할 필요 없다고 중호는 스스로를 다독이며 병원을 나왔다.

무심코 걷다 보니 저도 모르게 집과 반대쪽인 복덕방 앞에 와 있었다. 복덕방은 여전히 문이 닫혀 있었다. 배에서 꼬르륵 소리가 들렸다. 일요일이라 식당도 문 연 곳이 없고 편의점 도시락이나 하나 사서 집으로 돌아가자고 생각했다.

일부러 다른 편의점을 가는 것도 귀찮고 그러면 사람도 좀 쫌스러운 것 같아 그냥 불편한 편의점에 들르니, 중호에게 서성거리지 말라던 여자가 카운터에 앉아 꾸벅꾸벅 졸고 있었다. 도시락과 사과 쿠키를 하나 들고 계산대에 서도 여자는 반응이 없었다.

"계산이요."

"아 깜짝이야, 옘장. 어? 이 아저씨 자다가 잘린 아저씨네?"

누가 자다가 잘려. 지금 자던 건 아주머니잖아요.

"자다가 잘린 게 아니고요……, 됐습니다. 이거나 얼른 계산해주세요."

계산을 끝내고 편의점을 나오다가 문득 광고 게시판을 보니 쿠키가 원 플러스 원이다. 이 아주머니 보게. 계산할 때 이거 모니터에 떴을 텐데. 중호는 다시 편의점으로 들어갔다.

"이거요, 원 플러스 원이네요?"

여자가 자기는 모르는 일이라는 표정으로 반문했다.

"그래요?"

"이거 손님이 못 챙기면 말씀해주셔야 하는 거거든요."

"아이고 그래요, 그럼. 거기 사과는 두고 딸기로 하나 더 가져가요."

아니 그걸 왜 자기가 정해? 중호는 좋아하는 사과를 하나 더 들고나왔다.

꿈자리가 뒤숭숭하더니 종일 어이없는 일만 벌어지네. 투덜거리며 집 앞에 도착하니 고급 세단 한 대가 대문을 가로막고 있었다.

이 양반도 어이없네. 뭐야, 남의 집 문 앞에.

중호가 입을 댓 발 내밀고 차를 보노라니 차주도 중호를 인지했는지 딸깍, 고급 차 특유의 중후한 문소리가 들리며 차 문이 열렸다. 회색 슈트를 멋지게 차려입은 사내 둘이 내리더니 중호에게 성큼 다가왔다.

"오중호 씨 되십니까?"

"네? 그, 그런데요?"

사내 둘이 약속이라도 한 듯 금장 명함 케이스를 꺼내더니 명함을 한 장씩 뽑아 중호에게 건넸다. 법무법인 아고라에 소속된 변호사들이었다. 또 웬 변호사? 심지어 아고라는 법에 관해 일자무식인 중호조차 들어본 적이 있을 정도로 규모가 큰 로펌이었다.

"법무법인 공유가 아니고 아고라?"

"네?"

"아, 아닙니다. 제가 요즘 이상하게 변호사분들하고 인연이 좀 있어서."

"그러시군요. 저희는 미국의 대니얼 스티븐슨이라는 분께 의뢰를 받아 오중호 님을 찾아뵙게 되었습니다. 어제부터 전화를 드렸는데 받질 않으셔서 무례를 무릅쓰고 자택으로 직접 방문하게 되었습니다. 의뢰인분께서 빠른 일 처리를 원하셔서요."

"아. 어젠,"

종일 잤다고 할 순 없다.

"제가 일이 좀 있어서……. 그런데 이 집은 어떻게 알고 오신 거죠? 여긴, 저도 어제 왔는데?"

"아 네. 전의 주소로 갔더니 그곳에 계신 분이 이 주소를 알려주셨습니다."

"그 집에 사람이 있었다고요?"

"네. 이사 관련 업체분이셨던 거 같은데……."

그래, 그게 뭐 중요한 건 아니니까.

"미국에서 누가 무슨 의뢰를, 저한테 했다는 말씀이신 건가요?"

"아 그게."

변호사 하나가 차 문을 다시 열고 브리프케이스를 꺼내더니 살짝 난처한 표정으로 중호를 보았다. 그제야 중호도 이게 길거리에서 나눌 얘기가 아니라는 사실을 깨달았다.

"아, 제가 이 동네엔 뭐가 있는지 잘 몰라서요. 괜찮으시면 집에라도 들어가시겠습니까?"

"오중호 님께서 편한 곳이라면 저희는 어디든 상관없습니다."

"네, 그럼."

중호는 검은 비닐봉지를 딸랑거리며 앞장서 집으로 들어갔고 두 변호사도 중호의 뒤를 따랐다. 집에는 다행히 캡슐커피가 있었다. 대형 로펌 변호사들도 채광 좋고 천장 높은 개방감이 신기한지 거실 소파에 앉아 미어캣처럼 고개를 두리번거렸다. 중호가 커피잔을 들고 와 테이블 위에 내려놓자 그제야 평소 표정을 되찾고 가방에서 서류를 꺼냈다.

"일단, 첫 번째 의뢰는 아버님의 병원 이전 건입니다. 은성병원에 협조를 요청해서 아버님의 지난 진료기록을 모두 확보했고요. 병원 이전의 건도 마무리 지었습니다. 오중호 님의 허락만 떨어진다면 내일 중으로 아버님의 이송도 처리할 계획입니다. 아시다시피 빨리 처리될수록 아버님께 좋은 일이라서."

중호는 말을 들으면서도 의미를 이해할 수 없었다. 앞뒤 얘기를 나름대로 부지런히 끼워 맞춰본 중호가 물었다.

"그러니까 지금 말씀은 그 미국인분이 제 아버지의 병원을 옮겨달라고 의뢰했다는 건가요? 제가 보호자니까 저한테 허락을 받으려고 여길 오신 거고?"

"네. 그렇습니다."

"왜요?"

"그것까지는 저희도……."

"아니 무슨……. 아니 그럼 옮기는 건 어디로 옮긴다는 거예요?"

"존스 홉킨스 대학 병원입니다."

"조, 존스 홉킨스? 제가 아는 미국에, 그 존스 홉킨스 병원이요?"

"네. 미국 메릴랜드주 볼티모어에 있는."

"아니 거기서 왜 제 아버지를……."

"의뢰인분이 그 병원의 신경외과 과장이십니다."

"예?"

"의뢰인인 대니얼 스티븐슨 씨의 말씀에 따르면 아버님께선 이번 수술을 통해 왼쪽 팔의 환지통을 치료하고, 최근 문제가 있었던 척추신경 재건 수술을 통해 장기적으로 하반신도 사용할 수 있도록 노력할 예정이며, 화재 가스로 마비된 성대 재건 수술도 병행할 거라고 하셨습니다."

변호사가 서류를 내밀었다.

"여기 수술과 치료에 관한 일정 및 상세 내용이 적혀 있습니다. 영어 원문 뒤에 번역본이 첨부되어 있으니 확인해보시고 이상 없으면 사인해주시면 됩니다."

중호는 도깨비방망이로 뒤통수를 얻어맞은 것보다 더 어리둥절했다. 그래서 저도 모르게 두 변호사의 명함을 다시 꺼내서 들여다보았다. 변호사가 말했다.

"저희 신분이 의심스러우면 회사로 확인해보셔도 좋습니다."

"아니, 그런 뜻은 아니고요."

"괜찮습니다. 충분히 이해합니다. 저희도 처음 이 의뢰를 받았을 때 잘 믿기지 않았거든요. 지금 보호자분의 심경이 어떠실지 충분히 짐작 가는 바입니다. 저희가 의뢰인의 신분부터 모든 걸 이미 조사해보았고, 이상이 없다는 걸 확인했습니다. 이 내용에 관해선 저희 법무법인이 공증하는 바이니 신뢰하셔도 좋습니다."

중호는 여전히 어리둥절한 표정으로 두 사람을 바라보았다. 변호사가 지금 말한 치료 내용은 중호가 바라 마지않는 최상의 시나리오였고, 심지어 성대 재건 수술은 (그런 게 있다는 걸) 알지도 못했다.

"정말 그게 다 가능하다고요?"

"네. 저희도 여러 의료 전문 변호사들에게 자문을 구한 내용이고요, 존스 홉킨스에서는 가능하다는 것을 확인했습니다. 수술 결과를 장담할 순 없지만, 그런 수술과 치료 과정은 타당하다는 게 저희의 결론입니다."

중호는 꿈이라도 꾸는 듯 멍하니 두 사람을 바라보다가 자기도 모르게 중얼거렸다.

"그런데 존스 홉킨스에서 그런 걸 하려면 비용이 엄청날 거 같은데……."

"비용 걱정은 안 하셔도 됩니다. 수술과 치료는 물론, 환자 이송 비용까지 전액 대니얼 스티븐슨 씨께서 부담할 예정입니다. 그 내용도 서류에 기재되어 있으니 확인해보시면 될 것 같습니다."

중호는 이해가 안 되는 것을 넘어 어이가 없었다. 꿈도 이 정도로까지 휘황찬란하게 꾸지는 않을 거 같은데.

"이건 너무…… 말도 안 되는 얘기 같은데……."

두 변호사도 그 마음을 이해한다는 듯 입가에 미소를 머금고 조용히 중호를 바라보다가 덧붙였다.

"하지만 이 모든 게 법적으로 검토가 끝난 사항이니까 안심하셔도 됩니다."

"그럼 제가 이 서류에 사인만 하면 내일 바로 아버지를 미국으로 데려간다는 말씀이신 거죠?"

"네 그렇습니다. 은성병원 허수인 선생님께서 인수인계를 도와주기로 하셨습니다."

중호는 불과 몇 시간 전에 병원에서 있었던 일을 떠올렸다. 허수인.

"그러면 제가 이 서류를 좀, 꼼꼼하게 살펴봐도 될까요?"

"그러기에 앞서 두 번째 의뢰 건에 관해서 먼저 말씀드려도 괜찮을까요?"

"또 뭐가 있나요?"

이번에는 다른 변호사가 자신의 가방에서 서류를 꺼내더니 테이블 위에 올려놓았다.

"두 번째 의뢰는 은성병원과 의료과실을 다투는 문제입니다. 현재 은성병원에 이 사실을 통보한 것은 아니고요. 아버님의 이송이 안전하게 마무리된 후, 본격적인 소송에 들어갈 예정입니다. 배정된 변호사는 저를 포함해 6명이고요. 모두 의사 출신 변호사들이니 대한민국에서 가장 뛰어난 의료 소송 전문 변호사들이라고 보셔도 무방할 것 같습니다."

중호는 연타로 뒤통수를 맞은 느낌이어서 정신이 어질어질했다.

"그거 제가 이미 합의해서 다시 소송하는 게 어렵다고 그러던데요? 복잡하고."

"오중호 님께서 그 합의서에 사인하신 시점엔, 대리 수술을 인지하지 못했을 때입니다. 그것과 또 별개로 대리 수술은 엄연한 범법 행위이고요. 저희가 이 사건을 맡은 이상, 한 치의 오차도 없이 명명백백하게 모든 사실을 밝혀낼 계획입니다. 손해배상청구도 당연히 동반될 예정이고요."

중호는 입을 벌린 채 고개를 끄덕이다가 언뜻 정신을 차리고 물었다.

"그럼 이 서류는 그 건에 관한 내용인가요?"

"네. 천천히 읽어보시고 사인하시면 됩니다. 참고로 이 송사의 수임료 일부 역시 대니얼 스티븐슨 씨께서 이미 지급하셨고, 승소 후 손해배상액의 일정 비율을 성공 보수로 책정했습니다. 그 내용도 서류에 상세히 기재되었으니 검토해보시고 의문점이나 이의가 있으면 언제든 말씀해주시기 바랍니다."

서류에 적힌 손해배상청구액이 얼핏 봐도 한눈에 다 들어오지 않을 정도로 0이 많았다. 여기서 일 십 백 천 그 수를 세고 앉았을 수는 없으니 멀뚱히 서류를 바라보다가 고개를 들자, 두 사람이 소파에서 일어나며 말했다.

"두 건의 서류 모두 천천히 검토해보시고요. 연락은 오늘 안으로 저희 두 사람 중 아무에게나 주시면 되겠습니다. 그럼."

그야말로 폭풍 같은 시간이었다. 두 사람을 배웅한 중호는 그들이 타고 온 차가 사라지고 나서도 꿈을 꾸는 기분이었다. 사람이 너무 현실감이 없으니 정말로 팔을 꼬집거나 자기 뺨을 때리는 이상한 짓을 하게 되는구나. 도대체 이게 무슨 일이래? 오늘 꾼 꿈이 악몽이 아니라 기적의 예지몽이었던 거야?

중호는 흥분되는 마음을 짐짓 억누르고 거실을 서성이다가, 너른 벽 한 면에 나란히 선 세 개의 문을 바라보았다. 일단 더 알아보자. 중호는 테이블 위의 서류를 챙겨 들고 세 개의 문 중 왼쪽 문을 열고 들어갔다.

서재로 꾸며진 방이었다. 그곳에 컴퓨터가 있었으므로 중호는 여전히 떨리는 손을 보듬어가며 궁금한 내용을 하나씩 검색해보았다.

제일 궁금했던 건 존스 홉킨스 대학 병원의 신경외과 과장이었다. 대니얼 제이 스티븐슨. 그는 정말로 그 병원의 신경외과 과장이었다. 그런데 그 외의 정보를 얻기가 어려웠다. 전부 영어로 된 문서라 중호가 알아보는 데 한계가 있었다. 그나마 더듬더듬 확인한 바로는 그에게 붙은 수식어였다. 신의 손이니 최연소 신경외과 과장이니 하는 것들. 그런 수식어만으로도 중호는 마음이 흥분되는 것을 진정하기가 어려웠다.

이게 다 무슨 일이야, 라는 말만 백 번도 넘게 반복했다. 밥 먹는 것도 완전히 잊은 채 중호는 변호사가 건네준 서류들을 하나씩 밑줄 그어가며 정독했고, 의문이 드는 문장은 바로 검색해서 확인했다.

그러다가 문득, 아고라에서 어제 자기한테 전화했다던 말이 떠올라 휴대폰을 꺼내 부재중 전화를 확인해보았다. 과연 그들이 건넨 명함과 일치하는 전화번호가 여러 차례 찍혀 있었다.

그리고 또 하나의 모르는 번호가 수차례 부재중 전화로 표기되어 있었는데, 중호는 그 번호가 허수인의 것임을 직감했다. 허수인도 나한테 전화를 했었구나. 이놈한테 전화해서 물어보면 또 다른 정보를 들을지도 모르겠네. 중호는 생각하고 통화 버튼을 눌렀다.

그때 갑자기 속이 울렁거리는 느낌이 들더니 시야도 일렁거리기 시작했다. 고개를 들자 눈앞의 모니터도 일렁거리고 책상도 일렁거리고 벽면의 책장도 일렁거렸다.

뭐, 뭐지?

당황한 중호가 머리를 흔들며 다시 정신을 차리려고 애쓰는 순간 일렁거리던 풍경이 서서히 제자리로 돌아왔다. 뭐야 이거 빈혈이야? 나한테 빈혈이 있었다고?

아, 이거 너무 갑자기 흥분해서 몸이 놀란 건가? 몸이 놀랄 정도로 엄청난 일들을 겪는 중이라고 생각하며 가까스로 정신을 차리니, 책상 위의 모니터가 온데간데없이 사라지고 책상 너머엔 허수인이 앉아 중호를 빤히 바라보고 있었다.

아 깜짝이야, 씨.

하지만 그 말이 입 밖으로 나가진 않았다. 온몸에 소름이 돋으며 당황하는 사이, 허수인이 말했다.

"여하튼 아무리 블라인드라도 한국 내 의료인 사이트면 이게 우리 병원 환자 얘기라는 걸 알 수도 있겠다 싶어서 미국 사이트에 올렸어요. 미국도 그런 사이트가 있거든요."

"익명으로?"

익명으로? 라는 말이 입 밖으로 나가는 순간 이 사람은 자신이 아니라는 사실을 중호는 깨달았다. 뭐지? 비, 빙의인가? 하지만 중호의 의지가 이 사람을 통해 발현되지는 않았다. 못보던 그림이 허수인의 뒤쪽 벽에 걸린 걸로 봐서, 이곳은 중호의 방이 아니다. 허수인이 말했다.

"네. 사실 뭐 들켜도 상관없다는 심정이긴 했어요. 중요한 건 아버지의 상태를 아는 거였으니까. 그런데 올리고 며칠 지나지 않아서 이 케이스에 굉장한 관심을 보이는 사람이 나타난 거예요. 저랑 따로 비밀 글로 대화를 주고받을 정도였으니까요. 그때 다시 수술하면 상당히 호전될 거라는 확신이 생겼습니다."

"그런데 알고 보니 그 사람이 존스 홉킨스 병원의 신경외과 과장이었다?"

"네. 의학 지식수준 자체가 남달라서 실력 있는 의사라는 거까지는 눈치챘는데, 설마 그 사람이 존스 홉킨스 병원 신경외과 과장일 거라고는 짐작도 못 했어요."

"그러게. 그런 사람이 그 사이트에 들락거릴 시간이 있었나?"

"그러니까요. 그런데 또 이상한 게 뭔지 아세요? 환자의 케이스보다 환자의 신상에 관해 더 궁금한 게 많은 거예요."

"환자의 신상?"

"네. 환자가 친구 아버지라고 했더니, 제가 다닌 학교부터 그 아버지가 하던 일이 뭐냐, 사고는 왜 난 거냐. 처음엔 좀 이상해서 말을 돌리기만 했는데 나중에 신분을 확인하고 나선 제가 아는 대로 다 얘기했죠. 그랬더니 자기네 병원으로 데려가겠다는 거예요. 자기가 모든 비용을 다 부담해서."

"자기가 비용을 다 부담해?"

"네."

"왜?"

"자기한테 꼭 필요한 특이 케이스래요. 그래서 제가 이게 그렇게 특이한 케이스인지 좀 살펴봤는데 저는 뭐가 그렇게 특이한지 잘 모르겠더라고요. 그런데 다른 병원도 아니고 존스 홉킨스의 신경외과 과장씩이나 되는 분이 그렇다니 그런 줄 아는 거죠. 뭐."

"흠."

"중요한 건 지금 우리 병원에선 수술은 고사하고 퇴원을 시키네, 마네 그러는 판국이니까 이게 더없이 좋은 기회라는 생각이 들었습니다. 그래서 제가 구할 수 있는 자료는 몽땅 찾아 넘겼어요."

"야 너 그거 병원에서 가만히 있지 않을 텐데?"

"수술만 잘되면 병원 경영진 쪽은 오히려 좋아할 수도 있죠. 의국은, 어차피 제가 파업 빠졌을 때부터 이미 배신자였고요. 그건 뭐, 각오하고 한 일이니까."

"파업은, 그 중호라는 친구 아버지 때문에 병원에 계속 남았던 거야?"

"네."

"왜 그렇게까지 그 친구 아버지한테 신경을 써?"

허수인이 고개를 숙이고 잠시 바닥을 바라보다가 말했다.

"제가 지은 죄가 있거든요."

"대리는 너희 외과 과장이 저지른 거지 네 잘못이 아니잖아."

"그거 말고, 고등학교 때 제가 그놈하고 아버지한테 지은 죄가 있어요."

"고등학교 때?"

"그 녀석하고 단짝인 친구가 한 명 있었는데 제가 이간질해서 둘 사이를 벌려놨거든요. 그때 제가 뇌물 받은 부패 소방관 명단에 중호 아버지가 관련된 것처럼 학교에 헛소문을 퍼뜨렸는데, 그 주동자를 민웅인 것처럼 꾸몄어요. 그런데 일이 뭐가 이리저리 꼬이더니 수습하기 어려운 지경이 되어버리더라고요."

"민웅이가 그 단짝이라는 친구?"

"네. 솔직히 중호가 그렇게까지 돌아버릴 줄은 몰랐어요. 그땐 자기 아빠에 대해 자부심이 그렇게 큰지 몰라서. 저는 그저 살짝 손만 좀 따뜻하게 하려고 불을 피웠는데 그 불이 두 집을 홀랑 다 태워버린 거랑 비슷한 상황이 되어서 저도 어찌나 당혹스럽던지."

"왜 그랬던 건데?"

"말도 안 되는 이유 때문이에요. 두 녀석이 초등학교 1학년 때부터 9년 동안 단짝이라면서 어찌나 둘만 붙어 다니는지. 저는 그게 또 그땐 왜 그렇게 꼴 보기가 싫었는지. 지금 생각해도 이해가 잘 안 돼요."

"철없던 시절의 이야기로구먼."

"저도 그렇다고 생각했는데 두 녀석이 그때 이후로 여전히 안 본다는 걸 알곤 마음이 좋지 않더라고요. 이건 현재의 일이니까요. 게다가 중호 아버지처럼 훌륭한 분께 오명을 씌운 것도 지금으로선 용납이 안 되고요."

시야가 아래위로 흔들리는 것으로 보아 허수인의 앞에 앉은 남자가 고개를 끄덕이는 모양이었다.

"솔직히 병원에서 중호를 다시 만났을 때 하늘이 준 기회다 싶었어요."

"무슨 기회? 속죄의 기회?"

"뭐든요. 뭐라도 해볼 기회?"

"지금이라도 나서서 네가 두 사람의 관계를 회복시킬 수도 있잖아."

"일단 아버지 수술부터 잘 처리하고 그러려고 했죠. 그런데 일이 꼬이려니까 말도 안 되는 방향으로……. 심지어 그 와중에 제가 소개해준 동창 놈이 집을 말도 없이 팔아버리는 바람에 전세 사기까지 당하고 진짜……. 잘해보려는데도 계속 죄인이 되니까 미쳐버릴 것 같더라고요. 잠도 잘 못 자겠고. 그래서 선생님까지 찾아뵙게 된 겁니다."

"그래, 잘했다. 정신과 의사라고 정신과 의사가 필요하지 않은 게 아니니까. 그래도 내가 보기에 너는 최선을 다했어. 존스 홉킨스에 연결된 것도 그렇고, 동료들 파업한다고 다 나갈 때 친구 아버지 지킨다고 배신자 소리 들어가면서 혼자 병원에 남는 것도 쉬운 일 아니야."

"그런데 그런 게 전부 다 의미가 없어져버리니까요. 어제도 아버지 이송 건 때문에 전화했는데 제 전화는 받지도 않더라고요."

"그러면 이송 절차는 어떻게 하고. 보호자 승인이 있어야 할 텐데."

"변호사 쪽에서 처리하겠다고 연락받았어요. 이번 일만이라도 좀 잘됐으면…… 소원이 없겠습니다."

"잘될 거니까 너무 걱정하지 마."

그때 어디선가 전화벨이 울렸고 허수인이 안주머니를 뒤지더니 휴대폰을 꺼냈다. 그러더니 "어?" 하고 놀랐다.

곧이어 "말씀드린 제 친구"라며 허수인이 폰을 가리키더니 자리에서 일어나 방을 나갔다. 그때 중호의 귓가에서 허수인의 목소리가 들렸다.

"어, 중호야."

중호가 번뜩 정신을 차리니 허수인이 앉아 있던 그 방이 아니었다. 자신이 들어온 서재였다. 이게 무슨 일이지? 중호가 어리둥절해하는 사이, 휴대폰에서 허수인의 목소리가 다시 흘러나왔다.

"오중호, 왜 말이 없어? 이거, 중호 전화 아닌가요?"

중호가 정신을 차리고 말했다.

"어. 나야. 어제 전화한 거 이제 확인해서."

"뭐야, 그걸 이제 확인했다고?"

"어, 어제 일이 좀 있었어."

"그랬구나. 혹시 아고라 변호사 만났니?"

"어."

"그럼 얘기 다 들었겠네?"

"응."

"그래. 그럼 내일 아버지 이송하면 되겠네. 그쪽 로펌에서 의사 출신 변호사 한 분이 동행할 거라니까 걱정 안 해도 될 거 같아."

"그래. 얘기 들었어. 나도 미국 전자 비자 신청하고 허가 떨어지면 회사에 휴가 내고 넘어가려고."

"그래. 잘될 거니까 너무 걱정하지 말고."

"그래."

잠시 정적이 흐르자 허수인이 말했다.

"그럼, 내일 병원에서 보자."

"저기, 수인아."

"어?"

"미안하다."

"응?"

"아니 내가, 그냥 좀……."

네가 그렇게 노력할 때 나는 네 전화번호나 지우고 있었으니까. 중호가 말을 삼킨 채 잇지 못하자 수인이 말했다.

"무슨 말이야. 네가 나한테 미안할 게 뭐가 있다고. 내가 미안하지."

순간 감정이 좀 가파르게 올라 중호가 재빠르게 말했다.

"그래, 그럼. 내일 병원에서 보자."

전화를 끊은 중호는 잠시 호흡을 고르고, 멍한 기분으로 방을 둘러보았다. 그나저나 그건 뭐였지? 그건 분명 꿈이 아니었는데.

이튿날 회사에 들러 보고서를 올리고, 병원으로 곧장 향해 아버지의 이송을 지켜보았다. 공항에서 돌아오는 길에 복덕방에 들렀다. 사정을 설명해야 했으니까. 다행히 복덕방 사장이 흔쾌히 말했다.

"좋은 일 생겼다고 길바닥에서 잘 순 없으니까, 집은 그때까지 연장하는 거로 처리하죠."

"정말요? 정말 그래도 되는 건가요?"

"물론입니다."

"사장님 정말 그 집은, 그 집에서 제가……."

사장이 손을 쭉 내밀더니 검지를 흔들며 고개를 저었다.

"알겠으니까 계약서 내용은 잊으면 안 되고."

"네?"

"계약 기간이 달라졌다고 주의 사항도 달라지는 건 아니니까요."

"아."

중호도 그제야 뭔가 떠오른 듯 고개를 끄덕이다가 말했다.

"네, 사장님. 그러면 돌아와서 다시 찾아뵙겠습니다."

"그러시든가요."

복덕방에서 나오자 편의점 입구에서 서성이던 점장이 중호를 불렀다.

"오중호 씨!"

웬일이야? 나한테 말을 다 걸고?

"아, 점장님. 오랜만에 뵙네요."

"그러니까. 중호 씨, 뭐 좋은 일 있나 봐? 얼굴 좋아 보이네."

"네. 엄청나게 좋은 일이 있습니다."

"그래? 그거 잘됐네. 그럼 나랑 잠깐 얘기 좀 할 수 있어요?"

"얘기요?"

"응. 잠깐이면 돼. 이리 와요. 신상 바나나우유 나왔다."

갔더니 얼굴 동그란 여자의 험담을 잔뜩 늘어놓았다.

"그래서 말인데 다음 주부터 중호 씨가 다시 저녁 타임에 좀 나와주면 안 될까?"

중호의 빨대에서 쪼르륵 바나나우유 떨어지는 소리가 났다.

"저 모레 미국 가요."

"미국을? 왜?"

"일이 있어서요."

"무슨 일을 미국까지 가서 해?"

"그보다 점장님. 저 이제 알바 안 해도 될 거 같아요."

"왜? 로또라도 맞았어?"

"로또보다 더 큰 걸 맞았어요."

"진짜야? 대박."

"점장님. 이 바나나우유 더 발주하셔도 될 거 같아요. 맛있네요."

"그렇다니까. 맛있다니까."

"네 그럼 또 뵐게요."

"그, 그래요."

미국에 도착하자 먼저 와 있던 아고라의 변호사와 병원 측 인원이 중호를 마중 나왔다. 미국의 하늘은 높고 넓고 푸르고 색 자체가 달랐다. 호텔에 가방만 던져놓고 곧바로 병원으로 향한 중호는, 마침내 그곳에서 대니얼 스티븐슨을 만났다.

신경외과 과장이라기에 나이가 지긋할 줄 알았는데 생각보다 젊었고, 무엇보다 그는 백인이 아니었다. 국적은 미국이었지만 태생은 한국이었고 심지어 한국말도 할 줄 알았다.

중호는 대니얼을 따라 아버지에게 먼저 갔다. 아버지는 아름다운 정원이 보이는 병실에 홀로 누워 잠들어 계셨다. 얼굴이 한국에 있을 때보다 한결 편안해 보였다. 대니얼이 말했다.

"컨디션이 많이 올라와서 곧 수술이 가능할 것 같습니다."

"네. 얼굴이 훨씬 좋아 보이시네요."

두 사람은 잠든 아버지의 얼굴을 잠시 바라보았다. 먼저 입을 연 사람은 대니얼이었다.

"궁금한 게 많으시죠?"

궁금한 게 너무 많았던 중호는 힘껏 고개를 끄덕였다. 대니얼이 병실 한편의 응접 소파를 가리켰고 중호는 정원이 내려다보이는 소파에 앉아 대니얼을 보았다.

"중호 씨가 태어나기도 전인 1994년에 저는 서울 마포구 아현동에 살았습니다. 그때 이후로 다시 가본 적이 없어 얼마나 달라졌는지 알 순 없지만, 제가 살 때까지만 해도 그곳은 판자촌이었어요."

말 그대로 중호가 태어나기도 전의 시절이라 그때의 서울 풍경이 어땠는지 중호도 알지 못했다. 하지만 1994년이면 한국이 그렇게 못살 때도 아니었는데 서울 한복판에 그때까지 판자촌이 남아 있었다는 게 신기했다. 지금의 아현동은 아파트 한 채 가격이 10억도 넘어서니까.

"1994년 그해 겨울에 저는 그곳에서 부모님을 잃었습니다."

중호가 당혹스러운 얼굴로 대니얼을 보았다. 생각지도 못한 말이었기 때문이다. 대니얼이 말했다.

"혹시 아현동 도시가스 폭발 사고에 대해 들어보신 적이 있습니까?"

들어본 적 없는 중호는 가만히 고개를 저었다.

"그해 12월에 아현동에서 도시가스 폭발 사고가 있었습니다. 구획 하나가 쑥대밭이 되어버렸을 정도로 큰 폭발이었죠. 그 사고로 수십 명이 다치고 죽었는데, 그 현장에 저도 있었습니다."

그때부터 중호는 피부 아래에서 스멀스멀 뭔가가 돋아 오르는 것을 느꼈다.

"그때를 아직도 생생하게 기억합니다. 쪽방에서 자다가 깼는데 엄청난 폭발음이 들렸죠. 그땐 정말 전쟁이라도 일어난 줄 알았어요. 땅이 흔들리고 벽이 무너지고 집이 부서지고 창이고 문이고 다 떨어져 나갔으니까요. 그때 제가 방 안에서 처음 본 광경이, 정말 핵폭탄이라도 맞은 것처럼 초토화된 마을의 전경이었습니다."

온몸으로 소름이 돋은 중호는 저도 모르게 팔을 쓸어내리며 중얼거렸다.

"맙소사."

대니얼이 중호를 바라보더니 푸근하게 한 번 미소 짓고 말을 이었다.

"네. 정말 맙소사였어요. 아비규환이 따로 없었죠. 사람들의 비명이 이어지고 난리가 났는데 저는 그때 고립되어 있었습니다. 제가 살던 집 앞쪽으로 커다란 싱크홀이 생기는 바람에 오도 가도 못하고 꼼짝없이 그곳에서 죽을 목숨이었죠. 게다가 그때 제 나이가 열 살. 제가 할 수 있는 건 아무것도 없었습니다."

중호는 계속해서 전율을 느꼈다. 내가 꾼 꿈속의 인물이 대니얼이었다니.

"그때 그 아수라장을 헤치고 들어와 저를 구해주신 분이 지금 저기 누워 계신 오상식 소방대원님, 오중호 씨의 부친이십니다. 그때의 그 절박했던 순간을 저는 여전히 피부로 느껴요. 저를 품에 안고 불구덩이 속을 헤치며 뛰던 아버님의 심장박동, 거친 호흡, 유독가스 때문에 의식이 가물가물해지던 제게 당신의 산소호흡기까지 내주며 포기하지 말라고 소리치던 아버님의 목소리까지. 그 모든 감각이 제 뼈 마디마디에 여전히 새겨져 있습니다."

창밖을 바라보는 대니얼의 눈빛은 그때의 어느 시점으로 돌아간 듯 초점이 없었다.

"그렇게 구조된 저는 그 사고로 부모님이 돌아가셨다는 걸 알았습니다. 저는 보육원으로 보내졌고 얼마 지나지 않아 이 사건을 취재했던 외신 기자분께 입양되었습니다. 10년 동안 이주경으로 산 저는 그때 대니얼이란 새 이름을 얻었고 스티븐슨이란 성으로 제2의 인생을 살게 되었죠. 그리고 양부모님의 헌신적인 배려 덕에 윤택한 환경에서 지금의 자리까지

오게 된 것이고요."

정원을 바라보던 대니얼의 시선이 중호에게로 향했다.

"미국으로 와서 30년에 가까운 세월이 흐르는 동안 그때의 일을 잊고 살았습니다. 처음엔 이곳에 적응하느라 힘들어서 그랬고 적응한 후엔, 솔직히 기억하고 싶지 않았습니다."

중호는 고개를 끄덕였다. 이해할 수밖에 없었다. 불과 얼마 전에 그도 똑같은 꿈을 꾸었으니까.

"그래도 오랜 세월이 지나니 악몽이 조금씩 걷히더군요. 열 살 그 어린 시절에 이미 꺼져버린 저를 다시 살려낸 아버님에 대한 기억도 되살아났습니다. 미처 전하지 못한 말이 있다는 사실도."

대니얼의 시선에서 중호는 깊은 회한의 감정을 느꼈다.

"한심했습니다. 저는 의학을 공부한 사람이고, 사람을 살리겠다는 사람이 정작 자기를 살린 사람을 어떻게 그토록 오랫동안 잊고 살 수 있었는지, 믿기지 않았습니다. 그게 저라는 사실이. 그때부터 아버님을 찾기 시작했는데 시간이 꽤 지난 탓인지 찾기가 쉽지 않더군요. 게다가 이미 퇴직까지 하신 상황이어서."

아버지는 5년 전에 현장에서 사고를 당한 후 퇴직했다. 국가와 시민을 위해 한평생 몸 바친 소방공무원의, 사고로 퇴직한 이후의 삶이 얼마나 비참했는지 구구절절 말할 생각은 없다. 다만 '퇴직'이란 단어 하나에 속이 뒤집히듯 울렁거리는 바람에 중호는 크게 한 번 가슴을 들썩이며 숨을 들이마셨다가, 내쉬는 것으로 그간의 심정을 억눌렀다.

"그러다가 우연히 한 의료인 웹사이트에서 아버님의 소식을 접하게 되었습니다."

이후 이어진 대니얼의 이야기는 며칠 전 서재에서 들은 허수인의 말과 일치했다. 중호는 묵묵히 대니얼의 말을 듣다가 창밖으로 살짝 고개를 돌렸다. 대니얼의 목소리에서 약간의 울림이 느껴져, 눈이라도 마주치면 북받치는 감정을 억누를 수 없을 것 같았기 때문이다. 그때 중호의 손 위로 따뜻한 온기가 느껴졌다. 대니얼이 중호의 손을 잡으며 말했다.

"미안합니다. 너무 늦어서."

중호는 이를 악물고 잠시 고개를 숙였다가, 다시 들고 또박또박 말했다.

"아닙니다, 선생님. 이제라도 찾아주셔서 제가 오히려 감사합니다. 아버지가 깨어나시면, 아버지가 선생님을 기억하게 되면, 그 어느 때보다 기뻐하실 거예요. 선생님의 존재 자체보다 더 큰 선물은 없을 테니까요."

대니얼이 갑자기 울음을 터뜨리는 바람에, 전하고 싶은 말이 더 많았지만 할 수 없었다.

중호는 고개를 숙인 채, 가슴을 들썩이며 미처 전하지 못한 말을 마음으로 되새겼다.

감사합니다, 선생님. 제 아버지를 살려주셔서. 제 아버지의 삶이 얼마나 값진 인생이었는지 다시금 깨닫게 해주셔서. 제 아버지와 제가 다시 희망을 품고 살게 해주셔서.

따뜻한 식사 한 끼

운명에는 기이한 이끌림 같은 것이 있다. 그날의 미호도 그랬다. 유난히 남편의 슈트가 거슬렸다. 평소 같으면 옷이야 어떻게 벗어두었든 신경 쓰지 않았을 터였다. 어차피 집안일을 도와주시는 이모님이 다 알아서 할 일이었다. 심지어 방도 아니고 세탁실에 던져진 옷이었다.

그런데 그날은 왜 그랬을까. 세탁실과 다용도실 사이에 어중간하게 걸친 슈트가 유독 눈에 거슬렸다. 남편은 전날도 만취해서 들어온 모양이었다. 바닥에 던져진 슈트의 모양새가 그랬다.

미호는 홀린 듯 이끌려 바닥에 던져진 슈트를 무심코 들어 올렸다. 그때 무언가가 미호의 발밑으로 툭 떨어졌다. 고개를 숙이고 그 물건을 가만히 내려다보았다. 명함이었다. 특별하지 않은 세상 모든 명함이 그러하듯 그 명함 또한 하얗고 네모났다.

하지만 미호는 알았다. 그 명함은 달랐다. 명함의 재질이나 형태가 아니라 명함이 품은 불온한 기운이 달랐다. 재앙의 씨앗을 발견하기라도 한 것처럼 미호는 꺼림칙한 눈빛으로 한동안 명함을 내려다보기만 했다.

미호는 가끔 그런 자신에게서 기묘한 감정을 느끼곤 했다. 단지 보기만 했을 뿐인데 불길하다는 느낌이 확연하게 올라왔다. 그러나 미신적인 기분을 억누르고 명함을 집었다. 에스테틱 원장의 명함이었다.

에스테틱이라.

남편의 업무와 관련된 직종이었다. 어쩌면 영업이 목적일 수도 있겠다. 미호는 돋을새김으로 적힌 원장의 이름을 엄지손가락으로 쓱 한 번 문질러보았다.

한종연.

성별을 알 수 없는 원장의 이름에서 미호는 묘한 기분을 느끼며, 명함을 세탁기 위에 가만히 올려놓고 나왔다.

남편과 각방을 쓴 지는 꽤 되었다. 남편은 코골이가 심했다. 자신도 그 사실을 아는지 신혼 초에도 술 마신 날은 다른 방에 가서 잤다. 병원 사업이 확장되면서 술 마시는 날이 잦아졌고 그러면서 점점 더 각방을 쓰는 일이 많아지다가, 결국 그 방이 각자의 방이 되었다.

사실 미호로서는 바라던 바였다. 사랑 없이 한 결혼이었다. 같은 침대를 쓰는 일이 결혼하고 1년이 넘었는데도 부담스러웠다. 입을 맞추는 일이 여전히 어색했고, 옷섶을 헤치고 들어오는 손길은 도저히 익숙해지지 않았다.

그러지 않으려고 노력했지만, 손길이 닿을 때마다 저도 모르게 움츠러드는 몸을 통제하기란 생각보다 쉽지 않았다.

어쩌면 그래서 불만이었을 수도. 사랑을 나누는 일에 적극적이지 않은 태도 혹은 은연중에 피하는 듯한 느낌을 남편이 받았을 수도 있겠다. 그것이 스트레스였다고 한다면 그래, 이해할 수 있었다.

그러나 이해한다고 해서 단번에 태도를 바꿀 수는 없었다. 그렇게 되지 않았다. 부부로선 미안했지만, 감정이 그랬다. 사랑하지 않는 남자의 손길을 자연스럽게 받아들이는 게 미호로서는 쉬운 일이 아니었다. 성격상 연기를 하는 것에도 무리가 있었다.

술에 만취한 어느 날 남편은 자신의 방으로 가지 않고 미호의 방으로 들어왔다. 피부 위로 눅진하게 눌어붙는 술 냄새를 풍기며 이미 잠자리에 든 미호의 등 뒤로 다가와 살을 맞댔다.

선잠에서 깬 미호는 소름이 돋았지만 뿌리치지 못했다. 그럴 성격이 못 됐다. 도리어 그럴 때마다 느껴지는 감정은 수치심과 무력감이었다. 뿌리치고 싶지만 그러지 못하는 자신이 원망스러울 따름이었다.

샤워를 마친 미호가 방으로 들어오자 남편은 이미 잠들어 있었다. 아니나 다를까 코 고는 소리가 진동했고 그 소음은 도로 공사의 드릴 소리만큼이나 요란했다. 미호는 저도 모르게 관자놀이를 눌렀다. 진동하는 코골이에 신경세포가 모조리 갈려 나가는 것 같았다.

도저히 안 되겠다 싶어 가운을 걸치고 거실로 나가려는 순간, 누군가 음 소거 버튼이라도 누른 듯 일순 정적이 흘렀고 잠시 후 미호는 그 이름을 들었다.

"종연아."

깜짝 놀라 남편을 돌아보았다. 남편은 눈을 감은 채 몸을 뒤틀며 잠꼬대하는 중이었다.

"한종연."

이름 뒤에 이어지는 웅얼거림을 분명하게 알아들을 수는 없었지만, 안 들어봐도 뻔한 내용이었다. 애써 듣고 싶지도 않았고.

미호는 남편이 부른 그 이름을 알았다. 돋을새김의 감촉이 엄지손가락 끝에서 문득 살아났다. 미호는 그 자리에 우두커니 서서 남편을 잠시 내려다보았다. 이 남자는 그러니까 자신이 문을 열고 들어온 이곳이 어디인지도 모르는 것이었다.

순간 침대 옆 테이블 위에 놓인 크리스털 꽃병을 들어 남편의 머리를 내려치고 싶은 충동을 느꼈지만, 미호는 그런 자신의 감정에 도리어 깜짝 놀랐고 도망치듯 침실을 나왔다.

한마디로 정의하기 어려운 감정들이 미호를 휘감았다. 온몸으로 열이 차올랐고 목덜미와 뺨 언저리가 뜨끈뜨끈하게 달아올랐다. 미호는 분노를 느끼는 자신에게 당황했다.

왜?

남편의 외도는 이미 짐작한 바였다. 그리고 외도가 확인되었을 때 어떻게 할지도 생각해본 적 있었다. 그 과정 어디에도 분노는 없었다. 사랑하지 않는 남자의 외도가 주는 감정은 분노가 아니라 씁쓸함이었다.

이후에는 오히려 잘된 일인지도 모른다는 생각까지 했었다. 안도감이 들었고 다소간의 해방감마저 느꼈다. 정말로 남편이 바람이라도 피운다면 가슴 한편에 늘 자리하던 부채감까지 해소될 것 같아, 도리어 그러기를 바랐던 순간도 있었다.

물론 그 뒤에 이어지는 자조적 비애와 자기 연민의 파도가 다시 우울감 속으로 미호를 몰아넣긴 했지만, 그 과정에서조차 분노는 없었다.

그랬으므로 이 예상치 못한 분노에 미호는 당황했다. 짐작만 했던 일이 사실로 확인되었기 때문인가? 아니었다. 이것은 남편의 외도가 아니라 모멸감 때문이라는 사실을 미호는 곧 깨달았다. 귓가에서 거칠게 울리던 맥박이 서서히 잦아들자 짙은 서글픔이 밀려들었다.

미호는 소파에 앉아 소리 죽여 울었다. 가슴이 너무 답답해서 그렇게라도 울지 않으면 질식해버릴 것만 같았다. 무언가에 짓눌린 듯한 울음소리가 구슬프게 거실 한편으로 흐르다가 멎었다.

욕실로 들어가 말끔하게 세수를 마친 미호는 주방에서 냉수를 한 잔 마시고 3층으로 올라갔다. 3층엔 파킨슨병과 중증 치매를 앓는 엄마의 거처가 마련되어 있었다. 말이 거처지 거의 종합병원 1인실처럼 꾸며졌는데, 이는 엄마가 지난해에 뇌졸중으로 한 차례 쓰러진 뒤 보완한 시설이었다.

간호사 수준의 간병인이 24시간 상주하며 엄마를 돌보았으나 미호도 잠자는 시간을 제외하곤 거의 엄마와 함께 시간을 보냈다.

그리하여 3층은 엄마가 생을 연명하는 공간인 동시에 미호의 감옥이었고, 이것이 미호가 남편으로부터 받는 수치심과 모욕감을 견뎌야만 하는 기저 원인이었다. 말다툼이 있을 때마다 남편의 진저리 나는 협박이 통하는 유일한 공간이었고, 언제까지고 미호를 옥죌 수 있는 가장 효율적인 영역이었다.

남편의 외도가 마음의 빚을 해소하는 삶의 방편이라니 어처구니없는 일이었지만 어쩔 수 없는 것도 사실이었다. 애초부터 잘못된 결혼이었다고 한다면 그것도 옳은 말이겠으나 미호로서는 선택의 여지가 없었다.

어떤 인생은 선택의 여지가 없는 삶의 연속일 수 있고, 미호의 인생도 그중 하나였다. 토종 한국인임에도 파란 눈에 금발을 가지고 태어난 것도 미호로서는 어쩔 수 없는 일이었으니까.

한국에서 금발 벽안으로 태어난 아이의 미래를 엄마는 잘 알았다. 당신 자신이 꼭 그런 모습이었기에. 미호가 태어나고 처음 눈을 떴을 때 눈동자의 색깔을 본 엄마는 크게 탄식했다.

아빠를 비롯한 지인들은 모두 괜찮다고, 엄마를 닮아 정말 예쁘게 자랄 거라고 말했지만 그 아름다움이 주는 저주를 사람들은 알지 못했다. 미호의 유년 시절은 엄마가 예상했던 딱 그대로 전개되었다.

머리는 염색한다고 해도 눈동자의 색깔은 달리 방도가 없었다. 유년기에 렌즈를 끼울 수도 없는 노릇이었다. 남다른 외모는 아이들의 놀림거리가 되기에 안성맞춤이었고, 본능적 악의를 서슴없이 내보이는 또래 집단에서 미호는 아주 좋은 먹잇감이었다.

심지어 선생들조차 그래선 안 된다고 말은 하면서도 미호가 먹잇감이 된 것을 이해하는 눈치였다. 어쨌거나 근본 원인을 제공한 것은 미호라는 데 모두 동의라도 하는 듯했다.

그리하여 미호를 이해해주는 사람은 이 지구상에 딱 한 명, 엄마밖에 없었다. 미호에겐 엄마가 이 세상의 전부였다.

외계인, 파충류, 마녀……. 초등학교에 입학한 미호가 아이들에게서 듣는 말들은 말할 것도 없었고 우유로 범벅된 옷이나 가위로 잘린 가방, 찢어진 노트, 부러진 연필, 압정에 찔려 핏방울이 맺힌 피부 등, 불과 초등학생밖에 되지 않은 아이가 당하는 일상은 늘 상상 초월이었다.

엄마가 매일 미호를 보듬고 상처를 어루만져주는 것에도 한계가 있었다. 엄마는 가족 전체가 이민 가기를 바랐다. 하지만 그건 형편상 어려운 게 사실이었다. 그래서 나온 차선책이 유학이었다. 엄마는 하루라도 빨리 미호를 미국으로 보내길 원했지만, 아빠는 그조차 반대했다.

아빠는 이해하지 못했다. 이해한다고 하면서도 엄마가 유학 얘길 꺼내면 항상, 그렇게까지 할 필요는 없다는 식으로 얼버무렸다. 어차피 조금만 더 나이를 먹으면 다 괜찮아질 거라는 게 아빠의 주장이었다. 지금도 예쁘게 잘 자라는데 뭐가 문제냐는 식으로 말했다.

"당신도 괜찮았잖아."

괜찮지 않았다. 괜찮지 않았으므로 자기는 할 수 없었던 걸 미호에게는 해주고 싶다고 백번 천번을 말해도 아빠는 귀담아듣지 않았다.

예쁜 외모는 권력이나 다름없으니 조금만 더 크면 미호도 이제 그 사실을 알게 될 거고, 그러면 괴롭힘은커녕 오히려 친해지고 싶어 하는 사람들이 더 많아질 거라고 아빠는 마치 엄마와 미호를 추켜세우듯이 말했다.

엄마는 그때 이 문제가 더는 대화로 해결될 일이 아니라는 사실을 깨달았다.

저 말을 좋은 의미라고 아빠가 말했을 때, 엄마는 기가 막혔다. 예쁜 외모를 권력처럼 쓰는 사람도 물론 있겠지. 하지만 어떤 식으로 사고가 작동하면 저 말이 좋은 의미로 인식될 수 있는지는 이해할 수 없었다. 이해하고 싶지도 않았다. 그저 뭔가, 아예 다른 종족인 것처럼 엄청난 괴리감만 느껴질 따름이었다.

아빠와 엄마가 급격하게 멀어진 것이 그즈음이었다. 엄마도 더는 아빠와 상의해서 일을 진행하지 않았다. 일단 유학 비용이 가장 큰 문제였으므로 엄마는 다시 취업했다. 아빠는 당연히 반대했지만, 엄마는 강행했다.

본래 대기업 단체 급식 회사의 영양사로 일하던 엄마였다. 재취업의 의사를 밝히자 해당 기업에서 흔쾌히 기회를 주었다. 그날 엄마와 아빠가 대판 싸웠는데, 그때 싸웠던 내용을 미호는 성인이 되어서도 기억했다.

"재미있네. 그 회사가 그렇게 다시 들어가고 싶다고 해서 툭툭 들어갈 수 있는 덴지 몰랐네."

취업 자체를 반대했던 아빠였으므로 엄마는 달리 대꾸하지 않았다.

"뭔가 좀 이상하지 않아? 거기 인사 팀장이 당신을 어떻게 기억하는 거야? 퇴사한 지 10년도 넘었고, 그동안 퇴사한 사람만 해도 수백 명은 될 텐데 그걸 다 기억할 리도 없잖아."

"무슨 말이 하고 싶은 거야? 내가 무슨 다른 수라도 썼다는 말이야?"

"꼭 다른 수를 써야 그게 수인가. 그냥 돋보이는 외모 자체가 수일 수도 있다는 거지. 내가 누누이 말하잖아. 미모도 권력이라고. 그 사람이 당신을 기억하는 게 다른 이유가 있겠나 싶은 거지, 나는."

그때 고작 초등학생에 지나지 않은 미호가 듣기에도 그 말은 이상했다. 언뜻 생각하면 엄마가 예쁘다는 말이니까 칭찬인가 싶다가도, 아빠의 말투를 떠올려보면 뭔가 마음에 들지 않는 걸 말할 때 나오는 특유의 비아냥거림이 있었다.

"무슨 말이 그래? 그 회사에 입사한 게 내 능력이 아니라 외모 때문이라는 거야?"

미호가 성인이 된 뒤 생각해보면 아빠는 그랬다. 자기가 내뱉은 말이 다른 사람에게 어떻게 들릴 수 있는지에 관한 이해도가 낮았다. 자기가 생각한 것은 남도 그렇게 생각할 걸로 믿었고, 다르게 받아들이면 그 사람이 곡해한 것으로 치부했다.

"말을 또 이상하게 듣네. 나는 그냥 아무래도 유리한 상황일 거라는 걸 말하는 거잖아. 퇴사한 지 10년도 넘은 사람을 기억하는 게 그럼 일반적인 일이야?"

"팀장이 날 어떻게 기억하는지는 내 알 바 아니고, 당신은 지금 내가 노란 머리에 파란 눈을 가진 사람이라서 기억한다는 말을 하고 싶은 거 아니야?"

"또, 또, 꼬는 거 봐라. 내가 그런 뜻으로 한 말이야?"

"그럼 뭐. 내가 예뻐서 된 거니까 좋아하라고?"

소통이 목적이 아닌 대화는 끝내 고성으로 이어졌다.

이 싸움에는 여러 가지 원인이 복합적으로 작용했지만, 가장 큰 이유는 아빠가 속내를 감췄기 때문이다. 엄마가 재취업하는 데 있어 외모가 어느 정도 작용했을 거라는 식의 억측은 표면적인 이유일 뿐, 아빠에게 감추어진 속내는 불안이었다. 의처증의 시작을 알리는 증상이었다.

엄마의 취업이 실제 외모 때문에 유리했다고 한들 문제가 될 건 없었다. 진짜 문제는 아빠 스스로 그렇게 믿음으로써 생긴 불신이었다. 아빠는 엄마의 취업이 싫었던 게 아니라 밖으로 나가는 게 불안했던 거였다. 아빠는 엄마의 친절한 미소가 다른 남자들에게 평범하게 보이지 않는다고 생각했다.

아빠는 종종 그것이 엄마의 태도 때문이라고 주장했지만, 미호가 성인이 되어 돌이켜보면 엄마의 태도에는 아무런 문제가 없었다.

그때부터 생긴 의처증인지 아니면 그전부터 있던 증상이 심해진 건지는 알 수 없었지만, 그즈음부터 지옥이 열린 것만은 분명했다.

엄마가 외출하고 돌아오면 의심하고 추궁하고 그러다가 큰 싸움으로 이어지기까지 그리 오랜 시간이 걸리지 않았고, 어느 날인가부터는 같은 문제로 싸우지 않은 날이 단 하루도 없었다고 해도 과언이 아니었다.

엄마의 미모가 그토록 불안해서 불신이 생기고, 서로에게 상처 되는 말을 하면서도 그게 권력이라고 주장하는 아빠의 말을 그때의 미호는 이해하기 어려웠다. 누군가에게는 아빠의 말대로 미모가 권력인 경우도 있겠지만 적어도 두 모녀에게는 저주에 가까웠기 때문이다.

그 어떤 반대가 있더라도 자식을 위한 엄마의 헌신을 이길 난관은 없었다. 엄마는 미친 듯이 일했고, 그 덕에 미호는 초등학교를 졸업하는 것과 동시에 미국 사립학교 7학년으로 입학할 수 있었다.

기숙학교였으므로 학비가 매우 비쌌다. 엄마는 미호의 학비를 충당하기 위해서라도 계속 일을 해야 했지만 아빠 때문에라도 미호를 따라나설 수 없었다. 아빠를 떠나려면 이혼을 하는 수밖에 없었는데 아빠가 이혼에 순순히 응할 리 없었고, 혼자 벌어 미호를 뒷바라지하는 것도 무리였다.

그때의 미호로 말하자면, 괜찮았다. 아니 오히려 좋았다. 엄마 아빠가 매일 밤 싸울 때마다 이혼할까 봐 두려웠고 아빠를 따라가게 될까 봐 너무 무서웠는데, 어느 쪽도 아니어서 크게 안도했다.

나이보다 성숙했다고는 하나 아직 어렸으므로 두 사람의 싸움에서 벗어났다는 사실만으로도 해방감을 느꼈고, 누구에게서도 버려지지 않았다는 사실에 안도감도 느꼈다.

돌이켜보면 그것이 엄마를 혼자 두고 도망갔다는 죄책감이 되고 말았으나 그땐 거기까지 생각할 수 있는 나이가 아니었다.

미국으로 떠난 미호는 이제 머리를 염색할 필요도, 컬러 렌즈를 낄 이유도 없었다. 누구에게도 더는 자신을 숨길 필요가 없다는 사실 하나만으로도 세상을 다 얻은 것 같았다.

미호가 스스로 밝히지 않으면 아무도 미호가 아시아인인 줄 몰랐다. 종종 혼혈이라고 생각하는 사람들은 있었으나 그 때문에 일상이 버거울 정도로 문제가 생기는 일은 없었다.

미국 생활에 완전히 적응한 어느 날, 엄마가 한국에서 보낸 택배를 받고 미호는 깜짝 놀랐다. 엄마가 손수 담근 김치와 청국장이 들어 있었다. 미호는 상자 안의 포장을 다시 꽁꽁 싸맨 뒤 고민했다.

엄마의 김치와 청국장은 미호가 가장 좋아하는 음식 가운데 하나였다. 엄마의 의도는 충분히 알겠으나 기숙사에서 청국장과 김치를 풀었다간 난리가 날 게 뻔했다.

하지만 그렇다고 엄마에게 사실을 말하는 것도 너무 미안한 일이었으므로, 미호는 선의의 거짓말을 하기로 했다. 음식은 포장된 그대로 버리고 엄마에겐 잘 받았다고, 맛있게 먹는 중이라고 말했다.

김치나 장이 얼마나 남았냐고 엄마가 물어볼 때마다 밥 먹을 시간이 많지 않아 아직 남았다고 말하면서도 미호는 언젠가 사실을 말해야겠다고 생각했지만, 엄마가 어떤 마음으로 보내는지 잘 아는 미호로서는 사실을 말하기가 어려웠다.

거짓말을 할 때마다 죄책감을 느꼈지만 어쩔 수 없었다. 친구들에게 배척되는 것이 얼마나 무서운 일인지 잘 아는 미호로서는 선택의 여지가 없었다.

그렇게 7년의 세월이 쏜살같이 지나갔다. 미호는 미 중부 주립대 심리학과에 합격했고 미호의 이사를 돕기 위해 엄마가 미국으로 들어와서 며칠 지나지 않은 날,

교통사고를 당했다.

엄마와 미호가 쇼핑몰 건널목에 서 있는데 빨간색 스포츠카가 달려와 엄마를 덮쳤다. 엄밀하게 말하면 차는 두 사람에게 달려들었으나 결정적인 순간에 엄마가 미호를 밀쳐냈다. 미호는 그때 넘어지며 입은 타박상이 전부였다.

불행 중 다행이었던 건, 엄마 역시 크게 다치지는 않았다는 사실이었다. 오른쪽 다리 골절로 한 달 넘게 병원 신세를 져야 했지만, 회복하고 나면 전혀 문제가 없고 오히려 더 튼튼

하게 붙을 거라고 의사는 말했다.

가해자가 책임을 회피하려 들지 않았다는 점도 행운이었다. 페라리를 운전한 20대 중반의 남자는 한국에서 의대를 다니는 여행자였고 재력가 집안의 아들이었다. 엄마의 병원 치료비 전액 보상은 물론이고, 입원 기간 한국 간병인까지 붙여주었으므로 사고로 인해 법적 다툼을 벌일 일이 없어 한숨 덜었다.

보상은 오히려 과했다. 미호에게도 정신적 피해를 주었으니 미호의 대학 4년 학비까지 모두 보상하겠다고 나섰다. 그러나 그 정도의 호의까지는 선뜻 받아들이기 어려웠다. 장학금 정도로 생각하라고 남자는 말했지만, 쉽게 내릴 수 있는 결정이 아니었다.

남자가 한국에서 명망 높은 재력가 집안이고 차후 의사가 될 예정이므로 훗날을 염려해서 그런 거라면 걱정하지 않아도 된다고 미호와 엄마는 말했지만, 남자는 이상하리만큼 적극적으로 보상 의지를 내세웠다. 나중에는 거절하는 것이 오히려 민망할 지경이었다.

그러던 중 미호의 아버지가 덥석 그 제안을 받아들였다.

그날의 사고가 불행 중 다행이었던 이유는 한 가지 더 있었다. 필요한 검사 이외에는 받지 않으려는 엄마의 의지에도 불구하고, 할 수 있는 검사를 모두 다 하게 한 남자 덕분에 입원

한 지 며칠 지나지 않아 엄마가 파킨슨병 초기 단계라는 사실을 알아냈다.

그전에도 증상이 있었는지 엄마에게 물어봐도 엄마는 고개를 저을 뿐이었다. 몸에 어떤 이상을 느꼈더라도 특별히 고통스럽지 않은 한, 병원에 가지 않았을 확률이 100퍼센트였을 거라고 미호는 생각했다.

이 우연한 일은 정말 큰 발견이었으므로 미호는 사고를 당한 것이 오히려 다행이라고 생각될 때도 있었다. 남자에게도 당연히 큰 고마움을 느꼈다. 하지만 고마움과 부담감은 다른 문제였다.

남에게 빚을 진다는 게 쉬운 문제가 아니었고 미호처럼 자립으로 뭘 해보려는 사람이 스스로 하지 못하고 도움을 받게 되면, 마음에 큰 빚으로 남게 마련이다. 엄마가 귀국한 뒤 남자는 자기가 근무하는 병원에서 파킨슨병을 관리해드리겠다고 제안했다.

미호는 물론 엄마 역시 그런 호의를 무턱대고 받아들이는 사람이 아니었다. 그러나 남자가 너무 막무가내였다. 그때부터 늘 고맙기만 하던 마음이 어느새 부담스러운 마음과 섞이기 시작했고 이번에도 아빠의 설득으로 그 제안을 받아들이게 되었다.

어차피 치료는 해야 했고 돈도 돈이지만 믿을 수 있는 의사에게 치료받는 것도 중요하다는 요지였는데, 엄마는 몰라도 미호로서는 동의할 수밖에 없었다. 해서 가벼운 통원 치료부터 그 병원에서 하게 되었다.

치료를 빨리 시작한 덕분인지 병의 진행이 현저히 늦춰졌다는 소식을 미호는 미국에서도 틈틈이 받았다. 남자가 개인적으로 연락해 엄마의 건강 상태를 알려주었으므로 미호는 고마우면서도 머릿속이 복잡했다.

친절 이면으로 무언가 조여드는 듯한 압박감이 들었다. 그즈음이면 바보라도 남자가 미호를 좋아한다는 사실을 알 수밖에 없었다. 그래서인지 더욱 갚을 수 없는 빚을 지는 것만 같았다.

좋은 남자였고 누가 봐도 일등 신랑감이었다. 심지어 미호에게 이보다 더할 수 없을 만큼 적극적이었다. 그러므로 둘의 관계가 자연스럽게 계속 진행되었다면 미호도 남자에게 이성으로서의 호감을 느꼈을지도 몰랐다.

하지만 그즈음에 아빠가 남자에게 큰 도움을 받았다는 사실을 미호가 알게 되면서, 애정이 생겨야 할 자리에 다른 감정이 먼저 들어차고 말았다.

남자의 집안은 일반적인 재력가 수준이 아니었다. 모친이 종합병원의 이사장이었다. 미호의 아빠가 의료기기 사업체의 영업부장이었던 것은 지극히 우연이었으나, 미호에 대한 남자의 감정을 눈치챈 아빠가 그것을 재빠르게 활용한 것은 평소 신념 그대로의 행동이었다.

딸의 미모를 보이지 않는 권력으로 치환하여 자신의 이권을 챙긴 것이다. 아빠는 남자의 도움으로 병원에 의료기기를 납품할 수 있었고, 그 일로 상무가 되었다.

그 사실을 알게 된 미호는 분을 삭이지 못하고 불같이 화를 냈지만, 아빠가 엄마하고 싸울 때도 정말 질리도록 들었던 대사만이 미호에게 돌아왔다.

"그게 나만 좋자고 한 일이냐? 네가 가져다 쓴 유학 비용은 어디 뭐 땅에서 솟은 건 줄 알아? 그리고 어차피 너 좋다고 그 친구가 알아서 그러는 건데 굳이 안 받아야 할 이유는 또 뭔데?"

아빠를 절대로 용서할 수 없다는 감정이 생긴 것도 그 사건 때문이었고, 미호가 남자에게 더는 마음의 문을 열 수 없게 된 것도 그 일이 지대한 영향을 미쳤다.

미호는 미안함과 부끄러움과 죄책감 때문에 남자를 볼 낯이 없었다. 전화 목소리만 들어도 먹던 샌드위치가 얹힐 정도로 부담감이 컸다. 죄인처럼 미안합니다, 감사합니다, 식은땀만 흘리다가 전화기를 내려놓는 일이 일상이 되었다.

미호가 대학 졸업과 동시에 남자와 결혼하게 된 것은 미호의 의지와 상관없이 이미 그때부터 정해진 일인지도 몰랐다. 남자는 당연한 순서처럼 미호에게 청혼했고 미호는 그 순간만큼은 절대 오지 않기를 바랐지만 결국 닥치고 말았을 때,

아마도 모든 걸 포기하는 심정이었던 것 같다.

아빠는 물론, 엄마도 미호의 감정을 정확히 이해하지 못했다. 엄마조차 미호에게 결혼은 현실이고 결혼 생활에서 사랑은 그리 중요한 게 아니더란 식으로 말했다. 살아보니 재력이 더 중요하더라고 직접적으로 말하진 않았지만, 표정만으로도 알 수 있었다. 엄마 역시 남자의 배경을 무시할 수 없었던 거였다.

엄마의 인생을 돌이켜보면 그럴 수밖에 없다는 걸 이해하면서도, 그래도 서운한 것은 어쩔 수 없었다. 그 누구도 미호가 마치 팔려 가는 기분으로 이 결혼에 임한다는 사실을 알지 못했다.

그땐, 유일하게 자신을 이해하고 뭐든 자신의 편이 되어주었던 엄마조차 남처럼 느껴져 정말 세상에서 고립된 느낌이었다.

인생에서 가장 기쁘고 화려한 기억으로 남아야 할 결혼이 결국 미호에겐 혼자 어딘가로 버려지는 듯한 씁쓸함으로 남고 말았다.

이후 미호도 마음을 바꿔 먹으려고 부단히 노력했다. 엄마 말마따나 사랑이 뭐 대순가. 자신의 감정 하나만 딱 접어버리면 누구 말처럼 복 받은 결혼임에는 분명했다. 엄마의 병을 누구보다 정확하고 치밀하게 지속해서 관리할 수 있다는 장점 하나만으로도 이미, 무엇으로도 대체할 수 없었다.

미호는 자신의 감정 따윈 아무것도 아니라고 끊임없이 자기최면을 걸었다. 그 와중에 남편은 성형외과 전문의가 되어 자기 병원까지 개원하게 되었으므로, 이 화려한 결혼에서 미호만이 홀로 다른 세계에 존재한다는 사실을 그 누구도 알지 못했다.

모두가 미호에게 행운이고 복이라고 말했으므로 유일하게 단 한 사람, 본인만 다른 마음을 품는 것이 이제는 불온한 것을 넘어 죄악처럼 느껴질 지경이었다.

그래서 미호도 최선을 다하려고 했다. 살 부대끼고 살다 보면 사랑이 생기기도 한다는 말을 믿으려고 노력했고 남편에게도 어떻게든 마음을 열어보려고 애썼다. 그런데 그때마다 남편의 언어들이 미호의 마음을 가로막았다.

처음엔 우연인가 했는데 그것들이 너무 자주 반복되다 보니 어떨 때는 혹시, 일부러 그러는가 싶기도 했다. 아주 절묘한 순간마다 교묘하게 엄마의 병세를 언급하는 것이었다.

가령 미호가 무언가 불만 어린 분위기다 싶으면 기가 막히게 엄마가 자기 덕분에 얼마나 유리하게 진료를 받는지—그것도 아주 교묘하게—사위로서 당연한 일이지만, 며칠 전에 그런 일이 있었기에 문득 생각나서 얘기한다는 식으로 말했다.

그때마다 미호는 완전히 발가벗겨지는 듯했다. 고맙다는 말만으론 부족하니 뭔가를 더 해야 한다는 종용처럼 느껴졌고, 뭘 어떻게 해야 할지 알 수 없어 고개를 숙였다.

공교롭게도 엄마의 파킨슨병이 조금씩 진행되는 와중이었으므로 미호는 그저 죄인 된 마음으로 머리를 조아릴 수밖에 없었다.

바로 그런 면에서 미호는 점점 남편에게서 마음이 멀어지고 있었다. 왜냐하면, 그 절묘하고 은근한 협박의 뉘앙스가 아빠를 너무나 쏙 빼닮았기 때문이다. 아빠가 엄마에게 했던 그 교묘한 언어들을 남편 역시 지극히 자연스럽게 사용했다. 마치 장인과 사위가 아니라 혈육이라도 되는 것처럼.

심지어 어느 날은 식사 중에 여자의 미모는 권력이라는 말까지 해서, 미호는 정말 심장이 툭 떨어지는 듯한 충격을 받았다.

물론 남편은 성형외과 의사였으므로 그런 주장을 할 수도 있었다. 그러나 아빠가 늘 하던 얘기를, 그것도 엄마와 똑같이 너무 싫어하는 얘기를 남편에게서 들으니 그가 자신의 아빠를 닮았다는 생각을 떨칠 수가 없었다.

지극히 사랑하는 것 같지만 아무렇지도 않게 남이 될 수 있을 것 같은 차가움이 느껴지고, 따뜻하게 배려하는 것 같지만 조건 없는 사랑으로 느껴지진 않으며, 당사자는 분명히 알지만 남에게 하소연하기엔 피해의식이란 말을 듣기 딱 좋은 상황들.

때론 악의가 저 깊숙이 감추어져 있어 당해보지 않으면 알 수 없는 행위들이었으므로, 미호는 누구한테 넋두리조차 할 수 없었다. 호소해봐야 복에 겨워 지껄이는 헛소리로밖에 들리지 않을 게 뻔했으므로.

남편과 아빠가 오버랩되면서 미호도 더 이상 남편 앞에선 웃지 않게 되었다. 그도 아빠가 엄마한테 그랬던 것처럼 자신을 의심할까 봐 두려웠다.

그러나 남편은 아빠와 달리 어떻게 하면 미호를 꽁꽁 묶어둘 수 있는지 잘 알았고, 신도 미호를 돕지 않았다. 어떻게든 남편의 시야에서 벗어나보려고 고민하던 어느 날,

엄마가 쓰러진 것이다.

그때 남편은 평창동에 사둔 집을 리모델링하면서, 3층을 엄마의 병실 겸 물리치료 및 재활의 공간으로 만들었다. 요양병원이 아닌 자택으로 모시기 위해 집을 개축하고 간병인까지 고용한 결정은 만인으로부터 찬사를 받았으며, 미호조차 그 일에 대해서는 무한한 감사를 표할 수밖에 없었다.

이제 영원히 벗어날 수 없는 감옥에 갇혔다는 사실은 이 세상에서 오로지 미호 자신, 혹은 남편만 아는 진실이었다.

그런데 엄마도 그 사실을 안다는 걸 미호가 알게 된 날, 미호는 소리 죽여 울었다. 남편이 미호를 안은 뒤 미호의 침대에서 다른 여자의 이름을 불렀을 때, 그러니까 남편의 외도를

목격한 것보다 더 진절머리 나는 형태로 확인한 그날, 미호는 감정을 추스른 후 3층으로 올라갔다.

모처럼 정신을 차린 엄마가 미호를 알아보곤 미호의 손을 꼭 잡고 말했다.

"전부 내 잘못이다, 미호야. 애초에 그렇게 했으면 안 되는 거였어."

엄마는 마치 사위의 외도를 알기라도 하는 것처럼 말했다.

"너도 네 살길을 찾아야 한다. 엄마 걱정하지 말고 네 일을 찾아. 엄만 요양원이든 어디든 가면 돼. 엄마도 이곳에 있어 봐야 네 앞길만 막을 뿐이라는 걸 알아. 그 생각만 하면 숨이 안 쉬어질 정도로 너무 답답하다, 얘야. 네 일을 찾아야 해."

미호는 자기가 울면 엄마도 슬퍼할 거고, 그러다가 혹여 병세라도 나빠질까 봐 억지로 참으려고 애썼지만 끝내 참지 못했다. 그래도 기어코 소리를 죽이려고 이를 악물었는데, 가슴이 분리되어버릴 것처럼 들썩이는 통에 감정을 추스르기가 어려웠다.

그 고통의 밤을 보내고, 어떤 결심이든 해야겠다고 생각했을 때 미호는 또다시 생각지도 못했던 결과지를 받았다.

그날 남편과의 관계로 아이가 들어선 것이었다.

처음엔 눈앞이 캄캄했지만, 태동이 느껴지면서부터 감정이 서서히 달라지기 시작했다. 일시적이기는 했으나, 남편 역시 전과는 약간 다른 모습이었고 여러 가지가 조금 나아진 것처럼 보였다.

실제로 그 시기가 미호로서는 결혼 후 처음 느껴보는 설렘의 시간이기도 했다. 물론 그 역시 남편보다는 아이 때문이었지만, 무언가 책임져야 할 대상이 만들어졌다는 것 하나만으로도 삶의 목적이 생긴 느낌이었다.

그런 기분은 딸아이가 태어나고 초등학교에 입학할 때까지 지속되었으므로 출산 이후의 삶이 이전의 삶보다는 행복했다. 처음 미국 땅을 디디고 염색이나 렌즈를 하지 않아도 되었을 때 느꼈던 만큼의 자유와 해방감은 없었지만, 아이가 자라는 걸 보는 건 그 무엇과도 바꿀 수 없는 신비스러운 경험이었다.

대개는 육아가 고통이라지만 미호의 삶은 이미 고통이었으므로 육아가 오히려 행복했다.

그러나 삶은 왜 그리도 미호에게만 각박한 건지 언제나 일방적으로 행복만을 주지는 않았다. 아이가 할머니를 좋아하지 않았다. 할머니는 환자고 아이는 그걸 충분히 인지할 나이가 아니니 당연히 좋아할 수 없다는 걸 알면서도 받아들이기가 조금 어려웠다.

아이가 초등학교에 들어가고 미호가 처음으로 소리를 지르며 화를 낸 계기도 할머니였다. 할머니 방에서 나는 냄새 때문에 3층에는 올라가기도 싫다고, 할머니를 다른 곳으로 보내면 안 되느냐는 말에 미호는 그만 이성을 잃고 말았다.

아이는 울고불고 난리가 났고 그날부터 슬슬 엄마를 피하기 시작했다. 일하는 이모님들과 더 가깝게 지내고 부러 엄마를 피했다. 미호는 몇 번이나 사과하고 용서를 구했지만 이 아이는 누굴 닮았는지 쉽게 용서하지 않았다.

내가 그런가? 나도 어렸을 때 그랬나? 미호는 수도 없이 생각해보았지만 아무리 돌이켜봐도 이 정도까지는 아니었다.

미운 일곱 살이라더니 그럴 때라서 그런가, 온갖 고민을 다 해보았지만 딱히 해답이 나오진 않았다. 그저 시간이 해결해줄 거라는 이모님들의 말을 멍하니 들을 따름이었다.

그러나 시간은 해결해주지 않았다. 시간은 오히려 미호에게 벌을 주었다.

점점 깊어지던 엄마의 병환이 좀처럼 차도를 보이지 않다가 끝내 생을 마감한 것이었다.

지인들의 반응은 담담했다. 오랜 지병으로 고통의 시간을 보냈으므로 엄마나 미호나 이제 좀 쉴 때가 되었다는 반응이 대부분이었다. 큰 고통 없이 편안하게 주무시다 돌아가셨으니 호상이라고 말하는 사람들도 있었다. 누구나 다 그렇게 집에서 편안하게 돌아가시지는 않는다고도 했다.

그런 말을 들을 때까지만 해도 미호는 괜찮았다. 정확히는 아무 생각도 들지 않았다.

그런데 이상하게도 울지 않는 남편과 딸아이가 뇌리에서 잊히지 않았다. 미호는 홀로 방 안에 앉아 온종일 그 생각만 할 때도 있었다. 아이가 아직 날 용서하지 않아서, 나 역시 이런 식으로 미운 구석을 억지로 찾는 건가?

백만 가지 말도 안 되는 상상들이 머릿속을 휘젓고 돌아다녀서 도저히 맨정신으로 버틸 수가 없었다. 그즈음에 남편은 이미 일주일에 두어 번 집에 들어오거나 말거나 했다. 병원이 멀어서 가까운 곳에 숙소를 잡았다고 말했다.

평창동과 강남이 그렇게 먼 거리였구나.

하지만 더 깊은 내용은 알고 싶지 않았다.

미호가 술을 마시기 시작한 것이 그즈음부터였다.

처음엔 와인으로 시작했지만, 점차 독주로 넘어갔고 술에 취해 정신이 느슨해지는 순간이 오면 왜 이제야 술을 안 건지 후회가 되었다.

딸아이와의 관계는 점점 더 엇나갔다. 그러다가 맨정신인 어느 날, 아이에게 미술을 가르치면 정서적으로 매우 좋다는 말을 누군가에게서 들었다. 할머니가 돌아가셨는데도 울지 않는다는 건, 어쩌면 정서적인 결함 때문일지도 모른다는 생각이 들었고, 해서 알음알음으로 실력 있는 선생님을 찾았다.

일주일에 세 번 집으로 와서 미술을 가르쳤는데, 뜻밖에도 아이가 너무 좋아했다. 얼마 지나지 않아 아이의 요청으로 교

습 시간을 다섯 번으로 늘렸고, 아이는 미술을 좋아하는 건지 선생님을 좋아하는 건지 알 수 없을 만큼 선생을 잘 따랐다. 선생도 아직 젊은 나이라 사이좋은 자매 같기도 하고, 보기 좋았다.

그 때문에 딸아이와 미호의 관계가 딱히 더 좋아지고 그런 일은 없었지만, 아이의 웃음소리가 방문 너머로 들려오는 날이 많아지자 그 자체로 위안이 되었다.

뭐랄까. 그냥 짐을 좀 던 느낌이랄까. 언제라도 마음 놓고 술에 취해 넋을 놓아도 된다는 안도감도 들었다. 더는 삶의 목적이 없는 미호였으므로 나날이 잠에서 깨는 날이 힘겨워지고 숙취에 속이 뒤집혔지만, 오후가 되면 다시 술을 마시지 않을 수 없었다.

모두가 미호를 놔버린 느낌이었다. 미호 자신조차도.

아이가 선생님만 좋아한 건 아니었는지, 꽤 오랜 시간이 지난 뒤 대한민국 학생 미술대전에서 대상을 받았다. 이 집안에서는 좀처럼 없는 이벤트였으므로 미호는 정말 기뻤다. 그런 재능을 이제까지 선생한테만 너무 맡겨놓았던 것 같아 정신이 번쩍 들었다.

아이의 전시회를 앞두고 정말 오래간만에, 진심으로 흐뭇한 마음으로 드레스를 고르고 머리도 하고 메이크업까지 곱게 단장했다. 머리는 본래의 색깔을 그대로 두었고 눈도 따로 렌즈를 하지 않았다.

미호를 본 미용실 사람들은 모두 입을 모아 그레이스 켈리가 환생한 것 같다며 감탄했다. 그냥 빈말이 아니라 진심으로 놀란 표정들이었다. 그때 미호의 휴대폰이 진동했고, 사람들이 미호의 동작 하나하나에 정말 모나코 왕비라도 보는 것처럼 감탄할 때,

미호는 딸아이의 사고 소식을 들었다.

신은 단 한 순간도 미호의 삶이 온전해지기를 바라지 않는 듯했다.

사고로 휠체어에 앉게 된 아이는 자기 방에서 나오지 않았다. 아이를 가르치던 선생은 소리 소문도 없이 사라졌는데, 남편이 사람을 시켜 알아본 바에 따르면 사고에 책임을 느끼고 잠적했다는 말이었다.

미호는 기가 막혔다. 책임을 느끼면 도리어 그 반대로 행동해야 하는 거 아닌가? 하지만 그땐 미호 자신도 아이에게 죄책감을 가지고 있었으므로 다른 사람의 행동을 탓할 상황이 아니었다.

미호는 이 모든 게 자신이 몰고 온 불행인 것만 같았다. 매일매일 간절히 아이의 방문 앞에서 무릎을 꿇고 빌었지만, 아이는 오랫동안 문을 열지 않았다. 그래도 미호는 포기하지 않

았다. 공양이라도 드리듯 매일 밤낮을 아이의 방 앞에서 기도했다.

그러다가 문득, 이 속죄와 참회가 정말 아이의 안녕을 기원하는 행위인지, 아니면 그 어떤 삶의 목적도 없던 차에 무언가 계기가 생겨 속절없이 여기에 매달리는 것은 아닌지 의구심이 들었다.

이토록 애절하게 매달릴 거였으면 왜 애초부터 아이에게 최선을 다하지 않았는지, 뒤늦은 속죄가 갑자기 위선으로 느껴졌다. 처음부터 최선을 다했다면 아이의 정서적 결함을 의심하며 미술을 가르치지 않았을 테고, 그러면 이런 사고를 당할 일도 없었을 텐데.

자신의 불신과 의심 속에서 현재의 불행과 사고가 잉태된 것이다.

그런데 인제 와서 고작 무릎 꿇고 비는 것으로 속죄를 한다고?

미호는 다른 방식으로 죗값을 치러야 한다고 생각했다.

그러던 어느 날 아이의 방문 앞에 소지품 몇 가지가 놓인 걸 보았다. 쪽지엔 처분해달라는 짤막한 메모만이 적혀 있었다. 미호는 그 물건들을 알았다. 미술 선생이 아이의 생일 선물로 직접 제작했다는 이젤도 거기 있었다.

차마 버릴 수 없었으므로 미호는 사람을 시켜 선생의 관계자라도 찾아서 주도록 했다. 그러곤 아이가 물건을 정리한 심경의 변화를 주시했다. 알 수 없는 일말의 기대감으로 하루하루 알지도 못하는 뭔가를 기다렸다.

그리 오랜 시간이 걸리지 않아 아이에게도 변화가 찾아왔다.

사람을 초대했으니 하루만 집을 비워줄 수 있겠냐고 미호에게 물어왔다. 누군지 궁금했지만 묻지 않았다. 아이가 자신에게 먼저 말을 걸어왔다는 사실만으로도 그게 뭐든 누구든 상관없었다.

그러고 얼마 지나지 않아 잠적한 미술 선생을 찾았다는 소식을 들었다. 놀라운 일이었다. 그날 이후로 아이가 눈에 띄게 달라졌다. 몇 년간 단 한 번도 보지 못했던 생기가 돌아왔고 한순간에 다른 사람이 된 것처럼 변했다.

거실은커녕 자기 방 밖으로도 좀체 나오지 않던 아이가 이제는 시도 때도 없이 밖으로 나돌아다녔고, 심지어 미술 선생과, 미술 선생을 찾게 도와준 청년과 같이 사업까지 한다고 나섰다.

너무 급작스럽고 순식간에 벌어진 일들이라 얼떨떨했다. 남편조차 뭐에 홀린 듯 아이가 해달라는 걸 다 해주었다. 결국 집에서도 나가겠다고 선언했을 때, 미호는 뭐라 할 말이 없었다.

아이의 표정에서 알 수 있었다. 아이에게는 이 집이 감옥이 아니었다. 나가고 싶으면 언제든 나갈 수 있었고 지금 나가겠다고 선언하는 표정은 뭔가 희망에 가득 차 있었다. 오래전 미호가 그토록 바라던 자신의 모습이 아이에게서 보였다.

그래서 미호는 뭔지 모르겠지만 그게 뭐든 잘하리라 믿는다고, 잘될 거라 믿는다고 격려했다. 집이야 언제든 돌아올 수 있으니 마음껏 하고 싶은 걸 다 하라고.

남편은 당연히 반대했지만, 아이에겐 씨알도 먹히지 않았다. 남편이 아이와 선생 사이를 부러 벌려놓은 일이 밝혀진 이후로 남편은 완전히 신뢰를 잃었다. 그 어떤 말도 아이에게 통하지 않았다.

잘됐어. 효정아. 너라도 이 집을 나가서 마음껏 하고 싶은 걸 하면서 살아.

밝아진 아이의 모습을 보게 된 기쁨과 응원하는 마음은 잠시였고, 아이마저 나가고 나니 집이 정말 휑했다. 이젠 정말 세상에 홀로 남겨진 것 같은 기분이 들었다.

엄마도 없고 아이도 없으니 이제 뭐라도 하고자 하면 할 수 있을 텐데, 막상 그런 상황이 되니 할 수 있는 일이 없었다. 하고 싶은 일도 없었다.

남편은 미호를 알코올의존증 치료센터에 입원시키려고 했지만, 미호는 격렬하게 저항했다. 남편은 미호를 옥죄던 고삐가 사라지기라도 한 것처럼 황망한 표정이었고, 사실이 그랬다.

엄마가 돌아가셨다고 해서 남편이 해준 일에 대해 고마움이 사라지는 것은 아니었지만 솔직히 미호도 할 만큼 했다는 생각이 들었다.

이토록 오랫동안 고통받고 살았으면 할 만큼 한 거잖아.

남편은 이제 한 달에 두어 번 집에 들를까 말까였고, 미호는 할 만큼 하고 살았다는 생각에서 살 만큼 오래 살았다는 생각에까지 이르렀다.

하지만 이 집에서 죽고 싶진 않아.

오랫동안 감옥처럼 갇혀 산 곳이었다.

이제 빚장은 사라졌고 문을 열고 나가기만 하면 되는데, 어디로 가야 할지 알 수가 없었다.

그나마 딸아이가 운영하는 펜션 채널의 동영상을 보는 일이 하루의 낙이었다. 나날이 행복해지는 딸의 일상을 보노라면 미호도 전신으로 고양감이 오르다가, 곧이어 나는 이제 정말 이 세상에 있을 필요가 없구나 하는 생각이 들었다.

하긴 애초부터 내가 아이에게 해준 게 뭐가 있다고.

그러던 어느 날 아이의 채널을 구경하다가 문득 거제도 홍포 전망대에서 바라보는 바다의 전경을 보게 되었다. 그 영상을 보았을 때가 동트는 새벽 무렵이었다. 미호는 홀린 듯이 차 키를 집어 들고 차고로 내려왔다. 가야 할 곳이 어딘지 신의 계시라도 받은 것 같았다.

시동을 걸고 전망대 주소를 내비게이션에 찍었다. 오랫동안 폐쇄되었던 비밀 기지의 문이 열리기라도 하는 듯 굉음이 울리며 차고 문이 올라갔다.

구불구불한 언덕길을 내려와 정렬된 도로 위로 올라섰을 때, 미호는 차창을 내렸다. 바깥 공간을 가득 메우던 새벽 공기가 기다렸다는 듯이 차 안으로 밀려들었다. 미호는 그 바람이 자신을 안내한다고 느꼈다. 자연스럽게 바람이 안내하는 길을 따라 핸들을 돌렸다.

어느 쪽으로 달려도 내비게이션이 곧 가야 할 길을 정정해 주었으므로 걱정이 없었다. 모처럼의 운전이고 낯선 여행이었다. 굳이 정해진 경로로만 가라는 법도 없으니 미호는 내키는 대로 달렸다. 익숙한 도로를 거쳐 낯선 도로로 진입하면서도 망설이지 않았다.

순풍의 돛단배처럼 바람의 길을 달려 미호는 홍포 전망대에 도착했다. 출발할 땐 새벽이었는데 벌써 점심이 다 되었다. 정말 산 넘고 물 건너온 기분이었다. 미호는 내려오는 내내 단 한 번도 쉬지 않았다. 도로 한편에 차를 주차하고 내려 처음으로 허리를 폈다. 공기가 맑았다. 차를 세운 곳에서 전망대는 그리 멀지 않았다.

영상에서 본 것보다 훨씬 아름다운 곳이었다. 쪽빛 바다 물결 위로 조각 난 햇살이 잔잔하게 부서지고, 드문드문 떠 있는 작은 섬들이 머리를 처박고 바닷속을 구경하는 원시 생명체처럼 보였다. 세상 무엇으로부터도 물들지 않은 듯한 순진무구의 세계. 미호는 그 바다가 그렇게 보였다.

어느 것으로부터도 훼손되지 않은 순수 그 자체의 세상. 이런 곳에 내가 잘도 왔네.

모든 색채가 쪽빛으로 수렴되는 세상에 빠져든 미호는 한동안 그 풍광을 바라보기만 했다. 자신이 어둠 속에 잠겨 사는 동안 세상은 줄곧 이런 모습이었겠구나 하는 생각에 마음 한구석으로 옅은 비애가 스몄다.

미호는 비스듬히 입술을 휘어 올리고 중얼거렸다.

"죽기 딱 좋은 날씨네."

옆에 선 아주머니 아저씨가 미호를 힐긋 보았다. 미호는 두 사람을 향해 빙긋 웃어 보이고 자리를 피했다. 죽어도 지금 죽을 생각은 아니니까 걱정하지 마세요. 날씨 때문인지 미호는 기분이 썩 괜찮았다.

웬일인지 식욕도 돋았다. 먹고 죽은 귀신이 때깔도 좋다니까 뭐라도 찾아서 좀 먹고, 더 돌아다녀볼 생각이었다. 무작정 내비게이션을 따라오기는 했지만 오는 길에도 들러보고 싶은 곳이 꽤 있었다. 차를 빼서 도로 위로 다시 올렸다.

되도록 바다가 보이는 식당이었으면 좋겠다고 생각했는데, 얼마 달리지 않아 기묘한 건물 하나를 발견했다. 한국에서는 좀처럼 보기 어려운 형태의 건물이었다. 미국 본토에서

나 볼 법한 고급 목조저택 같은 모양이었다. 뾰족뾰족한 박공 지붕들이 층층이 결을 달리하며 쌓였고 각 층의 베이 창이 입체적으로 튀어나와 있었다.

4층인지 5층인지 언뜻 높이 구분은 안 되었으나, 1층 디자인만 보자면 미국 소도시 외곽의 대형 스테이크 하우스가 떠오르기도 했다. 문득 미국에서의 추억이 생각났다. 좋은 기억들이 떠오른 미호는 저도 모르게 브레이크를 밟았다. 위치도 딱 해안가 절벽이었다.

옛 추억에 이끌려 건물 주차장에 차를 대긴 했으나, 뭘 하는 곳인지는 분명하지 않았다. 언뜻 보기에 상업 공간인 것 같았는데, 간판이 없어 종목을 알 수 없었다. 전체적인 생김새로 봐선, 부티크 호텔인가?

들어가 보면 알겠지.

미호는 두리번거리며 나무 계단을 밟고, 일정한 간격으로 기둥이 늘어선 포치로 올라섰다. 형태만 보면 영락없이 미국 건물이었다. 미호는 문을 열기에 앞서 전면 벽으로 커다랗게 뚫린 격자 유리 창문에 눈을 가까이 대보았다. 아무것도 보이지 않았다.

슬금슬금 발걸음을 옮겨 출입문을 열자 딸랑, 하고 풍경이 울렸다.

고개를 드니 도깨비 모양의 풍경이 미호를 내려다보며 씩

웃고 있었다. 내부로 들어서는데 정체가 좀 모호했다. 고급스러운 사무실 같기도 했고 추측했던 것처럼 부티크 호텔 로비 같기도 했다.

그때 공간 안쪽에서 누군가 걸어 나왔다.

"오셨네요."

미호는 낯선 동네의 낯선 공간으로 들어온 터라 살짝 어리둥절한 상태였으므로 오셨네요, 를 어서 오세요, 라는 말로 알아들었다.

"네, 안녕하세요."

미호도 얼결에 인사하고 보니 큰 키에 턱시도를 입은 여자였다.

아, 호텔이 맞는 모양이구나. 그럼 레스토랑도 있을 수 있겠는데?

여자가 말했다.

"일단 아무 데나 앉으세요."

"아, 아무 데나요?"

여자가 로비 여기저기에 놓인 둥근 소파를 가리키며 말했다.

"네, 거기 아무 데나 마음에 드는 데 앉으세요. 사장님 모시고 나올 테니까."

"사, 사장님이요?"

저는 식사하러 온 건데……, 라는 뒷말은 내뱉지도 못했다. 자기 할 말만 끝낸 여자가 바로 돌아서 사라져버렸기 때문이다. 미호는 얼떨떨한 기분으로 일단 여자가 말한 대로 아무데나 앉았다. 그러곤 중얼거렸다.

"아니 그런데 사장님은 왜……."

미호는 빠르게 호텔 로비를 훑었다. 그러다가 로비 벽 한 면에 대형 액자처럼 걸린 TV에 시선이 멎었다.

최근 마약사범으로 검거된 경찰·검찰의 고위 간부 자제 일당이 요즘 심각한 사회문제로 떠오른 전세 사기에도 관련된 것으로 밝혀져 충격을 주고 있다는 자막이 흘렀다. 화면엔 마스크로 얼굴을 가리고 검은 모자를 깊게 눌러쓴 세 명의 청년이 기자들의 플래시 세례를 받고 있었다.

참 부지런하게도 사는구나. 마약도 하고, 전세 사기도 치고.

미호가 그런 생각을 하는 사이, 턱시도 여자가 다시 나타났다. 여자 뒤로 여자의 가슴 높이도 채 안 되는 꼬마 여자애가 따라 나왔다. 머리를 양 갈래로 땋고 자기 얼굴만 한 동그란 안경을 썼는데, 안경 너머 콧등으로 주근깨가 보였다. 무슨 만화에 나오는 여자애처럼 귀여우면서도 신기했다.

"안녕하세요."

아이가 인사하길래 미호도 엉거주춤 반쯤 몸을 일으키며 "어, 안녕" 하고 대꾸했다. 아이가 말했다.

"네, 반갑습니다. 제가 여기 사장입니다."

미호는 깜짝 놀라 자리에서 벌떡 일어났다.

"어엇! 죄송합니다. 너무 어려 보이셔서 그만, 말을……."

"네, 괜찮습니다. 항상 있는 일이라."

쿨하게 대답한 사장이 태블릿을 들고 미호의 맞은편 소파에 털썩 앉고는 미호에게 앉으라고 손짓했다.

"저, 정말 죄송합니다."

다시 한번 사과하는 미호에게 사장은 생긴 것과 다르게 근엄한 표정으로 손을 한 번 들어 보이고는 태블릿을 무릎 위에 올렸다. 그러다가 문득 생각났다는 듯 여전히 옆에 서 있는 여자를 올려다보았다.

"뭐 해?"

"서 있잖아요."

"아니, 그걸 묻는 게 아니잖아. 가서 차라도 좀 내와."

"제가요?"

"그럼 내가 해?"

큰 키에 호리호리한 체격의 여자는 살짝 차갑게 생겼지만, 전형적인 고양이상의 미인이었다. 턱시도를 입었으니 턱시도 고양이겠군. 미호는 생각하며 속으로 싱긋 웃었다. 여자가 껌을 씹듯이 입술을 오물오물하더니 짜증을 내며 돌아섰다.

"에이 씨, 이제 별걸 다 시키네."

로비 뒤쪽으로 사라지는 여자의 뒷모습을 미호는 의아한 눈빛으로 바라보았다. 사장과 직원 관계라고 하기엔 너무 스스럼없어 보이는데. 정작 사장은 아무렇지도 않은 듯 펜을 들고, 종종 안경까지 추켜올려가며 태블릿을 보았다.

그 모습이 사뭇 진지해 미호는 감히 말을 붙이기가 어려웠다. 애초에 여길 들어온 이유조차 잊었다. 선생님 앞에서 시험 결과를 기다리는 학생처럼 저도 모르게 무릎 위로 손까지 모으고 있었다.

턱시도 여자가 쟁반에 차를 가져왔는데 잔이 아니라 도기 세트를 통째로 들고 왔다. 그러더니 테이블 한 면을 차지하고 앉아 차를 세팅했다. 사장은 그때까지도 태블릿을 보았는데 여자가 잔뜩 심통 난 표정으로 차를 우리다가 말했다.

"아니 뭐, 오늘 여기 방문하는 사람은 스페셜 게스트라고 오기도 전에 그 난리를 쳐가며 다 준비해놓고 뭘 또 이제 알아보는 것처럼 그러고 앉아 계셔요?"

그러자 사장이 여자를 향해 "스읍" 하고 아랫입술을 말아 넣었다.

여자는 그러나 사장이 그러거나 말거나 입술을 비죽 내밀고는 중얼거렸다.

"하여튼 뻔뻔하다니까."

미호는 도무지 적응이 안 되었다. 보기엔 턱시도 여자가 업어 키웠다고 해도 믿길 법한 외모의 사장이 여자를 보고 근엄한 표정으로 혼내는 듯한 모습이나, 그런 사장한테 반항기 가득한 10대 소녀처럼 구는 여자나 이게 무슨 상황인지 감도 잡히지 않았다. 친척이라고 보기에도 외모가 너무 달랐고.

그러다가 번뜩 정신이 들었다. 어? 나는 여길 밥을 먹으려고 들어온 건데. 호텔이면 식당이 있을 수도 있고 필요하다면 오늘 하루 여기서 숙박도 할 수 있겠지만, 식사든 숙박이든 사장과 마주 앉아서 차를 마시며 뭘 하는 경우는 듣도 보도 못한 터라 어리둥절했다.

턱시도 여자가 미호 앞에 다 우린 차를 내려놓고 사장 앞에도 내려놓더니, 자기도 잔을 들어 마셨다. 미호가 말했다.

"저기, 그런데 여기……, 식사를 하려면,"

미호의 말이 끝나기도 전에 턱시도 여자가 말했다.

"룸서비스는 예약하셔야 이용할 수 있어요."

"아 식당은 따로 없나 봐요?"

그제야 사장이 태블릿에서 고개를 들더니 이상하다는 듯 말했다.

"아무리 한자를 몰라도 여기 식당이 있을 거로 생각하고 들어오긴 어려운데?"

턱시도 여자가 어이없다는 듯 콧방귀를 뀌더니 다 들리게 혼잣말했다.

"뭐야? 고객 맞춤이라고 1층 외관은 꼭 스테이크 하우스 같은 느낌이어야 한다고 할 땐 언제고, 진짜 대단하시네요."

사장이 또 아랫입술을 말아 넣고 여자를 째려보자 슬쩍 눈길을 피한 여자가 덧붙였다.

"복덕방인지 모르고 들어왔을 거예요."

보, 복덕방? 식당도 아니고 호텔도 아니고 복덕방이라고?

미호는 어안이 벙벙했다.

사장이 반쯤은 으르렁거리듯이 물었다.

“왜!”

턱시도 여자가 무심한 표정으로 대답했다.

“간판을 아직 안 달았거든요.”

사장이 버럭 성질을 냈다.

“이 씨. 너 진짜 대충대충 일할래?”

턱시도 여자도 지지 않았다.

“아 뭐! 언제까지 달라는 얘기도 없었고 저 양반이 이렇게 빨리 올 줄 알았나 뭐! 자기도 몰라서 자고 있었으면서.”

이게 다 뭔 얘기래? 저 양반이 날 말하는 건가? 미호는 여전히 어리둥절했고 오히려 시간이 지날수록 더더욱 미궁으로 빠져드는 것만 같았다. 사장 모르게 살짝 허벅지를 꼬집어보았다. 확실히 꿈은 아닌데. 미호가 물었다.

“여기가 복덕방이라고요?”

사장이 짧게 헛기침하더니 대답했다.

“아, 본래는 복덕방인데 사정이 있어 당분간은 호텔도 운영합니다.”

“아, 당분간은…….”

당분간 호텔을 운영한다는 말 자체가 말이 안 되는 말이었지만 복덕방이라는 공간은 상상도 해보지 않았던 터라, 미호는 저도 모르게 수긍하고 말았다. 그러다가 주변을 한 번 둘러보곤 이상하다는 걸 깨닫고 반문했다.

"본래 호텔인데 당분간 복덕방을 하시는 게 아니라, 그 반대라는 거죠?"

그 반대든 아니든 이상하긴 마찬가지였지만 미호는 제정신이 아니었다. 사장이 대답했다.

"그렇습니다. 식당은 따로 없지만, 숙박객 한정으로 룸서비스를 제공합니다."

"아."

미호가 바보처럼 고개를 끄덕이자 사장이 말했다.

"오늘 죽을 작정이 아니면, 방을 예약하시죠. 어차피 잠은 자야 할 거 아닙니까? 그럼 식사도 바로 하실 수가 있습니다."

미호는 자기가 지금 뭘 들은 건가 싶었다.

"네?"

"방 예약하면 바로 식사 가능하시다고요. 그리고 여긴 해안 절벽 끝이라 바깥쪽 창은 모두 바다를 향하고 있습니다. 감상하시다가 떨어지고 싶으면 언제든지 떨어질 수 있습니다. 이 아래 바다는 물길 교차로라 소용돌이가 일거든요. 한 번 떨어지면 인어공주가 와도 벗어날 수 없습니다. 죽기 딱 좋은 곳이죠."

"네?"

미호는 뺨이라도 한 대 맞은 것 같은 표정으로 사장을 쳐다보았다. 내가 지금 무슨 소릴 들은 거지? 택시도 여자가 미호를 보며 사장에게 말했다.

"이분도 두 번씩 말하게 하는 재주가 있네요."

사장이 퉁명스럽게 대꾸했다.

"뭘 해도 너보단 나아. 빨리 가서 간판이나 달아."

"손님 왔는데 인제 와서?"

"달아."

턱시도 여자가 불퉁거리며 자리에서 일어섰다.

"아이 씨, 내가 나이가 몇인데 진짜 별걸 다 시키네."

사장이 여자의 뒤통수에 대고 버럭 소리쳤다.

"네가 나이가 몇인데!"

턱시도 여자가 뒤도 돌아보지 않고 나가면서 대거리했다.

"사장님보다는 적죠! 좋겠어요! 키도 작고 나이도 많아서! 안경 벗으면 눈은 보이나 몰라!"

미호가 넋 나간 표정으로 두 사람을 번갈아 보자 사장이 자기 차를 마시면서 미호의 잔을 가리켰다.

"드세요. 심신을 안정시켜주는 차니까."

정말 심신의 안정이 필요하다고 느낀 순간이었다. 미호는 최면이라도 걸린 사람처럼 찻잔을 들어 한 번에 원샷 했다. 그러고는 탁, 잔을 내려놓고 한숨을 한 번 내쉬곤 물었다.

"저기, 말씀하신 건 농담인 거죠? 제가 잘못 들었다고 하기엔 너무 길게 말씀하셔서."

사장이 태연한 표정으로 반문했다.

"여기 죽으려고 오신 거 아닙니까?"

너무 단도직입적인 말에 미호가 도리어 당황했다.

"네?"

"죽기 딱 좋은 날씨잖아요. 당분간은 이런 날씨가 지속될 예정이니까 꼭 오늘이 아니라도 언제든 죽을 기회가 많을 겁니다. 이 동네 좋은 곳 많으니까 볼 거 다 보고 죽어도 늦지 않아요."

미호는 얼빠진 표정으로 한동안 사장을 바라보다가 무언가 수긍했는지, 고개를 끄덕이곤 중얼거렸다.

"여기 자살하러 오는 사람들이 많은가 보군요."

"그건 제가 알 수 없죠. 그런 건 심리학 전공하신 분이 더 잘 알지 않을까요? 동네 둘러보면서 사람들 얼굴도 잘 살펴보세요. 그 사람들이 어떤 표정으로 대자연을 바라보는지."

미호는 두 눈을 끔벅이며 사장을 쳐다보았다.

알고 얘기한 게 아니겠지? 미호의 대학 전공이 심리학이었다. 사장이 미호 앞으로 태블릿을 내려놓으며 말했다.

"자, 뭐 더 고민할 거 없다고 봅니다. 배고프실 테니까 결제 먼저 하시고 올라가서 식사를 하시든, 밖에 나가서 다른 음식을 드시든 하세요."

미호는 뭔가에 홀린 듯 카드를 꺼냈다. 그랬다가 응? 하는 생각이 들었지만 이내 어차피 숙소도 잡을 작정이었다는 것이 떠올랐다.

아니 무슨 방문판매를 당했다는 얘기는 들었어도 이런 식으로 내 발로 들어와서 강매당하기는 또 처음이네. 미호는 생각하며 태블릿에 뜬 숙박 양식을 보았다. 그런데 결제 금액이 천만 원으로 기재되어 있었다.

"이거, 금액이 좀 이상한데요?"

"금액?"

사장이 태블릿을 자기 앞으로 당겨 확인하더니 말했다.

"아, 저희는 최소 숙박이 30일입니다. 최대도 30일. 30일에 천만 원. 금액 맞습니다."

"네?"

"심지어 음식 제공 부분에서 혜택까지 받으신 거라 개싼 겁니다. 드셔보시면 알아요. 또 올라가 보면 아시겠지만, 풍경이 돈 주고도 못 살 절경입니다. 보고 마음에 안 들면 환불 요청하시든가요."

"아니 환불이 문제가 아니라 저는 한 달 동안 여기 있을 계획이 아니에요."

"본래 이런 동네는 다 한 달 살기 하고 그러는 뎁니다. 여기 좋은 곳, 맛있는 집 다 찾아다니려면 한 달도 부족해요. 한 달 살기 모릅니까?"

"그게 뭔지는 아는데요, 제가 한 달을 살 계획이 아니라니까요?"

"그러니까 한 달까지 안 살고 싶으면 그렇게 하세요. 어차피 죽을 거면 돈이 무슨 문제입니까? 죽으면서 싸 갈 것도 아니고."

미호는 믿기지 않는 눈빛으로 사장을 보았다. 뭐지, 이 사람? 농담하는 게 아닌가? 아니, 농담이라도 이건 좀 지나치잖아.

"아니 누가 죽는다고 자꾸 죽는다고 그러세요?"

"안 죽으면 사는 거죠. 다들 그러고들 사는데."

"와. 나."

미호는 저도 모르게 잔을 들었다가 빈 걸 확인하곤 다시 내려놓았다. 사장이 찻주전자를 들어 따라주며 말했다.

"인생은 본래 고통입니다. 몰랐어요? 달콤한 인생이란 게 본래 그렇습니다. 억울하지 않은 사람보다 억울한 사람이 더 많고, 목적이 있는 사람보다 없는 사람이 훨씬 많아요. 살면서 목적이 없다거나 사는 이유를 모르겠다는 이유로 죽는다면 전 세계 인구의 8할은 줄 겁니다. 그런데 여전히 바글바글하죠? 전기도 물도 안 들어오는 데 사는 사람들은 그러면 왜 살겠습니까? 그런 곳에 사는 게 자기 잘못도 아닌데."

사장이 찻주전자를 내려놓고 추가 공격을 가했다.

"억울한 게 인생의 본질이에요. 현재는 늘 억울하죠. 그러나 그 억울함이 진짜인지는 알 수 없습니다. 진위는 훗날 밝혀지니까. 그래서 인생은 사는 그 자체가 목적이어야 합니다. 어떤 모습으로 어떻게 살지에 의미를 부여하는 건 인간들이나 하는 무의미한 짓이에요. 심지어 그 기준조차 시시때때로 바뀌잖아. 오늘 최악이라고 생각했던 하루가 훗날 알고 보니 굉장히 중요한 날이었다는 사실을 깨달을 수도 있습니다. 그러니 중요한 건 어떤 형태로든 삶을 지속하는 거고. 이 쉬운 걸 이해하는 게 그렇게 어렵냐?"

마지막에 혼내는 듯이 물을 때는 미호의 뒤쪽을 보았으므로, 미호의 시선도 그쪽으로 향했다. 거기 턱시도 여자가 서 있었다. 턱시도 여자가 말했다.

"이런 분이 진짜 연구소를 할 수는 있는 걸까요?"

사장이 역정 냈다.

"넌 왜 자꾸 쓸데없는 말을 하고 그러냐, 응? 안 그래도 지금 말이 안 통해서 답답한데."

미호는 저도 모르게 발끈하는 마음이 들었다. 아니 지금 누가 할 소리를…….

사장이 틈을 주지 않고 다시 공격해 들어왔다.

"아니, 돈이 없는 양반도 아니고 천만 원에 뭘 그렇게 벌벌 떱니까? 우리처럼 고객 니즈에 딱 맞는 곳이 또 어디 있다고."

"아니, 누가 벌벌 떨었다는 거예요? 그리고 니즈는 무슨, 딱 맞긴 뭐가 딱 맞는다는 거예요? 진짜 어이가 하나도 없네."

턱시도 여자가 말했다.

"외국인이 두 분 대화를 들으면 '아니'가 무슨 말하기 전에 눌러야 하는 버튼인 줄 알겠어요."

사장이 말했다.

"어쨌든 숙박 계약서나 빨리 읽어보시고, 궁금한 거 있으면 물어보시고, 어서 사인 결제하시고 끝냅시다. 나도 바빠요."

미호는 기가 차서 잠시 사장을 바라보았지만, 더 기가 찬 건 자신의 태도였다. 이건 분명 어이없는 상황이고 거의 대놓고 삥을 뜯겠다는 거나 다름없는 경우인데, 그걸 다 듣고 있는 자신이 이상했다.

그냥 벌떡 일어나서 나가버리면 그만인데 왜 그러질 않는 거지? 호텔이 여기만 있는 것도 아니고. 미호는 문득 찻잔을 내려다보았다. 그러자 사장이 그 차는 너만 마신 게 아니라는 듯 자기 잔을 들어 음미했다. 정말 편안해 보이는 표정이었다.

정황상 더 쫄리는 건 사장이어야 할 텐데. 뭔가 상식이 통하지 않는 곳이었다. 턱시도 여자가 말했다.

"스페셜 게스트라더니 다른 손님들보다 유독 상태가 안 좋은 거 같네요. 아 그래서 스페셜인가?"

설마 그게 지금 나한테 한 말은 아니지? 미호는 저도 모르게 턱시도 여자를 째려보았다. 여자는 그러나 새초롬한 표정으로 고개를 돌리며 중얼거렸다.

"아이고, 오늘 나 째려보는 사람이 많아서 수명이 또 늘겠네."

어질어질한 대화가 계속 이어진 건 맞지만 그렇다고 미호가 정신을 완전히 놨던 적도 없다. 다시 말해 최면 따위에 걸린 건 아니라는 말이다.

"와, 씨. 이게 뭐지?"

미호는 자기도 어처구니없다는 듯 소리 내어 외치곤 차를 다시 원샷 했다. 그러곤 사장이 말한 대로 숙박 계약서를 대충 눈으로 훑었다. 별다른 내용은 없었다. 그냥 눈 딱 감고 돈 천만 원 긁으면 그만이었다.

그리고 막말로 사장 말이 틀린 것도 아니었다. 날은 많고 볼거리도 많다. 여기서 떠나면 집으로 다시 갈 건가? 그럴 것도 아니잖아. 그렇다고 여기저기 떠돌아다니면서 살 것도 아니고.

"좋아요. 해요. 합시다, 결제."

미호가 사장에게 카드를 건네자 사장이 미호에게 펜을 건넸다.

"설렁설렁 보지 말고 거기 주의 사항도 좀 읽어보시고 사인부터 하세요. 맨 밑에, 거기 네모 칸에."

미호가 냉큼 사인해버리자 사장이 역정 냈다.

"거참, 거기 주의 사항도 좀 숙지하시라니까 참 거."

미호도 저도 모르게 짜증을 내버렸다.

"아, 뭐!"

그래놓곤 자신의 태도에 깜짝 놀랐다. 어느새 이 호텔 분위기에 물들어버린 것 같았다. 얼굴이 살짝 붉어지는 느낌이라 황급히 고개를 숙이고 주의 사항을 읽어보았다.

1. 숙박 기간 중, 방에서 본 물건이나 겪은 일에 관해 외부인에게 발설해선 안 된다.
2. 숙박 기간 중, 방의 물건은 그 어떤 것도 밖으로 들고나와서는 안 된다.

미호가 의기소침한 목소리로 말했다.

"주의 사항이 좀 특이한 거 같아요."

턱시도 여자가 중얼거렸다.

"조증이 좀 있으신가 보네. 버럭 하시더니 지금은 또 말을 반쯤 삼키셨네. 우리 사장님이 생긴 건 싹바가지 중딩처럼 보여도 나이를 많이 잡수셔서 그렇게 작게 웅얼거리면 못 알아들어요."

미호는 관자놀이에서 빠직, 하는 소리를 들었지만 참았다. 그런데 관자놀이에서 정전기가 인 사람은 미호만이 아니었던 모양이다. 어디선가 우두둑 손마디 꺾이는 소리가 들리더니 사장이 소리쳤다.

"너는 오늘부터 이 손님 전담 마크맨이다. 룸서비스도 네가 맡아."

턱시도 여자가 경악했다.

"제가 왜요!"

"너 자꾸 그렇게 대들면 다른 나라로 보내버린다?"

"아, 뭐래. 미쳤나 봐. 사장님이야말로 그렇게 마음대로 하다가 골로 가는 수가 있어!"

턱시도 여자는 소리치고 호텔 안쪽으로 뛰어 사라졌다. 그런데 그 뛰는 모습이 매우 기괴했다. 한 번의 발돋움으로 몇 미터는 날아간 것 같았다. 고양이가 저렇게 뛰지 않나? 미호가 두 눈을 끔벅이며 내가 지금 뭘 본 거지? 생각하는 사이 사장이 물었다.

"뭐 얘기하다가 말았죠?"

"아, 주, 주의 사항이요."

"아 그렇지. 주의 사항이 좀 특이하다고 생각될 수 있습니다. 하지만 꼭 숙지해야 하는 사항입니다. 아시죠? 어떤 경우엔 작은 실수 하나가 큰 화를 만들기도 한다는 거."

미호가 꼴깍 침을 삼켰다. 그 말은 왠지 무서웠고, 또 왠지 그 말만큼은 장난처럼 들리지 않았다. 미호의 낯빛이 살짝 변하자 사장이 말했다.

"죽는 건 안 무섭고 그건 또 무서운가 보네. 여하튼 지키는 건 어렵지 않아요. 여기서 지내면서 겪는 일을 외부인에게 말하지 않으면 되는 거고, 물건 들고 나가지 않는 건 쉽잖아요. 종이 하나라도 들고 나가지 않으면 되는 겁니다. 쓰레기도 어차피 호텔에서 치워주니까. 그냥 미호 씨 몸만 왔다 갔다 하면 되는 거예요. 어렵지 않습니다."

미호는 고개를 끄덕였다. 듣고 보니 과연 그랬다. 사실 무슨 일이 벌어진다고 해도 딱히 말할 사람도 없었고.

결제를 마치자 사장이 미호에게 카드 키를 건네주었다.

“엘리베이터에 타면 그 카드를 넣어야 작동됩니다. 카드를 넣으면 자동 운행되니까 숫자 버튼이 따로 없습니다. 그러니 버튼 없다고 당황하지 마시고.”

카드를 보자 무슨 말인지 이해되었다. 카드엔 큼직하게 5라는 숫자 하나만 인쇄되어 있었다.

5층까지 있는 건물이었구나. 엇, 그런데 층 하나를 다 쓰는 거였어?

엘리베이터에는 정말로 아무것도 없었다. 삽입구에 카드를 넣자 우웅, 엘리베이터가 작동했는데, 표기되는 숫자도 없어서 지나가는 곳이 몇 층인지도 알 수 없었다.

이러면 해당 층의 카드 키를 소지한 사람을 제외하곤 아무도 그 층을 이용할 수 없다는 말이다. 생각보다 엄청난 보안이네. 뭔가 대단히 안심되는 느낌이었다. 진짜 묘한 호텔이라니까. 곧이어 땡, 소리가 울리곤 문이 열렸다.

문 앞에 사람 키만 한 화병이 경비병처럼 두 개 서 있었고 수국이 부풀어 오른 눈송이처럼 둥글게 꽂혀 있었다. 두 개의 화병 사이로 양문형 문이 있었는데 5층 방에 입실하기 전에 마련된 응접실 같은 이곳은 엘리베이터와 공간을 분리하기 위해 조성해놓은 장소인 모양이었다. 이 정도로 고급스러울 줄은 상상도 못 했다.

문 옆에 다시 한번 카드 키를 꽂는 곳이 있었다. 키를 꽂자 양 문이 자동으로 밀려 나가며 호를 그렸다. 미호의 눈이 휘둥그레졌다. 저도 모르게 감탄사가 터져 나왔다.

"와."

벽 한 면이 완전히 통창이었다. 창 너머로 쪽빛 바다가 펼쳐졌고 그 위로 푸른 하늘과 흰 구름이 듬성듬성 동화 속의 여행자처럼 지나가고 있었다. 그 자체로 메이저 미술관에서나 볼 법한 초대형 풍경화 같았다.

"엄청나네."

사장이 왜 가격 부심을 부렸는지 한 방에 딱 이해가 되었다. 남해에 이런 전경을 가진 호텔이 있다는 얘기는 듣도 보도 못했다. 솔직히 이 정도면 마르고 닳도록 매스컴을 타고도 남았을 텐데.

그런 생각을 하다가 문득 사장과 턱시도 여자를 떠올리곤 아, 성격들이 좀 이상하지, 알려지지 않은 이유를 바로 이해했다.

킹사이즈의 침대와 히노키 욕조를 비롯해 언뜻 봐도 자재들이 모두 고급이라 이게 서울에 있었다면 한 달이 아니라 하루 숙박비가 천만 원이라고 해도 수긍이 갈 정도였다. 미호는 나풀나풀 발걸음을 옮겨 통창 옆에 아담하게 나뉜 창문으로 다가갔다.

그 창문은 전체가 다 여닫이로 열리는 문이었고, 문을 열고 나가면 외부 발코니였다. 발코니 아래는 사장의 말대로 깎아지른 절벽이었고 그 자체로 기암괴석의 절경이었다.

그런데 매우 특이하게도 절벽 라인을 따라 이어지던 호텔 건물의 한구석에 조그마한 정원이 하나 조성되어 있었다. 그곳엔 고즈넉하게 야외 테이블이 하나 놓였고 그곳에서 바다를 봐도 기가 막힌 전망이겠다 싶었다.

한국이 아니라 북유럽 해안가 절벽 어디쯤 되는 것 같았다.

그때 방 안에서 전화벨 소리가 울렸다. 골동품 양식의 다이얼 전화기가 몸을 흔들어대는 중이었다. 미호가 수화기를 들자 퉁명스러운 목소리가 들렸다.

“거기 전화기 옆에 메뉴판 보이시죠?”

턱시도 여자였다.

“네.”

“드시고 싶은 거 고른 다음에 전화하시면 준비됩니다. 아무 때나 다 되는 거 아니고 정해진 시간에만 돼요. 거기 시간대 적혀 있으니까 참고하세요.”

“그런데 이게 전자식 버튼이 아니라 다이얼인데, 0번을 돌리면 룸서비스로 연결되는 건가요?”

“그냥 수화기 들면 연결됩니다. 다이얼은 장식이에요.”

“아.”

“아는 무슨.”

그러더니 전화가 뚝 끊겼다. 누군지 몰랐다면 다시 전화해서 항의할 뻔했다. 아무리 그래도 내가 손님인데 아는 무슨이라니. 하지만 뭐, 왜 화가 났는지도 아는 마당에 괜히 건드리고 싶지 않았다. 한 번에 수 미터씩 뛰어가는 사람과 싸워서 이길 자신도 없었다.

수화기를 내려놓고 메뉴를 보니 아침 점심 저녁 메뉴가 다 달랐다.

진짜 하루 세끼 다 주나 보네. 메뉴도 꽤 괜찮았다. 양식, 일식, 중식……. 그러고 보니 한식은 없네. 하긴 이런 곳에서 가짓수 많은 한식을 준비하는 게 쉬운 일은 아니지. 딱히 먹고 싶은 한식이 있는 것도 아니고.

오늘의 점심 메뉴 중에 스시가 있길래 결정하고 수화기를 들자 신호음이 전달되었다. 잠시 후 턱시도 여자의 목소리가 들렸다.

"스시요?"

"네?"

"스시 드실 거냐고요."

"어, 어떻게 아셨어요?"

"다 그거 드세요."

그러더니 다시 전화가 끊겼다. 헐.

어쨌거나 아쿠아리움이 아니라 스카이리움이라고 해도 과언이 아닌 풍광 속에 들어와 있으니 뭘 당해도 기분이 괜찮았다. 생각해보니 본래 맛집은 늘 직원들이 불친절했고 그건 미국도 다르지 않았다.

미호는 한동안 창밖을 바라보며 나른함 속으로 빠져들었다. 얼마 지나지 않아 문에서 벨 소리가 울려 나가 보니 문 앞에 덜렁 카트만 놓여 있었다.

뚜껑을 열자 딱 보기에도 신선한 초밥과 다양한 종류의 회들이 몇 점씩 보기 좋게 나열되었고 간단한 다과까지 준비되어 있었다.

"와."

음식도 상상했던 것 이상이었다. 그런데 룸서비스는 보통 들어와서 세팅을 해주고 가는데 여긴 또 그건 안 해주는 모양이네. 그래도 이게 어디야. 미호는 카트를 끌고 방으로 들어와 창가 테이블에 직접 세팅했다.

초밥 하나를 집어 입에 넣자 사르르 녹았다.

"와, 기가 막히네."

그때 미호는 살짝 의구심이 드는 걸 발견했다. 우연이었지만 다양한 종류의 회가 같은 숫자로 꽃잎 모양을 그리며 진열됐는데, 한 종류만 두어 점 개수가 모자란 듯싶었다. 꽃잎이 완성되다 말았다.

이것만 모자랐나? 미호는 생각하며 어깨를 한 번 으쓱하곤 남은 음식들을 모두 맛있게 먹었다. 이렇게 배부르게 음식을 먹어본 게 얼마 만인지 기억도 안 났다. 잘 먹은 탓인지 살짝 식곤증이 몰려와 침대에 몸을 눕히자 곧바로 눈이 감겼다. 미호는 해 질 무렵이나 되어서 눈을 떴다.

석양이 내리는 풍경은 그야말로 예술이었다. 술 한 잔이 간절해지는 시간이었다. 거실로 나가 살펴보니 작은 와인 냉장고에 샴페인이 한 병 들어 있었다. 샴페인은 미호가 즐기는 술이 아니었다. 그러나 어딜 찾아봐도 위스키는 없었다.

수화기를 들고 물어보려는데 신호음만 갈 뿐, 아무도 전화를 받지 않았다.

뭐야, 정말 식사 시간대만 통화가 가능한 거야? 미호는 잠시 서서 생각하다가 주섬주섬 옷을 챙겼다. 오늘 어딜 가진 못하겠지만 술은 몇 병 사 와야겠다는 생각이 들었다. 엘리베이터를 타고 로비로 내려왔는데 아무도 없었다.

미호는 살짝 을씨년스러움을 느끼며 미리 검색해서 찾은 마트로 향했다. 대충 마실 만한 위스키를 몇 병 골라 호텔로 돌아왔는데 정말로 '도깨비 福德房'이란 간판이 달려 있었다.

풍경이며 음식이며 사장이 말한 거에서 1도 허언이 없더니, 간판까지도 그러네.

미호는 피식 웃으며 차에서 내렸다. 어쩐 일인지 턱시도 여자가 포치에 나와 있었다.

"어?"

"어는 뭐가 어예요. 안 돼요, 그거."

"네?"

“네는 무슨. 술 안 돼요. 외부 주류 반입 금지라고 계약서에 적혀 있었는데 못 보셨어요?”

“못 봤는데요?”

“저런, 못 보셨구나.”

“왜 안 돼요?”

“전들 알겠습니까? 그게 규칙인데.”

“냉장고에 달랑 샴페인 한 병밖에 없던데? 맥주니 위스키니 아무것도 없고.”

“먹으면 뛰어내리니까 없나 보죠. 샴페인도 무한정 제공되는 게 아니에요. 하루 딱 한 병입니다. 대낮부터 드시면 저녁엔 손가락 빠셔야 해.”

“네?”

“한 번만 더 네? 하고 반문하시면 전화도 안 받을 거예요.”

“안 해도 안 받던데요?”

“아무튼 그거 밀수.”

“밀수?”

“압수.”

“말도 안 돼.”

“말이 왜 안 돼요? 그러게 아까 사장님이 계약서부터 읽어보라고 그리 말해도 싹 무시하시더니. 계약 어기시면 환불 없고 퇴실 조치됩니다.”

“천만 원을 그냥 먹겠다고?”

"먹긴 뭘 먹어요? 그리고 계약을 어긴 건 손님 쪽이잖아요. 진짜 배운 사람들이 더한다더니."

"그럼 오늘 딱 하루만 봐줘요. 네?"

"놉."

"아 씨, 정말."

"아까 사장님 보셨잖아요. 겉만 보고 판단하시면 곤란합니다. 굉장히 무서운 분이에요. 장창 하나 들고 10만 대군하고 다이다이 뜨는 분이에요, 그분이."

이건 또 뭔 개소리야? 술은 네가 마셨니? 미호는 생각했지만, 말로 하진 못했다. 다시 봐도 피지컬적으로 밀릴 것 같았다. 대신 한껏 고함을 질렀다.

"알았어요, 그럼! 밖에서 마시면 되지!"

턱시도 여자는 눈 하나 깜짝하지 않았다.

"그러시든가요, 그럼."

그러더니 쌩하고 호텔 안으로 들어가버렸다.

"와."

미호는 후다닥 계단을 밟고 올라가 문을 밀었는데 꿈쩍도 하지 않았다.

"와. 뭐 이런 데가 다 있어? 진짜 그냥 딴 데 가버릴까 보다."

하지만 정말 환불 따윈 해주지 않을 기세였다.

"와 진짜 계약서 한 장에 천만 원을 태웠네?"

미호는 씩씩거리며 차로 돌아왔다. 마실 데가 여기밖에 없는 것도 아니고 딴 데 가서 마시면 되지. 그러고는 부르릉 시동을 걸었는데 어라? 그제야 내내 들고 다니던 비닐봉지가 없어졌다는 사실을 깨달았다.

"내 술!"

차에서 내려 황급히 다시 포치로 올라가 봤는데 어디에도 비닐봉지는 보이지 않았다. 미호는 두 손으로 머리를 움켜쥐었다. 뭐야, 이거? 귀신이 곡할 노릇이네?

그때 호텔 문이 열리더니 턱시도 여자가 다시 나왔다.

"아직 안 가고 계셨네."

그러더니 불쑥 태블릿을 꺼내고는 계약서를 미호에게 보여주었다. 거기 형광으로 칠한 부분에, 주류의 반입은 물론 음주를 해도 들어올 수 없다고 적혀 있었다.

"깜빡 잊고 말씀 못 드렸는데, 밖에서 술을 마셔도 깰 때까지 들어올 수 없다고 적혀 있네요. 진짜 딴 데 가셔야겠네."

사장이 왜 아랫입술을 말아 넣고 여자를 째려보는지 그 기분을 십분 만분 일억분 알 것 같았다. 여자가 깐죽거렸다.

"하지만 어딜 가도 우리 호텔 같은 시설이나 풍경은 없을 거예요. 음식은 말할 것도 없고. 어디 가서 이런 저세상 서비스를 받겠어요. 여긴 돈이 있어도 올 수 있는 곳이 아니란 걸 손님도 좀 깨달으셨으면 좋겠는데."

여자가 미호의 손에서 태블릿을 회수해 가더니 덧붙였다.

"그리고 원래는 이런 거 미리 말씀 안 드리는데, 손님이 딱해서 한 말씀만 드리면 우리 호텔에선 매주 토요일에 딱 한 번 특식을 제공합니다. 외부인은 당연히 구경도 못 하고 숙박하시는 분만 드실 수 있는 건데, 제가 장담합니다. 그거 못 드시면 죽어서도 천추의 한으로 남을 겁니다."

"안 먹어요! 식욕도 없고!"

"식욕 없는 분치곤 점심을 너무 싹싹 다 드셨던데. 새 그릇이랑 구분이 안 됐어."

그러고는 다시 호텔로 쏙 들어가버렸다.

"으이씨."

홧김에 호텔 문을 밀자 이번에는 쉽게 열렸다. 뭐야, 이거.

와, 술. 내 술은 도대체 어디 간 거야? 미호는 그 자리에 서서 갈등했다. 다시 가서 사? 사서 다른 데 가서 마시고 다른 데서 자? 하지만 곧 생각이 바뀌었다. 내가 왜 그래야 하지? 돈을 천만 원이나 내고 도대체 왜 그래야 하는 건데?

극심한 내적 갈등을 겪는 동안 꼬르륵, 하는 소리가 배에서 들렸다. 미쳤나 보네. 또 배가 고프다고?

그때 낮에 보았던 저녁 메뉴가 떠올랐다. 오향장육에 멘보샤에 난자완스까지. 전부 고량주 안주잖아. 꿀꺽, 저도 모르게 침이 넘어갔다. 진짜 미쳤나 보네.

그럼 오늘은 샴페인으로 만족할까? 샴페인 한 병에 오향장육도 나쁘지 않은 것 같았다.

좋아, 그럼 오늘은 일단 그 정도로 만족하고 내일 다시 대책을 세워보자.

미호는 방으로 올라와 감정 없이 저녁 식사를 주문하고, 기다림의 큰 공백 없이 올라온 요리를 안주 삼아 샴페인을 마셨다. 중식 역시 두말할 나위 없었다. 그 와중에 짙게 저물어가는 창밖의 광경은, 턱시도 여자의 말대로 정말 저세상 풍경이었다.

이튿날 자리에서 일어난 미호는 지난 수십 년간 잊고 살았던 기분을 느꼈다. 몸이 너무 가뿐했다. 밤사이 몸을 새것으로 갈아 끼운 것 같은 느낌이었다. 잠도 푹 자서 10년 치 피로가 완전히 해소된 것 같았다. 와 미쳤네. 너무 좋은데?

창밖으로 보이는 아침 풍경은 그야말로 천국 그 자체. 히노키 욕조에서도 그 풍경이 보였으므로 미호는 아침 반신욕을 즐기며 평온을 만끽했다. 얼마 지나지 않아 또 배가 고팠다. 진짜 걸신이 들렸나 보네. 몇 년 치 배고픔을 어제와 오늘 다 느끼는 것 같았다.

미호는 몸을 마저 씻고 오늘의 메뉴를 보았다. 아침과 점심은 있는데 저녁 메뉴가 없었다. 우선 아침 메뉴를 고른 뒤 수화기를 들었다. 싹바가지 턱시도 여자가 받았다. 반신욕 덕분에 한껏 좋아진 기분으로 미호는 아침 메뉴를 읊었다. 여자가 말했다.

"식욕 없으시다더니 아침부터 바리바리 챙겨 드시네요?"

아, 이 여자는 정말 사람 약 올리는 데 천부적인 재능을 지녔다. 천국 같던 기분을 단 한 방에 현실로 돌려놓네.

"그럼요. 먹고 토하는 한이 있더라도 먹어야겠어요."

"그러신 거 같아요. 야무지게도 고르셨네."

"그건 그렇고! 오늘 저녁 메뉴는 왜 없는 거죠?"

"아침도 드시기 전에 벌써 저녁 메뉴까지 고르시게요?"

"그게 아니라 늘 있던 게 없으니까 그렇죠!"

"누가 들으면 한 달쯤 계셨는 줄 알겠네. 어제 말씀드렸잖아요. 매주 토요일 저녁은 특식이 제공된다고. 하여튼 두 번 말하게 하는 데 뭐 있다니까."

"오늘이 토요일이라고?"

"진짜 팔자 좋으시네요. 날짜 따위 모르고 살아도 인생에 아무런 지장도 없고."

닥치고, 라고 말할 뻔한 걸 꾹 참고 대신 매몰찬 목소리로 대응했다.

"특식이 얼마나 대단한지 두고 볼 거예요. 뭐라고 그랬지? 안 먹으면 죽어서도 후회할 거라고?"

"천추의 한이요. 또 두 번 말하게 하시네. 어쨌든 그건 팩트입니다."

그러고는 전화를 뚝, 또 먼저 끊었다. 미호가 수화기를 째려보며 중얼거렸다.

"천추의 한이 후회하는 거 아니야? 그나저나 또 먼저 끊었네? 내가 꼰대는 아니지만 그래도 매번 이런 식으로 전화를 끊는 건 좀 아니지 않나?"

오늘은 로비에 내려가서 사장한테 좀 따져야겠다고 생각했다. 애초에 사장 나오라고 진상을 부리는 쪽과는 거리가 멀었지만 여긴 뭐랄까, 인간의 본성을 가감 없이 끌어내는 느낌이랄까.

손님한테 자꾸 시비 거는 듯한 직원의 태도를 더는 좌시할 수 없었다. 술 문제도 사장과 담판을 지어야 하고. 엄밀히 말하면 사기를 당한 건 아니지만 기분상 두 번은 당한 느낌이니까.

그러나 기분은 곧 반전되었다. 기가 막힌 아침을 먹고 나자 역시, 여기만큼 좋은 곳이 없다는 생각이 들었다. 턱시도 여자와 술만 아니면……. 진짜 딱 2퍼센트가 부족하네. 이제 속도 채웠으니 진격의 거인처럼 사장을 상대할 차례였다.

그런데 막상 로비에 내려가자 사람이 없었다. 누굴 부를 수 있는 벨도 없었고 심지어 다른 곳으로 이어지는 문조차 찾을 수 없었다. 문이라고는 오로지 출입문 하나.

이게 뭐야? 내내 로비 구석구석을 다 뒤지고 다녔는데 마치 미로처럼 부지불식간에 제자리로 돌아와 있었다. 귀신에 홀린 기분이었다. 뭐야? 미궁이야? 보안이 진짜 끝장이다 못해 환장이네.

생각 같아서는 여기 누구 없어요? 라고 소리치고 싶었지만, 공공장소에서 그렇게까지 정신 줄을 놓을 정도는 아직 아니었다. 미호는 마음을 다스렸다. 생각해보니 첫날 사장이 줬던 차가 정말 진정 효과가 있는 것도 같고. 다음 식사 시간엔 그 차도 준비해달라고 해야겠다.

미호는 방으로 돌아와 외출복으로 갈아입었다. 오늘은 몇 군데 생각해둔 곳을 구경하고, 통영으로 나가 옷도 좀 살 생각이었다. 작정하고 내려온 게 아니다 보니 사야 할 옷들이 제법 되었다.

호텔을 나온 미호는 관광객들이 가장 많이 몰린다는 곳을 오전 시간에 먼저 둘러볼 생각이었다. 그렇게 정한 장소가 바람의 언덕.

막상 가보니 장소 자체가 특별할 건 없었다. 조악한 풍차 하나가 언덕 위에 덜렁 선 게 전부였지만, 역시나 풍광이 아름다웠다.

작명답게 바람이 몹시 세게 불었는데 그건 참 신기했다. 딱히 높은 곳이 아님에도 언덕에만 올라서면 세찬 바람이 불었다. 그래서인지 탁 트인 전경과 어우러져 마음도 뻥 뚫리는 기분이었다.

예상한 대로 오전 시간이라 관광객이 많지 않아서, 한가로운 풍경을 바라보며 멍때리기 좋았다. 머릿속을 비운 채 멍하니 바라보는 풍경이 한 시간을 훌쩍 잡아먹었다.

미호는 차를 몰아 통영으로 나갔다. 참으로 오래간만에 구경하는 토속적인 도시, 시장, 거리의 풍경이었다. 점심은 통영 시내 맛집에서 먹었다.

호텔 식사를 바리바리 챙겨 먹는다는 턱시도 여자의 말 때문이 아니라, 점심 하나 먹자고 다시 호텔을 갔다 올 순 없었다. 호텔만큼은 아니지만, 지역 맛집의 음식도 훌륭했다.

미호는 생각해둔 옷을 몇 벌 사면서 위스키도 한 병 사 옷 사이에 교묘하게 감추어 넣었다. 나 참, 이렇게까지 해야 하다니. 그래도 안 걸리면 그만이니까. 미국 기숙사에서나 하던 짓을 십수 년이 지나서, 그것도 천만 원이나 돈을 낸 호텔에서 또 이럴 줄 누가 알았겠냐고.

통영 시내에도 볼 곳이 많아 몇 군데 둘러보고 났더니 시간이 훌쩍 지나 있었다.

평상시에는 일곱 시에서 여덟 시 사이면 어느 때고 저녁을 먹을 수 있었는데, 오늘은 특식이라 여덟 시 정각에만 제공된다고 했다. 진짜 뭐 대단한 걸 준다고 그렇게 요란을 떠는지 두고 볼 테다. 미호는 늦지 않도록 시간 맞춰 호텔로 돌아왔다.

주차장에 차를 세우고, 쇼핑백을 바리바리 챙겨 차에서 내리다가 그만 가슴이 철렁 내려앉았다. 무슨 일인지 턱시도 여자가 또 포치에 나와 있었다. 과장을 1도 보태지 않고 정말 기숙사 시절 사감에게 걸릴까 봐 심장이 두근거렸던 것만큼 박동이 요동쳤다.

미호는 잠시 심장을 가라앉히고 태연하게 주차장을 가로질러 정문으로 향했다. 계단을 밟고 오르기도 전에 턱시도 여자가 말했다.

"거참. 애도 아니시면서."

"애?"

"안 된다고 말씀드렸잖아요."

"또 뭐가요!"

도둑이 제 발 저린다고 저도 모르게 언성을 높이고 말았는데, 여자는 눈 하나 깜빡하지 않았다. 아니 애초에 눈을 깜빡이기는 하는 거야?

"주류 반입 안 된다고요. 뭐든 두 번씩 채워야 하는 미션이라도 받으신 겁니까?"

"누가 술을 반입한다는 거예요, 지금?"

"그럼 뒤져서 나오면 한 병에 백 대?"

"뭐라고요?"

"규칙은 지키라고 있는 거니까 웬만하면 그냥 지키세요. 가만 보니까 술 안 마신다고 몸을 벌벌 떨고 뭐 그런 중증 중독도 아니신데, 그걸 그렇게 못 참습니까?"

"남이사!"

"남이사고 오이사고 어쨌든 안 되니까 차에 두고 오시든지 남이사한테 주고 오시든지 하세요."

"내가 오늘 그 문제로 사장님을 좀 만나서 따지려고 했는데, 아니 이놈의 호텔은 도대체 뭐가 어디 있는 거예요?"

"정확히 뭐를 말씀하시는 건지?"

"아니, 그 사장하고! 또 뭐, 문도 없고! 길도 없고! 벨도 없고! 다른 직원 없어요? 손님한테 갑질하는 이상한 직원 말고?"

"사장님은 출장 중이시고, 문은 여기 버젓이 있고, 벨은 왜 필요한지 모르겠고, 다른 직원은 있어도 제가 손님 전담이라 저도 어쩔 수 없이 하는 거고, 갑질이 아니라 지극히 팩트만 전달하는 유능하고 명석한 직원이 엄청난 재능을 여기서 낭비 중이라는 사실까지도 투머치하게 알려드릴 수 있습니다."

"아니 갑자기 출장이라니. 내 돈 천만 원 먹고 튄 거예요?"

"엄밀히 말하면 그게 손님 돈은 아니죠."

"뭐라고요?"

"튀는 건 제가 튀고 싶다고요."

"아니 사장이 없으면 사장 대행이라도 있을 거 아니에요. 지배인이라든가. 그리고 문도 정문 말고 다른 문! 벨은 도대체 누굴 부르려면 어떻게 하라는 거예요?"

"애석하게도 사장 대행 및 지배인이 바로 접니다. 차도 나르고 간판도 달죠. 진상도 처리…… 아니 그건 됐고. 여하튼 문은 정문 이외에 외부인 출입 금지라서 알려드릴 수 없고, 벨은 방 전화 쓰면 된다고 이미 말씀드렸는데요?"

"그 전화 되지도 않잖아요!"

"잘되던데? 오늘 아침도 야무지게 잘 챙겨 드셨잖아요."

"그때만 되고 다른 시간대는 안 되잖아요!"

"그렇다고 처음에 말씀드렸는데."

"아니, 사람이 밥 주문만 하고 살아요? 응급 상황이라도 벌어지면 어쩌려고?"

"응급 상황이 벌어지면 저희가 또 잘 알아서 하니까 거기까진 신경 안 쓰셔도 됩니다."

"아, 몰라요. 사장 없으면 나도 술 마실 거야."

"문이 안 열릴 텐데."

"뭐라고요?"

"술을 지참하면 출입문이 안 열린다고요."

"뭐라는 거야. 입만 열면 구라야."

미호는 쾅쾅쾅쾅 계단을 밟고 올라가 문을 확 밀었다. 정말 안 열렸다. 미호가 여자를 노려보며 말했다.

"장난치지 말고 빨리 열어요."

"지금 문이 열려 있는 거라니까요? 그런데 술을 소지한 사람은 못 여는 거예요."

"에이 진짜!"

미호가 다시 문을 확 밀었는데 정말 안 열렸다. 그러자 여자가 거짓말이 아니라는 듯 문을 슥, 밀었는데 가볍게 틈이 벌어졌다.

"보셨죠?"

미호가 재빠르게 그 틈으로 발을 집어넣었다. 그러곤 여자를 보며 흥, 콧방귀를 한 번 뀌고 힘껏 문을 열었는데 응?

분명히 틈이 조금 벌어졌는데도 문은 꿈쩍도 하지 않았다.

"어? 이거 왜 이래? 이, 이거 뭐예요?"

"또 두 번 말하게 하네. 술 갖고서는 문 못 엽니다."

"마, 말도 안 돼. 이게 뭐야?"

미호는 다시 문을 밀었지만, 아예 움직일 기미조차 없었다. 여자가 손잡이를 잡고 살짝 당기자 사뿐하게 다시 닫혔다. 미호가 어이없는 표정으로 여자를 바라보았다. 여자가 어깨를 으쓱했다.

"열어줘요, 다시."

"에이, 그건 아니죠."

"뭐가 아니라는 거예요?"

"손님은 고작 퇴실이 전부지만 저는 모가지가 날아갈 수도 있으니까 아니죠."

"누가 안다고……."

미호는 순간 뭔가 떠오른 듯 포치 천장 여기저기를 살펴보았다. 일단 눈에 띄는 CCTV는 없었다. 여자가 말했다.

"우리 눈에 보이지 않는다고 안 보이는 건 아니에요. 이 호텔 어디든 사장님의 눈길이 닿지 않는 곳은 없습니다."

미호는 분했지만, 여자가 잘린다니 더는 강요할 수 없었다.

"여하튼 저는 먼저 들어갈 테니 술은 처리하고 오세요." 여자가 손목시계를 보더니 덧붙였다. "서두르셔야겠네요. 환상의 특식을 맛보시려면."

그러고는 미호가 뭘 하기도 전에 문을 열고 들어가버렸다. 미호가 다시 힘껏 밀었지만, 꿈쩍도 하지 않았다. 문 앞에서 씩씩거리던 미호는 다시금 도리가 없음을 깨달았다. 쇼핑백에서 술을 빼내 차에 던져놓고 돌아오니, 거짓말처럼 가볍게 문이 열렸다.

정말 계속 여기 머물지 심각하게 고민해봐야겠다고 생각하며 미호는 샤워를 마쳤다. 하루 이틀이면 몰라도 한 달 내내 술을 마시지 않을 수는 없었다. 밖에서 마시는 것도 생각해봤지만 술을 깨고 들어온다는 게 어불성설이었다.

그때 현관에서 벨이 울렸다. 드디어 특식이 온 모양이었다. 카트가 평소보다 훨씬 컸다. 뚜껑을 먼저 열어볼까 하다가 그래도 나름 비밀처럼 유지되었는데, 방에서 확인하자고 마음먹었다.

짧은 순간이었지만 기분이 반전되며 마음이 두근거리는 것을 느꼈다. 조심스럽게 카트를 끌고 방으로 들어왔고, 창가 테이블 앞에 서서 뚜껑을 열었다. 미호의 눈이 휘둥그레졌다.

카트 위에 놓인 것은 구첩반상, 한식이었다.

김이 모락모락 피어오르는 하얀 쌀밥에 소고기뭇국이 놓였고 그 위로 두부조림, 호박전, 간장, 숙주나물무침, 잡채, 김치, 오징어볶음, 고추장진미채, 달걀말이가 가지런히 놓여 있었다.

정성스럽게 그릇에 담긴 찬들을 살펴보는데 하나같이 미호가 좋아하던 음식이었다. 오래전에 좋아했지만 언젠가부터 먹지 않았던, 아니 먹지 못했던 음식들이었다. 구첩반상이지만 구첩반상의 구성이 아닌 것이, 일부러 미호를 위해 맞춤으로 준비한 메뉴처럼 보였다. 부지불식간에 입에 침이 고이는 걸 미호는 느꼈다.

찬이 놓인 위치 그대로 정성스럽게 테이블로 옮긴 미호는 경건한 마음으로 상을 내려다보다가 조심스럽게 수저를 들어 소고기뭇국을 한 입 떠먹어보았다.

맙소사. 이건…….

아주 오래전 미호가 미국으로 떠나기 전날, 엄마가 해주었던 소고기뭇국과 맛이 똑같았다. 바싹 말라 갈라진 땅 위로 비가 내려 촉촉해지는 것처럼 미호의 기억 세포들이 한꺼번에 우르르 살아났다.

미호는 순간 울컥하는 바람에 잠시 마음을 진정시켰다. 그런 뒤 한 수저 한 수저 공들여서 먹었고 오랫동안 음미했다. 모든 반찬이 다 엄마가 해주었던 맛 그대로였다.

어느새 흘러내린 눈물이 옷자락을 적셨다. 미호는 배추김치를 한 입 베어 물다 말고 급기야 꺽꺽거리며 목 놓아 울기 시작했다.

이 김치. 내가 너무 좋아했던 엄마의 김치. 엄마 김치 말고 다른 김치는 잘 먹지도 않는 나를 위해 엄마가 애써 미국까지 보내준 걸, 나는 그때 맛도 보지 않고 버렸지.

미호는 입 밖으로 반쯤 나온 김치를 닦아낼 생각도 하지 못한 채 끅끅거리며 서럽게 울었다.

"엄마아."

엉엉 울며 엄마를 목 놓아 부르자 김치와 밥풀이 튀어나왔지만, 미호는 정신을 놔버린 사람처럼 상 위에 떨어진 것들을 손으로 집어 다시 입속으로 밀어 넣으며 울었다.

한참을 그렇게 통곡한 미호는 냅킨을 뽑아 눈물 콧물 입술을 다 닦고 다시 한 입 한 입 남은 음식들을 먹었다. 문득 흐느끼다가 추스르길 반복하며 먹었고, 양념조차 남기지 않고 다 닦아 먹었다.

그릇을 모두 깨끗하게 비운 미호는 문득 이 음식들을 누가 했는지 궁금했다. 수화기를 든 채 신호음을 들으며 한참을 기다렸지만, 역시나 아무도 받지 않았다.

"씨."

훌쩍 콧물을 들이켠 미호는 빈 그릇 위에 쪽지를 남겼다.

'이 음식을 만드신 분이 누구인지 꼭 좀 알고 싶어요. 진심으로 부탁드립니다.'

이튿날 아침이 되자 눈이 반짝, 저절로 떠졌다. 몸은 어제

보다 더 가벼웠는데 다만 눈이 조금, 아니 퉁퉁 부어 있었다. 미호는 어제와 같이 멋진 아침 풍경을, 퉁퉁 부은 눈에 담으며 반신욕을 즐겼다. 그러면서 아침 식사 때가 되기만을 기다렸다. 마음이 조급해서 다리가 달달 떨릴 지경이었다.

마침내 시간이 되어 수화기를 들자 역시나 턱시도 여자가 받았다.

"저기…… 어제는 제가 미안했어요. 말이 좀 지나쳤어요. 술을 안 마시면 불안하다 보니 뭔가, 정신이 좀 없었나 봐요."

"사과를 하시다니, 맨정신인 손님이야말로 진정한 챔피언."

진심 어린 사과를 농담으로 받다니 미호는 다시 한번 관자놀이에서 빠직하는 소릴 들었지만, 지금은 그런 걸 신경 쓸 때가 아니었다.

"저기, 혹시 제가 어제 카트에 남긴 쪽지를 보셨나요?"

"쪽지요? 저는 못 봤는데? 무슨 문제가 있으셨나요?"

"아니, 그게 아니라. 식당 직원분이 보셨나 보네요. 저기, 다름이 아니라 어제 특식……."

"오, 어제 특식이었죠. 어떻든가요. 제 말이 맞든가요?"

"네네. 그래서 말인데 그 특식……."

"기가 막히죠. 그런 걸 못 먹으면 천추의 한이 된다니까요."

"네, 맞아요. 그래서 말인데……. 어제 특식 만드신 분이 누구인지 제가 좀 알 수 있을까요?"

턱시도 여자가 상당히 경계하는 듯한 목소리로 물었다.

"그건 왜요?"

"아니 그, 맛이……. 맛이 너무 맛있어서……."

뭐라고 해야 할지 마땅한 말이 떠오르지 않았다.

"그야 당연히 저희 주방장님이 하신 거죠."

"아, 주방장님이셨구나. 주, 주방장님이 한식도 잘하시나 봐요."

"모든 음식을 다 잘하시죠. 아직 못 드셔본 프랑스식 이태리식도 다 끝내줍니다."

"아 그렇구나. 저기, 죄송한데 제가 그 주방장님을 좀 뵐 수 있을까요?"

"그건 안 되죠."

"네?"

"안 된다고요. 그건."

"왜, 왜요?"

"그분은 저희 호텔의 비밀 양념장 같은 분이라고 보시면 됩니다. 손님뿐만 아니라 아무에게도 그분과 만나게 해드리지 않아요. 연락처도 알려드리지 않습니다."

"도대체 왜……."

"말씀드렸잖아요. 비밀 양념장을 누구한테 알려줍니까. 그런 건 며느리도 몰라요."

"아니 그래도 진짜 양념장이 아니잖아요."

“양념장보다 더 원하는 사람이 많겠죠. 양념장은 황금알이고 우리 주방장님은 황금알을 낳는 닭이니까. 오리던가? 아무튼 당장 손님만 해도 보세요. 그냥 식사나 하면 되지, 왜 보고 싶은 건데요? 우리 주방장님이?”

“그, 그건…….”

“거봐요. 말씀 못 하시잖아요. 다 그렇다니까.”

“아니 저는 정말 그런 거 아니고, 맛이, 맛이 정말 제 엄마가 하신 음식하고 너무 똑같아서 그래요.”

“고향의 맛을 느끼셨다는 거군요. 이해는 합니다. 하지만 그거 때문에 주방장님을 직접 뵈어야 할 이유는 잘 모르겠군요. 어쨌든 그건 제 권한 밖의 일이라 저로서도 어쩔 수가 없네요.”

또 먼저 끊을까 봐 미호가 다급하게 물었다.

“저기, 저기 그러면 앞으로 특식이 다 어제와 비슷한 식인가요?”

“그건 모르죠. 그건 그 주가 돼야 알 수 있을 거 같은데요?”

“아.”

“오늘 아침 메뉴 불러주세요.”

“오늘 아침은 안 먹어도 괜찮을 거 같아요.”

“웬일이래.”

그러더니 전화가 뚝 끊겼다. 미호는 반응하지 않았다. 수화기를 가만히 내려놓으며 깊게 한숨을 내쉬었을 따름이다.

그래. 우연이겠지? 내가 너무 오랜만에 그런 음식을 먹다 보니 모두 엄마가 만든 것처럼 느껴진 걸 거야.

하지만 그날 이후로 일주일 내내 다음에 나올 특식 메뉴가 궁금해서 견딜 수가 없었다. 혹시나 해서 미호는 아침, 점심, 저녁, 배가 안 고파도—물론 그런 적은 몇 번 없었지만—빼놓지 않고 꼬박 주문했고, 심지어 밖에서 관광하다가도 시간이 되면 부리나케 호텔로 돌아와 메뉴를 주문했다.

메뉴에 한식인 날은 없었지만 그렇다고 해서 시키지 않을 수는 없었다. 이후 주문한 피자, 스파게티, 라자냐, 똠양꿍, 팟타이, 뭘 먹든 이런 음식을 엄마가 해준 적이 있었던가? 생각해보았는데 없었다.

술도 더는 사 오지 않았다. 술로 실랑이할 마음도 없어졌다. 한 3일 정도 불안하더니 그다음부터는 괜찮아졌다. 좋은 풍경과 좋은 음식을 먹다 보니 술 생각이 점점 줄어서, 그 주가 다 지날 즈음엔 냉장고에 있는 샴페인조차 마시지 않았다.

술을 안 마셔서 그런가, 나날이 몸이 가뿐해졌고 시도 때도 없이 우울해지던 감정도 뭔가 연착륙에 성공한 비행기처럼 안정되었다. 그리고 마침내 두 번째 특식이 나오는 토요일 오후.

그날 미호는 아예 바깥으로 나가지도 않았다. 사실 그때까지 다녀본 관광지 어느 곳도 방에서 보는 풍광을 넘어서지 못했다. 그날 까닭 없이 두 번이나 반신욕을 한 미호는 여덟 시가 되기도 전에 아예 문 앞에 나가 있었다.

그때 방 안에서 전화벨이 울렸다. 미호가 들어와 수화기를 드니 턱시도 여자가 말했다.

"식사가 올라가려고 하는데요."

"네."

"문 앞에 나와 계시면 안 돼요."

"네?"

"네? 에 경기할 거 같아요."

"죄, 죄송합니다. 하지만 왜요?"

흐음, 하고 수화기 너머에서 길게 한숨을 내쉬는 소리가 들렸다.

"그러니까 계약서 좀 읽어보시라고 그렇게 말씀드렸건만."

"계약서에 그런 내용이 있었다고요? 문 앞에 나가지 말라고?"

"네. 식사 카트가 올라갈 시간엔 나오지 말라고 적혀 있습니다. 말씀드린 대로 규칙은 규칙이에요. 어기면 특식을 못 받으실 수도 있어요."

"알았어요, 알겠어요. 알겠습니다. 그럼, 벨 소리가 울리고 나가면 되는 거죠?"

"네. 하던 대로 하세요."

그때 딩동, 하고 벨 소리가 울렸다. 이번엔 미호가 먼저 수화기를 덜컥 내려놓고 날듯이 뛰어 밖으로 나갔다. 엘리베이터 문이 이제 막 닫힌 것도 같고 아닌 것도 같고? 인기척을 느낄 새도 없이 카트가 놓여 있었다.

미호는 두 손을 비비고 혀로 입술을 한 번 문질렀다. 긴장된 마음으로 카트를 끌고 방으로 들어왔다. 테이블 옆에 가지런히 세우고 조심스럽게 카트 뚜껑을 열었다.

이번에도 역시 구첩반상, 한식이었다. 미호는 뭐 하나라도 그 자리에서 사라질세라 눈을 부릅뜨고 상을 살폈다.

김이 모락모락 나는 하얀 쌀밥에 청국장이 놓였고, 그 옆으로 호박잎쌈, 쌈장, 가지볶음, 갈비찜, 도라지오이무침, 김치, 동그랑땡, 제육피망볶음, 뼈를 발라낸 삼치구이가 가지런히 놓여 있었다.

"후우."

미호는 길게 한숨을 내쉬었다.

이건 우연이 아니야.

모든 찬이 어렸을 때 엄마가 해주던 음식이었다. 게다가 청국장이라니. 엄마의 청국장인 줄 알면서도 버릴 수밖에 없었던 그때의 냄새와 너무나도 똑같은. 그날 이후로 엄마가 또 청국장을 보낼까 봐, 먹고 싶어도 먹고 싶다고 단 한 번도 얘기할 수 없었던.

미호는 가슴속에서 폭우가 내리는 것처럼 슬픔이 차오르는 것을 느꼈다. 흐흐흐흑, 입술이 떨리고 벅찬 가슴이 부풀어 올랐지만, 간신히 숨을 삼키며 진정하려 애썼다. 그래도 어흐으으, 호흡이 잘게 떨리며 입에서 기이한 소리가 났다.

생각 같아서는 당장이라도 주방으로 뛰어 내려가 주방장을 만나고 싶었지만, 마음을 진정시켰다. 음식들이 식기 전에 어서 먹어야 한다.

방금 쪄낸 호박잎을 청국장에 푹 담갔다가 빼내어, 밥을 감싸 입속에 넣었다. 호박잎의 부드러우면서도 까칠한 식감과 혓바닥 아래까지 적셔 드는 청국장의 맛이 어우러져 입안의 모든 세포가 깨어났다.

이번엔 호박잎에 밥과 쌈장과 오이무침과 김치까지 싼 다음에 한껏 입을 벌리고 입속에 욱여넣었다. 우적우적 씹고 입안에 공간이 조금 생겼을 때, 청국장과 두부를 떠서 또 입에 넣었다.

온갖 재료들이 입안에서 어우러지다, 입천장부터 혀뿌리까지 휘감아 오는 청국장의 짭조름한 따스함이 그 모두를 아울렀다.

미호는 몇 번 씹다가 다시금 급습하듯 치솟는 감정에 손으로 입을 가리고, 끅끅 들썩이는 몸을 잠시 추슬렀다. 끊어지는 호흡의 마디를 통제하며 입속에 남은 음식을 꼭꼭 씹어 마저 삼켰다.

모든 게 엄마가 해주었던 그 맛과 똑같았다. 미호는 수저를 내려놓고 손으로 얼굴을 가린 채 한동안 마음을 진정시켰다.

소용돌이처럼 순간 몰아쳤던 감정이 서서히 누그러들자 음식을 각각 하나씩 입에 넣고 최대한 길게 음미했다. 아무리 되새겨봐도 이건 엄마의 손맛이었다.

어떻게 이렇게 똑같을 수가 있을까. 혹시 엄마와 예전에 같이 근무했던 직원일까? 그중 한 분이 이곳에서 주방장으로 근무하는 걸까? 그러고 보니 턱시도 여자의 말을 인정할 수 밖에 없었다.

이 음식들을 계속 먹을 수만 있다면 무슨 수를 써서라도 주방장을 데려오고 싶다는 생각이 들었다.

아니, 데려오진 못하더라도 이곳에서 근무하면서 가끔 서울로 올라와 요리해줄 수도 있지 않은가. 미호는 일단 엄마의 손맛이 그대로 느껴지는 음식부터 집중해서 오롯하게 다 먹은 뒤, 그 방법에 관해서는 따로 고민해보기로 했다.

이튿날이 되자 언제나처럼 눈이 반짝 떠졌고 의식처럼 욕조에 몸을 담갔다. 밤에 자면서도 그리고 깨어난 지금도 미호는 어떻게 하면 주방장을 섭외할 수 있을지 고민했다.

여기 직장을 유지하면서 알바처럼 평창동에 와 음식을 해주기만 하면 되는 건데, 돈은 얼마라도 제시할 수 있었다. 정 안 되면 엄마와 같이 근무했던 다른 동료라도 소개받고 싶었다.

그러려면 일단 무조건 여기 주방장님과 연이 닿아야 한다. 이런저런 생각을 하는 사이, 다시 주문 시간이 되었고 미호는 후다닥 수화기를 들었다. 여자가 말했다.

"요즘은 저한테 전화하려고 사시는 분 같네요."

뭐래도 좋아. 미호가 말했다.

"어제 나온 음식이 청국장에 호박잎쌈이었거든요? 호박잎 찐 거 그거 뭔지 아시죠?"

"네."

"그런 음식이 호텔에서 나온다는 얘기는 듣도 보도 못했거든요? 전 세계 어디에서도?"

"전 세계 호텔을 다 다녀보셨나 봐요?"

"아니 그게 아니라……. 상식적으로 외국 호텔에서 청국장을 끓여 내오는 건 말이 안 되고, 호박잎을 누가 찝니까. 아니 그건 한국 호텔도 마찬가지일 거 아니에요. 호텔에서 청국장 냄새를 감당하긴 어려울 거란 말이에요."

"그런가요? 우린 괜찮은데."

"다른 곳은 안 그렇다고요. 물론 제가 다 가본 건 아니지만 상식적으로 그냥 그래요."

"뭐 그래서 우리 호텔에서도 특식인가 보죠."

"그러니까요. 그래서 말인데요. 제가 지난주에 드렸던 말씀 기억하세요? 음식 맛이 제 엄마가 해주신 거랑 똑같았다는 말?"

"네."

"제 생각에는 여기 주방장님께서 저의 엄마랑 예전에 같은 직장에서 근무하셨던 분 같거든요?"

턱시도 여자는 웬일로 가만히 미호의 말을 듣고 있었다. 미호가 황급히 말을 이었다.

"그래서 말인데……."

"알아봐 드릴 순 없습니다."

"아니, 뭘 아직 말도 안 했는데."

"그 말씀을 하실 거잖아요."

"네."

"안 된다고요. 그러니까."

"아니 그냥 거기가 맞는지만 물어봐 주실 수 있잖아요."

"그걸 알려드리면 다 알려드리는 거나 마찬가지 아닌가요?"

"그런가요?"

저도 모르게 반문한 미호는 길게 한숨을 내쉬었다. 여자가 말했다.

"그럴 거 같으면 그냥 직접 알아보시면 되지 않나요? 그 직장에서 같이 근무하셨다는 분들, 알아보는 거 별로 어렵지 않을 거 같은데?"

어? 정말 그러면 되잖아.

"그러네요."

"그러니까요. 그럼 오늘 아침도 패스?"

"네."

"그런데 요즘엔 술을 안……."

여자의 말이 끝나기도 전에 미호는 전화를 끊었다. 복수하려는 건 아니었고 엄마의 예전 직장 동료들을 알아봐야 한다는 생각에 정신이 반쯤 나간 상태였다.

미호는 창가 테이블에 앉아 환상적인 풍광을 눈앞에 두고 어디서부터 뭘 알아보면 좋을지 차근차근 종이에 적었다.

미호는 그 주 내내 호텔에 박혀 휴대폰만 뜨겁게 사용했다. 전화로 뭘 알아보는 건 생각보다 시간이 오래 걸렸다. 어떤 때는 통화를 기다리는 것만으로도 한 시간 넘게 써야 해서, 사람 진을 뺐다. 의외로 체력전이었다.

그 결과 옛 동료 몇 분과 통화가 가능했고 그중 몇 분은 서울에서 뵙기로 했다. 생각 같아서는 당장 올라가 보고 싶었지만, 하루만 지나면 다시 토요일이었다.

무슨 놈의 토요일이 영영 오지 않을 것 같다가, 갑자기 토요일 다음이 또 토요일이 된 느낌이었다. 세 번째 특식까지만 딱 확인해보고, 바로 서울로 올라가 엄마의 옛 동료분들을 만나볼 작정이었다.

너무 오래 호텔을 비울 생각은 아니었다. 특식은 주말에만 제공된다고 했지만, 그 사이 혹시 무슨 변동이 있을지 알 수 없어 마음이 불안했다.

마침내 세 번째 특식의 시간이 되었다. 이번에는 문밖에 나가지 않고 문 안에 바싹 기대서 벨이 울리기를 기다렸다. 다른 곳 같으면 문에 도어 뷰어가 있을 텐데 여긴 없었다.

딩동 소리와 거의 동시에 미호는 문을 당기고 뛰쳐나갔다. 카트가 있었다. 그런데 엘리베이터 문은 운행조차 되지 않은 것처럼 굳게 닫혔고, 당연히 사람이 오간 흔적도 없었다.

뭐야, 이거. 뭔가 내가 알지 못하는 방식으로 카트가 오는 건가? 미호는 응접 대기실 여기저기를 돌아다니며 뒤져보았지만 다른 엘리베이터는 없었다.

하여튼 귀신이 곡할 호텔이라니까. 하기야 이상한 거로 따지면 안 이상한 게 오히려 더 적을 지경이니까.

어쨌든 음식이 식기 전에 먹어야 한다. 미호는 조심스럽게 카트를 끌고 방으로 들어왔다. 이번에는 돼지고기 김치찌개에서 모락모락 김이 오르고 있었다.

"와."

거기에 소고기 장조림, 깻잎전과 고추전, 소고기 육전, 쪽파김치, 김치, 매콤한 무생채, 들깨시래기볶음까지 차례차례 나열되어 있었다. 어쩌면 이렇게 하나같이 미호가 좋아하던 음식만 차린 건지 기가 막힐 노릇이었다.

이 정도면 확실했다. 어떤 방식으로든 이 주방장님은 엄마와 연이 닿은 사람이었다.

세 번째 특식쯤 되니까 더는 눈물을 먹는 건지 밥을 먹는 건지 알 수 없는 수준은 벗어났다. 가슴이 벅찬 건 똑같았지만 음식 하나하나를 음미하며 유리에 비친 자신의 모습을 볼 정도의 안정은 되찾았다.

아마도 희망이 생겨서 그런 모양이었다. 엄마의 옛 동료만 찾으면 언제고 다시 이 음식들을 재현해낼 수 있을 것만 같았다. 영양사 겸 요리사들이니까 분명히 공유하는 요리법이 있을 것이다. 게다가 엄마는 회사 내에서도 유능하다고 평가받는 사람이었으니까. 따라 하는 동료가 분명히 있었을 거다.

나는 왜 이제까지 그 생각을 단 한 번도 해보지 않은 거지?

이튿날 오전 미호는 김해 공항발 비행 편을 확인하고 아침 주문 시간을 기다렸다가 수화기를 들었다.

"저 오늘 서울 올라갑니다."

"체크아웃하시겠습니까?"

"아니요, 그건 아니에요. 갔다가 최대한 빨리 돌아올 거예요. 차로 안 가고 비행기 타고 갔다 올 거예요."

"숙박 예약 기간이 이제 한 주 남았는데 굳이 왜 지금 올라가십니까?"

올라가서 이 호텔 주방장님이 엄마 회사 사람이었는지 확인할 거라는 말을 할 순 없었다.

"여기서 볼 건 다 봤어요. 호텔에서 죽칠 바엔 서울에 가서 볼일을 빨리 보는 게 낫겠다 싶어서요."

"외도하고 해금강은 아직 안 보셨잖아요."

"그건 갔다 와서 보면 되죠."

미호는 마음이 급했으므로 그건 또 어떻게 아는지까지는 생각지 못했다.

"저기, 그래서 말인데 혹시라도 제가 서울에 머무는 동안 호텔 이벤트 내용이 바뀌는 게 있으면 저한테 전화 한 통 주시겠어요?"

"이벤트 내용이라면 뭐, 특식?"

"네. 다른 건 필요 없고 바로 그거, 특식."

"특식 규칙은 바뀌지 않아요. 걱정하실 필요 없습니다."

"그렇군요."

"그러면 오늘도 아침은 패스?"

"네. 비행기 시간에 맞춰서 지금 출발할 생각이에요."

"특식만 드시면 다음 날 아침은 안 드시는군요."

사실 식도와 위장 사이 어디쯤엔가 여전히 엄마의 음식 맛이 남아 있었으므로, 아무것도 먹고 싶지 않았다. 물조차 마시지 않았다. 입 냄새야 나든 말든 마스크를 쓸 생각이었으니까.

"뭐 그렇게 됐네요."

"알겠습니다. 좋은 여행 되시길 바랍니다."

그렇게 서울로 올라온 미호는 엄마의 옛 동료 중 두 분을 만났는데, 그분들은 애석하게도 엄마의 음식에 관해 아는 바가 없었다.

“그게, 요리사들은 자기 비결 같은 거 아무리 친해도 잘 공유 안 할걸?”

두 분 모두 현직을 떠난 지 너무 오래되어서 잘 모를 수도 있다고 덧붙였다. 역시나 같이 근무하던 동료 중에 호텔 주방장으로 일하는 사람이 있다는 얘기 또한 들어본 적 없다고 했다.

“서수진 팀장은 좀 다를 수도 있겠다. 서 팀장님이 회사 내에서도 엄마하고 아주 각별한 사이였거든. 그런데 그 언니 아직 살아 계시던가?”

그렇게 미호는 전화번호를 하나 받아 들고 서수진 팀장이란 분을 찾아 나섰다. 오래전에 현업에서 은퇴하고 자궁암을 비롯한 암 수술을 몇 번 한 뒤 자택에서 요양 중이었다. 과연 엄마와 각별한 사이였던지 미호를 보자마자 눈물부터 흘렸다.

“아이고, 네가 미호구나. 엄마를 아주 쏙 빼닮았네. 내가 몸이 이래서 네 결혼식이나 네 엄마가 돌아가셨다는 소식을 듣고도 가보질 못했어. 미안하다, 미호야.”

미호는 새소리가 들리는 툇마루에 앉아 도란도란 이런저런 얘기를 들었는데 생각보다 엄마와 가까웠던 분이라 꽤 놀랐다.

“그때 우리 신랑이 인사과 팀장이었다. 아직 결혼 전이었고 회사 분위기가 사내 연애를 숨겨야 할 때라서 아는 사람이 아무도 없었지만. 그래도 엄마가 다시 취업하고 싶다고 연락했을 때, 내가 힘 좀 썼다니까? 인제 와서 말이지만.”

그렇게 말하고 호호 웃는 모습이 고왔다. 엄마도 아직 살아 있었다면 이렇게 곱게 웃었을 텐데.

"그래도 네 엄마 투병하는 동안 정신이 돌아오면 나랑 아주 오래 통화하곤 했다."

그분이 이분인지는 몰랐지만, 간병인을 통해서 종종 친구분과 오래 통화한다는 얘기는 들은 적이 있었다.

"네 엄마는 네가 미국에 있을 때, 네가 좋아하는 밥 한 번 못 해 먹인 게 그렇게 큰 한이었다. 그 어린 걸 혼자 그토록 먼 나라에 보내놓고, 따뜻한 밥 한 끼 제대로 해주질 못하니 어미 마음이 오죽했을꼬. 그래서 그땐 나랑 술도 한잔하면서 울고 그랬어."

미호는 손수건을 꺼내 티 나지 않게 눈물을 훔쳤다.

"너 결혼하고, 네 엄마 병이 좀 위중해진 다음에, 하루는 전화를 해서 펑펑 우는 거야. 그래서 내가 왜 그러냐고 했더니 그날 손녀가 할미 방에 올라와서 한참을 울고 갔다는 거야. 그동안 할머니 미워해 미안하다면서. 자기는 할머니가 그렇게 아픈 줄 몰랐고, 그래서 냄새가 나는 것도 몰라서 엄마한테 말을 잘못했다고 하더란다. 그거 때문에 엄마 마음을 아프게 했는데, 엄마한테는 말을 못 해도 할머니한테는 미안하다고 말을 하려고 올라왔다는 거야."

미호는 정신이 번뜩 들었다. 어디서도 들어보지 못한 말이었다. 친구분의 말이 이어졌다.

"그땐 아이가 아직 엄마가 어려웠나 봐. 그래서 할미한테 대신 좀 말해달라고 온 모양이었는데 엄마가 그 말을 너한테 전해주디?"

미호는 눈을 동그랗게 뜨고 고개를 저었다.

"그래, 그랬을 수도 있을 거란 생각이 들었다. 그땐 네 엄마가 정신이 오락가락할 때였으니까. 그래서 나라도 너한테 말을 해줘야 하나 생각했는데, 나 역시 그때 상태가 안 좋았고 남의 집 딸내미들 얘기에 내가 너무 간섭하는 것도 좀 그렇고 해서 말을 못 했다."

그러더니 무릎을 한 번 탁 치곤 말을 이었다.

"아, 그렇지. 사위도 몇 번 와서 울고 갔다고 하더라. 술이 잔뜩 취해서는 올라와서 넋두리하는데, 그땐 정신이 들었는데도 안 든 것처럼 연기했다고 하더라."

"무, 무슨 넋두리를요?"

"나한테 전화했을 땐 이미 내용은 다 잊어버리고 너희 사이가 안타깝다는 얘기만 했던 거 같아. 사위가 딸을 너무 사랑해서 정말 고마운데, 딸이 자기 때문에 마음이 좁아져서 그 사랑을 다 받지 못한다고 한탄했었다. 네가 자기 때문에 일도 못 하고 그 집에 갇혀 살아서 불행해 보인다며 슬퍼했지. 다 자기 탓이라고……. 그나저나 그 애처가 남편은 잘 있지?"

미호는 어색하게 빙긋 웃어 보이며 고개를 끄덕였다. 그러나 표정과 달리 마음은 어지러웠다. 진실은 언제나 훗날 밝혀진다던, 호텔 사장의 말이 느닷없이 떠올랐기 때문이다. 그래서 삶을 지속해야 한다던 말. 갑자기 머리가 뜨끈뜨끈해지는 기분이 들었다.

딸아이가 엄마에게 사과했다는 사실도 전혀 몰랐고 남편이 엄마를 종종 찾았다는 말조차 처음 들었다. 그때의 나는 도대체 뭘 보고 무슨 소릴 들으며 살았던 거지?

생각해보니 그땐 남편이 뭘 해도 삐딱하게 보였고 뭐라고 말해도 달갑게 들리지 않았다. 하지만 이제라도 냉정하게 한 발 떨어져 생각해보면 남편은 그런 남자가 아니다. 사람들이 좋은 사람이라고 말하는 남편이 사실은 내게도 좋은 사람이었을지 모른다.

미호는 문득, 남편에 관한 모든 것이 자신의 무지와 낮은 자존감이 낳은 오해일까 봐 두려워졌다.

그때 대문이 열리고 할아버지 한 분이 들어왔다. 친구분이 할아버지를 보고 말했다.

"어이구, 이제 와?"

할아버지가 미호를 보더니 물었다.

"네가 미호구나?"

미호가 자리에서 벌떡 일어나 꾸벅 인사했다.

"이야, 너는 길에서 만났으면 영락없이 네 엄마인 줄 알았겠다."

그러고는 중절모를 벗어 휘휘 저으며 툇마루에 앉았고 손에 든 서류 봉투를 아내에게 툭, 던졌다. 친구분이 말했다.

"서류?"

할아버지가 고개를 끄덕했다.

"이걸 뭘 날 줘. 내가 보면 뭘 안다고. 말로 해, 그냥. 당사자도 여기 딱 와 있겠다."

그러더니 미호를 보며 덧붙였다.

"우리 영감이 그 회사 다닐 적에 나름대로 능력 있는 인사팀장이었다고. 해서 내가 일을 좀 시켰어. 그 당시에 우리 회사에서 근무하던 직원 중에 호텔로 이직한 사람이 있는지. 이게 그 서륜가 보네."

그러더니 다시 할아버지를 보고 말했다.

"그래서 있다는 거야, 없다는 거야. 그거부터 말해."

"없어. 주방장은 고사하고 호텔 경비 서는 놈도 하나 없더라."

친구분이 쯧쯧 혀를 찼다.

"그럼 이 서류는 뭐야?"

"그냥, 회사에서 주니까 가져온 거지."

"으이그."

그러고는 미호를 돌아보며 말했다.

"늙은이들이라 도움이 안 되네."

"아니에요. 벌써 얼마나 큰 도움이 되었는데요."

미호는 친구분의 손을 잡고 도리도리 고개를 저었다.

"이건 내 생각인데 말이다, 미호야. 그때 엄마 솜씨가 아주 발군이었어. 회사에서도 정평이 나 있었다. 다들 요리사도 하고 영양사도 했지만, 엄마는 달랐다. 그런데 그게 무슨 특별한 비법이 있어서 그런 게 아니라 그냥 네 엄마가 가진 실력 자체가 그랬다. 그래서 아무리 다른 사람한테 가르쳐줘도 따라 하지 못했어. 적어도 내가 봤을 때까지만 해도 비슷하게라도 흉내 내는 사람조차 없었다. 그 깊은 맛을 낼 수 있는 사람은 오로지 네 엄마 한 사람뿐이었어. 똑같은 조리법을 줘도 네 엄마가 관여한 것과 그렇지 않은 음식의 맛이 확연하게 차이 났다."

할아버지가 한마디 거들었다.

"그랬으니까 우리 회사 보물이었지. 그 일이 있고 나서 회장님도 얼마나 안타까워했는데."

그러더니 대뜸 미호에게 물었다.

"그럼 이제 자네는 그 심리 상담소인가 뭔가 그걸 하는 건가?"

미호는 깜짝 놀랐다. 미호가 뭐라고 대답하기도 전에 친구분이 손을 내저었다.

"에이그, 아니야. 잘 모르겠으면 그냥 가만히 있어."

"아니, 뭘 묻지도 못하나?"

"그게 아니니까 그렇지, 이 양반아."

친구분이 미호를 보며 민망한 표정으로 말했다.

"너 미국에서 학교 다닐 때, 네 엄마가 우리 회사에서 친한 사람들끼리는 좀 알 정도로 네 자랑을 하고 그랬다. 유명한 대학에서 심리학을 전공한다고. 학교 졸업하면 마음이 아픈 사람들을 돕는 심리 상담소 같은 걸 하는 게 꿈이라고 했다고. 얼마나 기특하냐. 그 어린 게. 자랑할 만하지."

그러더니 다시 할아버지를 나무랐다.

"그다음에 미호 결혼한 걸 뻔히 들어놓고 그런 바보 같은 질문을 하나 그래?"

"아, 결혼하면 일 못 해?"

미호는 그때 뒤통수라도 한 대 얻어맞은 기분이었다.

그랬다. 학창 시절 미호의 꿈은 마음이 힘든 사람들을 돕는 심리 상담소를 하는 것이었다. 그런 말을 분명히 엄마에게 한 적 있었다. 그게 분명 꿈이었는데. 그런 생각을 언제부터 하지 않게 되었는지 이제는 기억조차 나지 않을 만큼 새까맣게 잊어버리고 말았다.

그날 미호는 그 집에서 저녁까지 얻어먹고 나왔다. 며느리가 준비한 한식이었다. 친구분이 말했다.

"네 엄마가 해주는 요리하고는 차원이 다르지?"

미호는 웃으며 고개를 저었다.

"아니에요. 너무 맛있어요."

하지만 맛은 확실히 달랐다. 그래도 미호는 남김없이 먹고 두 분께 또 찾아뵙겠노라 인사드린 후 집을 나섰다. 김포에서 밤 비행기를 타고 다시 거제로 내려오는 동안 미호는 오만 가지 생각이 다 들었다.

엄마의 동료를 찾는 끈이 끊어진 듯한 암담함과 더불어, 자기가 하고 싶었던 일이 뭐였는지 느닷없이 끈이 이어진 것 같아서 기분이 묘했다.

심지어 엄마가 그렇게 자랑했다는 사실이 무언가 마지막까지 미호가 그걸 할 거라고 믿었던 게 아니었나 하는 생각까지 들었다.

엄마가 다시 내 일을 찾으라고 했던 게 그거였나.

무엇보다 미호의 마음을 무겁게 한 건 남편과 아이였다. 그들이 실은 내가 알던 사람들이 아니라면 어쩌지? 나의 못난 인성이 그들을 사실과 다르게 나쁜 사람으로 만든 거였으면 어쩌지? 그 빚을 다 어떻게 갚아야 하지?

냉정하게 따져보니 남편이 바람을 피운다고 생각한 것도 확실한 게 아니었어. 미친. 나는 왜 그걸 마치 직접 목격하기라도 한 것처럼 사실이라고 믿었지?

빨리 돌아온다고 왔는데도 목요일 밤이었다. 호텔 5층으로 올라오는 동안 아무도 만날 수 없어, 문득 이곳에서도 외롭다는 생각이 들었다. 그러나 피로 때문인지 곧 잠이 들었고 이튿날이 되어 턱시도 여자와 통화하자 그새 정이 들었는지 반갑기까지 했다. 여자가 말했다.

"다시 오셨네요."

"그럼요, 여기가 하루에 얼만데."

"이미 뽕은 다 뽑으신 거 같은데."

"천만에요. 사장님은 여전히 출장 중이신가요?"

"늘 그렇지만 어디 가서 뭘 하는지는 알 수 없죠."

"그렇군요."

"아침은 스시?"

"아, 좋네요. 스시. 아 그런데 첫날 스시 말이에요. 주방장님이 회 몇 점을 까먹고 안 올리셨더라고요. 부족하셨나?"

턱시도 여자가 갑자기 말을 더듬었다.

"아, 아니, 아니 뭘 그런 걸 따지면서 드세요?"

"따지면서 먹는 게 아니라 스시라고 하니까 갑자기 생각나서 그냥 말한 거예요."

전화가 뚝 끊겼다. 이제 전화를 먼저 안 끊으면 섭섭할 지경이다, 이 양반아. 아니 잠깐만. 그런데 지금 당황한 거야? 왜?

금요일은 해금강을 한 바퀴 돌고 같은 배로 외도 보타니아까지 방문했다. 섬 전체 정원을 부부가 꾸몄다는데 규모가 엄청났다. 대단하네. 세상엔 이렇게 사는 부부들도 있구나. 그런 생각을 하다 보니 문득 남편이 떠올랐다. 마음이 무거워졌다. 내가 정말 남편을 잘못 판단한 걸까.

예전과는 다른 사념 속에서 헤매다가 하루를 보내고, 마침내 토요일 특식의 날이자 숙박 예약이 하루 남은 날을 맞았다. 그날은 조용히 호텔에서 마지막 밤을 맞이하고 싶었다.

몸 안에서 다 꺼져가던 불꽃이, 이 호텔에서 지내며 다시 살아난다는 느낌을 받았다. 그런데 그 활력의 원인을 좇다 보니 아이러니하게도 그게 신기루라는 사실을 깨달았다. 결국은 마음먹기에 달린 것이다.

마침내 마지막 특식의 시간이 되었고, 벨이 울렸다.

미호는 가만히 앉아 창밖을 바라보다가 일어나 문으로 다가갔다. 카트가 놓여 있었다. 오늘은 예전처럼 가슴이 미칠 듯이 뛰지는 않았다. 최후의 만찬이라 그런가.

미호는 카트를 끌고 방으로 들어왔다. 뚜껑을 열었다.

하얀 쌀밥이 모락모락 김을 피워 올리고 그 옆으로 오징어뭇국이 탐스럽게 놓여 있었다. 그런데 이번 메뉴는 전과 사뭇 달랐다.

세 번의 특식은 모두 미호가 없어서 못 먹을 정도로 좋아하는 음식들이었다면, 오늘의 메뉴는 상당히 의외였다. 오징어뭇국과 불고기를 제외하면, 대체로 미호가 싫어하는 음식들이었다.

정확히 말하자면 엄마가 먹기 싫어도 억지로 먹으라고 했던 음식들이었다. 그 종류가 너무 분명해서 기억이 안 나려야 안 날 수가 없었다.

잘 먹어야 코피가 안 난다며 억지로 먹으라던 연근조림, 먹어야 힘이 세진다고 그냥 먹으라던 시금치나물, 건강에 좋으니까 아무 생각 없이 씹으라던 브로콜리 마늘볶음, 당근만 골라낼 수 없게 김치랑 같이 부친 김치당근 부침개, 단백질이 중요하다면서 싫다고 할 때마다 밥 위에 두어 알씩 올려주던 콩자반, 칼슘이 부족하면 키가 안 큰다며 키 크고 싶으면 먹으라던 멸치버섯 볶음, 지금 안 먹으면 네 아빠가 다 먹는다며 빨리 입에 넣으라던 장어구이.

심지어 몇 가지는 지금도 좋아하지 않았다. 그러나 미호는 꾸역꾸역 다 먹었다. 솔직히 이 메뉴가 아니었더라도 오늘의 특식은 확연히, 전과는 다른 느낌일 것 같았다. 뭐랄까, 뭔가 희망이 꺼져버린 느낌이랄까.

그래도 엄마와 실랑이했던 기억들이 떠올라 미호는 눈물지으며 마지막 콩 한 쪽까지 남김없이 먹었다.

그리고 그날은 냉장고에 남겨두었던 샴페인까지 꺼내 마셨다. 오래간만에 샴페인 한 병을 다 마시니 머리가 어질어질했다. 그랬지. 애초부터 나는 술을 잘 마시던 사람이 아니었지. 정신 줄을 놓고 먹다 보니 콸콸 들이부었을 뿐, 술이 맛있다거나 그랬던 적은 단 한 번도 없었다.

미호는 취기가 올라 침대에 누웠다.

어디선가 바람이 솔솔 들어오길래 힘겹게 고개를 들어보

니, 발코니로 연결된 문이 열려 있었다. 저걸 내가 연 적이 없는데. 미호는 다시 고개를 떨어뜨리고 무시하려 했지만, 바람이 한 번 느껴지자 은근히 서늘했다.

쯧, 미호는 혀를 차고 주춤주춤 몸을 일으켜 문으로 다가갔다.

문득 첫날 사장이 했던 말이 떠올랐다. 아, 그래. 그걸 실행하려면 오늘이 마지막 날이네? 미호는 피식 웃으며 문을 닫으려다 말고 발코니로 나갔다.

하늘과 바다와 모든 세상이 깊은 어둠 속에 잠겨 있었다. 절벽은 너무 새까매서 끝이 보이지도 않았다. 지금 뛰어내리면 얼마나 오랫동안 떨어져야 하는지 감도 안 잡힐 것 같았다.

그때 호텔 끝에서 반짝 조명이 켜지더니, 첫날 보았던 정원의 테이블 주위가 밝아졌다. 어디선가 문이 열렸고 조그마한 체구의 여자가 나왔다. 체구가 작은 것으로 보아 턱시도 여자는 아니었다. 여자는 사부작사부작 발을 옮겨 테이블로 가서 앉았다.

이 호텔에 다른 손님이 있었나? 아니 그런데 저긴 도대체 어떻게 가는 거야? 그때 여자가 설핏 고개를 들어 미호가 선 발코니를 보는 것 같더니, 다시 바다를 바라보았다.

그 순간,

미호는 온몸이 얼어붙는 것 같았다.

정신이 아득해지는 느낌이 들었다. 꿈인가? 아 그래. 난 샴페인을 마시고 어지러워서 침대에 누웠는데. 왜 여기 나와 있는 거지? 꿈이구나. 이건 꿈이야. 하지만 불어오는 바람은 물론, 모든 것이 너무 생생했다.

여자는 여전히 테이블에 앉아 바다를 바라보았다. 그렇다. 저 여자가 저길 갔다면 나도 갈 수 있겠지. 미호는 벼락이라도 맞은 사람처럼 번뜩 정신을 차리고는, 황급하게 나이트가운만 걸친 채 미친 사람처럼 로비로 내려갔다.

여전히 벨도 없었고 아무도 없었지만, 미호는 포기하지 않고 로비 이곳저곳을 샅샅이 뒤지다가 문득, 호텔 밖으로 나가서 저쪽으로 돌아가 본 적이 없다는 사실을 깨달았다. 미호는 다급하게 발걸음을 놀려 밖으로 나왔고, 포치 계단을 성큼성큼 내려간 뒤 주차장을 가로질러 뛰었다.

아니나 다를까 호텔 건물의 모퉁이를 돌자, 그 벽의 끝에 철조망으로 된 울타리가 있었다. 미호는 허둥지둥 벽을 따라 뛰었다. 과연 정원이랑 이어지는 철조망이었다. 조그마한 문이 달린 철망 너머로 테이블에 앉은 여자의 등이 보였다.

철망이 가까워질수록 미호는 확실하게 느낄 수 있었다. 저 여자는 분명히 엄마다.

미호가 소리쳤다.

"엄마!"

여자가 천천히 뒤를 돌아보곤 나직하게 읊조렸다.

"미호야."

맙소사. 미호는 철조망 문을 뜯어내듯이 열고 안으로 뛰어 들어갔다. 자갈이 발바닥을 눌러 내려다보았더니 맨발이었다. 그러나 지금은 발 따위 아픈 게 문제가 아니었다. 미호는 미친 사람처럼 달려 엄마에게로 갔고 바로 그 앞에 서서 엄마의 얼굴을 바라보았다.

정말 엄마였다.

"엄마! 엄마!"

미호는 허물어지듯 엄마의 품에 안겨 오열했다.

"엄마! 엄마! 너무 보고 싶었어! 엄마! 여기 언제 왔어? 엄마! 엄마!"

엄마가 미호를 품에 안고 머리와 등을 어루만지다가 볼을 한 번 꼬집고는 말했다.

"우리 미호, 많이 건강해졌네. 볼에 살도 통통하게 오르고."

미호는 눈물을 훔치고, 다시 다섯 살 꼬맹이로 돌아간 것처럼 응석을 부리며 말했다.

"여기서 밥을 잘 먹어서 그런가 봐. 엄마, 그럼 토요일마다 밥을 해준 사람이 엄마가 맞았네? 다른 사람이 아니라 엄마였어. 호텔 주방장이 아니라 엄마였어! 맞아? 그래? 진짜야?"

엄마가 고개를 끄덕였다.

"이승과 연이 완전히 끊기기 전에, 어떻게든 단 몇 끼만이라도 내 손으로 직접 우리 미호한테 밥을 해 먹이고 싶었어."

미호가 다시 오열했다.

"엄마 미안해! 정말 미안해! 엄말 혼자 두고 내가 미국엘 가는 게 아니었어. 다시 돌아와서도 나는 엄마한테 해준 게 아무것도 없어!"

"왜 없어, 미호야. 엄마랑 계속 같이 있어줬잖아. 엄마야말로 누워만 있느라 우리 미호한테 해준 게 아무것도 없네."

"아니야, 엄마! 말도 안 돼. 엄마가 나한테 해준 게 얼마나 많은데. 나한테는 엄마가 전부야. 그리고 엄마, 엄마한테 미처 말하지 못했지만 나, 엄마한테 거짓말도 했어. 나, 엄마가 보내준 김치 안 먹었어. 김치랑 청국장도 다 버렸어. 그래놓고 다 먹었다고 거짓말한 거야. 난 정말 못된 아이야, 엄마. 미안해. 나 이제 거짓말도 안 하고 엄마 두고 어디 가지도 않을 거야."

미호가 한참을 오열하는 동안 엄마는 계속 미호를 안고 등을 두들기다가 머리를 쓰다듬기도 하며 가만히 기다려주었다. 조금 정신이 돌아온 미호가 물었다.

"엄마, 그런데 여긴 어떻게 온 거야?"

"너를 그렇게 두고 도저히 이승과의 연을 끊을 수 없었어. 그래서 나를 데려갔던 분께 간곡히 부탁했다."

"엄마를 데려갔던 분? 그게 누군데?"

"그냥, 자기 일에 충실한 분. 그분이 이 소중한 기회를 만들어주면서 내게 한 가지 부탁한 일이 있어, 미호야. 엄마는 미호가 그 부탁을 꼭 들어줬으면 좋겠어."

"무슨 부탁?"

"미호야, 너는 특별한 아이야. 이건 내 생각뿐만 아니라 그분의 말이기도 해. 그래서 네가 하려던 꿈을 계속 이어나가길 바란대. 너는 분명히 이 세상에 이로운 사람이 될 거라고."

"내가 하려던 꿈? 엄마 나…… 난 하고 싶은 게 없어. 난 하고 싶은 게 아무것도 없고 뭘 할 능력도 없어, 엄마. 세상에 이롭기는커녕 남들한테 피해만 줄 뿐이야."

"아니야, 미호야. 넌 할 수 있어. 엄마 딸이잖아. 엄마를 위해서라도 미호가 그 일을 꼭 찾았으면 좋겠고 해줬으면 좋겠어."

"엄마를 위해서?"

"응. 미호가 그 꿈을 이루면 엄마한테도 좋은 일이 생긴다니까."

"무슨 일?"

"엄마가 이제 가야 할 곳에 도착하면, 환생 그룹으로 분류될 수도 있대."

"환생? 다시 태어나는 거?"

엄마가 고개를 끄덕였다. 그게 정말 가능한 일인지를 가늠하는 듯 커다란 눈을 몇 번 끔벅이던 미호가 다급하게 물었다.

"내가 그 꿈이라는 걸…… 그게 뭐든 찾아 이루면 엄마가 환생할 수 있다는 말이야?"

엄마가 빙긋 웃으며 미호의 머리를 한 번 쓰다듬고는 고개를 끄덕였다.

"그렇다고 하더라. 누구나 다 환생하는 건 아닌데, 엄마 같은 경우엔 우리 미호가 특별한 아이여서 그런 일이 가능하다네?"

미호가 고개를 갸우뚱한 채 엄마를 잠시 바라보다가 물었다.

"그럼 엄마가 환생하게 되면, 나는 그걸 어떻게 알아? 내가 어떻게 알 수 있어?"

"미호가 꿈을 이루면 우리가 언제 어디서 다시 만나도 미호가 나를 알아볼 거라고 하던데?"

"엄마는? 엄마도 나를 알아볼 수 있고?"

"그렇지 않을까? 엄마가 환생하고 싶은 건 우리 미호를 다시 만난다는 이유 하나 때문인데 알아볼 수 없다면 그건……, 그런 의미 없는 삶을 다시 주진 않겠지."

미호가 조급한 목소리로 중얼거렸다.

"하지만 나는 뭘 하든 느려서…… 빨리할 수 없을 텐데……. 내가 그걸 이룰 때까지 엄마는 그럼 어디 있어?"

"미호야. 엄마가 가야 하는 길은 꽤 멀단다. 이곳과 그곳은 시간도 다르게 흐르고. 그러니 네겐 시간이 충분해. 충분하니까 천천히 해도 돼. 포기하지 않겠다는 의지만 다지면 그걸로도 충분해."

"그럼 정말 엄마가 환생한다는 거지?"

엄마가 고개를 끄덕였다. 그러고는 어딘가를 바라보며 잠시 슬픈 표정으로 주시하다가 미호의 등을 가볍게 두들겼다.

"엄마한테 주어진 시간이 다 됐다네. 미호야, 엄만 이제 가야 해. 우리 미호, 아무것도 포기하지 말고 천천히, 미호가 하고 싶은 걸 해. 너 자신을 위해서, 그리고 엄마를 위해서도. 사랑한다, 애야."

"안 돼, 엄마! 안 돼!"

엄마가 몸을 일으키다 말고 차마 발길이 떨어지지 않는다는 듯 애틋한 눈빛으로 미호를 바라보다가, 떨리는 손을 들어 세상에서 가장 고귀한 존재에 그러하듯 미호의 볼을 조심스럽게 어루만졌다. 엄마의 눈동자 위로 파도처럼 눈물이 차올랐다.

"눈에 넣어도 아프지 않은 내 새끼. 잘 지내야 한다."

엄마의 모습이 조금씩 흐려지며 멀어지기 시작했다.

"안 돼! 엄마! 안 돼! 조금만 기다려! 조금만 더 있다가 가!"

미호가 황급히 손을 뻗어 엄마를 잡았지만, 허상처럼 훅 지나갔다. 미호는 오열하며 엄마를 쫓아 다가서다가 그만 쿵, 하고 바닥에 넘어졌다. 온몸에 통증을 느끼며 벌떡 상체를 일으키니 방이었다. 침대 아래 바닥에 앉은 것으로 보아 자다가 침대에서 떨어진 모양이었다.

이게 꿈이라고?

말도 안 돼. 미호는 맥이 탁, 풀리는 것을 느끼며 그 자리에 도로 누워버렸다.

다시 눈을 떴을 땐 밤새 무슨 일이 있었냐는 듯 화창한 하늘이 창 너머로 펼쳐져 있었다. 구름이 웅성웅성 모여 눈이 퉁퉁 부은 미호를 훔쳐보는 것 같았다.

그때 전화벨이 울렸다. 수화기를 들자 턱시도 여자가 미호가 아닌 다른 사람에게 말했다.

— 어? 살아 있는데요? 안 뛰어내렸나 본대요?

미호가 발끈했다.

"이봐요, 그게 지금 손님한테 전화해서 할 소립니까? 가뜩이나 기분도 꿀꿀한데, 진짜!"

"저는 사장님이 확인해보라고 해서 확인한 거뿐인데요?"

"사장이 죽으라면 죽을 겁니까?"

"사장님은 죽으라고 말 안 하고 그냥 죽이는 스타일이세요."

"에효."

"어쨌든 오늘까지 조식 제공되니까 드실 거면 메뉴 고르시고, 오전 열한 시까지는 체크아웃하셔야 합니다."

"스시 가져다줘요. 어제 그제 먹은 스시도 회 몇 점 없었어. 오늘도 내가 볼 거야."

"왜 자꾸 나한테 그래요! 본래 그런가 보죠!"

예상했던 대로 필요 이상 예민하게 반응한다.

아니나 다를까 이번에 온 스시 세트에도 역시 회가 몇 점 없었다. 마치 본래 그런 것처럼 똑같이 몇 점이 비었지만, 미호는 알 수 있었다. 이건 분명히 누가 먹은 거야. 이게 무슨 치킨도 아니고.

미호는 기분을 전환하며 마지막 샤워를 마치고 짐을 챙긴 뒤, 로비로 내려왔다. 웬일인지 오늘은 사장도 로비에 나와 있었다. 한편으로 고맙기는 한데, 막상 보니 얄미웠다.

"그렇게 찾을 땐 없더니 저 가는 날 되니까 이제야 나와 계시네. 제가 돈 다시 내놓으랄까 봐 쫄아서 도망가 계셨어요?"

"세상은 그렇게 손님 중심으로만 돌아가지 않습니다."

이봐, 이봐. 같은 말을 해도 꼭 저렇게 얄밉게 한다니까. 미호는 콧김을 몰아쉬며 고개를 돌렸다.

"흥."

"못 본 사이 살이 통통하게 오르셨네요."

"헐. 그게 손님한테 할 소리예요?"

"이미 했으니까 어쩔 수 없네요."

"사장님이든 저 직원분이든 절대 이길 수 없다는 건 알겠네요. 어쨌든 전 갈 테니까 잘들 지내세요. 있는 동안 밥은 맛있게 먹었네요. 제가 안 뛰어내려서 사장님은 섭섭하신 모양이지만 사장님 말마따나 앞으로 날은 많으니까 언젠가는 뛸 날이 올지도 모르죠. 그럼 그때 또 봬요. 안 오면 말고. 그리고 뭔가 고마운 것도 있는 것 같지만 아침부터 기분 나쁘게 했으니까 말 안 할래요."

사장이 말했다.

"유치 뽕이시네요."

"쳇."

그때 턱시도 여자가 말했다.

"그런 식으로 넘어가지지 않습니다."

"응?"

"응? 이 아니라 그런 식으로 넘어갈 수 없어요."

"뭐가 또."

"가방에 든 거 꺼내놓고 가세요."

"왜 또! 뭐 또! 가방에 뭐!"

"수저, 그거 호텔 거잖아요. 하여튼 배운 분이고 안 배운 분이고 왜 호텔만 오면 수저를 훔쳐 가는 거야?"

"누가! 내가 왜! 누가 수저를 훔쳐 간다고!"

"그럼 뒤져서 나오면 하나에 백 대?"

"내 참 더러워서. 수저 하나가 얼마나 한다고."

미호는 씩씩거리며 수저를 꺼냈다. 그런 뒤 소리쳤다.

"그럼 팔아요. 얼마를 부르든 살 테니까."

사장이 말했다.

"돈이 문제가 아니에요."

"그럼 뭐가 문젠데요! 또 그놈의 계약서? 규칙? 규율? 나 이제 가니까 그런 거 안 지켜도 되잖아요."

"당신이 이곳에서 무슨 물건이든 하나라도 들고 나가면 그 물질의 질량만큼 시공간에 균열이 생길 겁니다. 그러면 우리가 감당할 수 없는 재앙이 다른 누군가에게 일어날 수 있어요."

미호는 꼴딱, 침을 삼켰다. 표정이 완전 궁서체네. 시공간이 뭐 어떻게 된다는 이 황당한 얘기가 미호는 그러나 웬일인지 허튼소리로 들리지 않았다. 사장이 말했다.

"그리고 그 수저는 모친하고 상관없으니까 쓸데없는 거에 집착하지 마세요."

미호가 수저를 테이블 위에 내려놓으며 말했다.

"좋아요, 그러면 저한테도 진실을 말해주세요."

사장이 고개를 갸우뚱했다.

"사장님 정체가 뭐예요? 이 호텔의 정체가 뭐예요?"

"죄송하지만 손님은 외부인이고, 저희도 똑같이 외부인에게 이 호텔에서의 일을 발설할 수 없습니다."

미호가 구시렁거렸다.

"시공간이 어쩌고는 잘만 말하더니."

미호가 턱시도 여자를 가리키며 물었다.

"그럼, 저기 손님한테 올라오는 회 훔쳐 먹는 여자는 도대체 정체가 뭐죠?"

예상대로 턱시도 여자가 굉장히 당황했다. 거의 경기를 일으키듯 손을 내저었다.

"미, 미친! 내가 언제! 거짓말이에요. 나도 품위라는 게 있는데! 혼자 꿈꾸고 지금 저런 말을 하는 거예요."

"꿈?"

미호가 반문한 뒤 중얼거렸다.

"그래. 나도 어젯밤 일이 처음에는 꿈인 줄 알았지. 내 회를 훔쳐 먹는 저 사악한 여자가 오늘 내게 전화할 때까지만 해도 그런 줄 알았어. 하지만 나는 그게 꿈이 아니란 걸 알아. 왜냐하면, 내 발바닥이 새까맸거든. 흙도 묻었고. 심지어 엄지발톱에는 피까지 맺혀 있었어. 그런데 호텔 내부 어디에도 흙은 없지."

턱시도 여자가 소리쳤다.

"당신이 무슨 탐정이야? 왜 그런 목소리로 말하는 거야!"

"손님한테 반말해도 되는 겁니까?"

"체크아웃했으면 남이지!"

미호가 셜록 홈스처럼 씩 웃고 주머니에서 5번 카드 키를 꺼내 흔들어 보였다. 카드 키를 테이블 위에 내려놓으며 말했다.

"체크아웃은 지금 하는 거고."

그러곤 검지와 중지를 뻗어 자기 눈을 한 번 가리키고 턱시도 여자를 가리켰다.

"당신, 내가 지켜볼 거야."

턱시도 여자가 발끈했다.

"누가 할 소리를!"

그래도 바로 고속도로를 타는 건 좀 아쉬워서 돌아가는 길에 몽돌해수욕장에 들렀다. 신발을 벗고 살짝 해변 자갈을 디디니, 어젯밤 엄마와 함께했던 시간이 떠올랐다. 턱시도 여자의 말처럼 모든 게 꿈같았지만, 아무려면 어떤가. 엄마와 약속한 걸 해보면 될 일, 가보면 알 길이었다.

그때 휴대폰이 진동했다. 발신자 표시에 사랑하는 딸이라고 떴다.

"어, 효정아."

"엄마!"

"어머, 깜짝이야. 왜 소릴 질러."

"그럼 소리 안 지르게 생겼어? 엄마 괜찮아?"

"어, 그, 그럼 괜찮지, 갑자기 왜."

"갑자기는 무슨 갑자기야!"

갑자기 울음을 터뜨린 건 딸이었다. 미호는 당황했다. 한동안 서럽게 울던 딸이 소리쳤다.

"도대체 어디 가 있는 거야! 아빠가 전화해도 안 된다고 그러고!"

"어, 엄마 혼자 좀 정리할 게 있어서 여행 왔어. 네 아빠가 나한테 전화했대?"

"아빠만 했어? 나도 하고, 희수 언니도 하고! 할아버지도 했어. 부재중 전화 안 찍혔어?"

"미안해, 딸. 엄마가 전화를 한동안 못 봤어."

"이모님이 엄마 집에서 나가고 이틀 동안 안 들어왔다고 나한테 전화한 날, 그날 거기 호텔 사장이라는 여자한테서 전화 안 왔으면 나 정말 실종 신고하려고 했어. 아니 그러고 뭐가 그렇게 중요하고 급한 일이라고 안부도 다른 사람을 시켜서 전해? 2주 전에 다시 전화 왔을 땐, 그 말을 믿어야 하는지 의심까지 했다고. 누가 납치하고 거짓말하는 건 아닌지."

미호는 처음 안 사실이었지만 어떤 상황인지는 알 것 같았다. 자기가 놓친 부분을 그 조그만 사장이 커버했다고 생각하니 살짝 웃겨서 조그맣게 웃고 말했다.

"납치했으면 돈을 요구했겠지."

"그래서 신고 안 한 거야. 엄마는 그게 웃겨? 나는 하나도 안 웃겨."

"알았어. 어쨌든 별일 없었고 이제 엄마 서울 올라갈 거야. 걱정 안 해도 돼."

"그래서 거기 어딘데? 아직도 그 호텔이야?"

"응. 거제도."

"멀리도 갔네. 혼자 간 거 맞아?"

"그럼 혼자 가지, 엄마가 누구랑 가."

"종연 아저씨가 엄마 혼자 간 게 아닐 수도 있다고 말했단 말이야. 아무 말도 없이 사라지니까 사람들이 그런 오해를 하지!"

"종연 아저씨?"

"있어, 아빠 학교 후배. 아무튼 서울 가기 전에 펜션에 들러. 아니 거제도를 내려가면서 우리 펜션에도 안 들렀단 말이야?"

"알았어. 들를게. 가서 얘기하자."

미호는 전화를 끊고 멍하니 바다를 바라보다가 실소를 터뜨렸다. 한종연이 아저씨였다니. 그냥 한 번 물어보기만 했으면 됐을 것을. 미호는 잠시 어이없어하다가 부재중 전화 목록을 열어보았다. 남편과 효정이 미술 선생님, 그리고 모르는 전화 몇 통과 아빠의 번호가 찍혀 있었다.

아빠…….

아빠는 강원도 요양원에 있었다. 간암으로 수술한 뒤, 아빠도 집으로 모셔야 하는 게 아니냐고 남편이 처음 의견을 물어왔을 때, 미호가 발작해서 결국 요양원으로 갔다.

그 이후로 아빠를 떠올린 날보다, 떠올리지 않은 날이 더 많았다.

마음의 막이 얇은 나는 그곳에 좋은 기억을 새겨두지 못하고, 나쁜 기억만을 얼룩처럼 묻히고 살았다. 좋은 일이 생겨도 그게 좋은 일인지조차 모르고 지나간 날이 더 많았다.

삶 전체가 온통 불온한 기억만으로 가득 찬 것 같았는데, 돌이켜보면 생의 아름다웠던 시절이 미호에게도 분명 있었다.

거기서부터 다시 시작해봐야겠다. 어떻게든 그때의 기억을 되살려 할 수 있는 만큼 다시 되짚어 나가 보자. 뻔뻔하지만, 누구보다 뻔뻔하지만, 다시 한번만 도와달라고 말해봐야 겠다.

미호는 생각하며 전화를 들었다. 몇 번의 신호음이 울린 후 남편이 받았다. 미호가 말했다.

"여보, 나 일을 해볼까 해."

잠시 침묵이 흘렀다. 남편이 물었다.

"갑자기?"

"갑자기는 아니고, 오래전부터 생각했는데 그간 말하지 못했을 뿐이야."

"무슨 일을?"

"심리상담사 자격증을 취득해서 상담 일을 하고 싶어."

다시 정적이 흘렀다. 잠시 후 남편이 말했다.

"하긴 당신 미국에서 공부할 때, 졸업하고 그 일을 하고 싶다고 나한테 얘기한 적이 있었지."

"내가 당신한테 그런 말을 했다고?"

"응. 기억 안 나나 보네."

미호는 기억나지 않았다. 또 침묵이 흘렀고 남편이 다시 말했다.

"그 일을 이렇게 오랫동안 생각한 줄 몰랐어."

"오랫동안 생각하지 않았어. 잊고 있다가 최근에 다시 생각난 거야."

"그랬구나. 이번에 여행 가서?"

"응."

남편이 착 가라앉은 목소리로 물었다.

"그럼 당신이 그 일을 하겠다면 나는, 나는 이제 어떻게 해야 하는 건데?"

남편의 목소리에서 살짝 불안의 기색이 느껴졌다. 미호는 조금 망설이다가 되물었다.

"당신이, 날 좀 도와줄 수 있어?"

그러자 남편이 깜짝 놀랐다.

"내가?"

"응."

"내가 도울 게 있어?"

"그럼. 당신 의사잖아."

"난 성형외과 의사지."

"그래도 의사잖아."

"그렇긴 하지. 그런데, 당신이 나한테 부탁을 다 하고. 진짜 오래 살고 볼 일이네."

"평생 당신한테 빚만 지고 사네."

"무슨 그런 말을 해. 남도 아니고."

"그러게."

"내 도움이 정말 필요한 거지?"

"당신이 도와주면 더 빨리 이룰 수 있을 거 같아."

남편이 환하게 웃는 소리가 들렸다.

"당신이 원한다면 얼마든지."

그러고는 다시 한번 환하게 웃는 소리가 들렸고, 문득 생각났다는 듯 물었다.

"당신, 오늘 좀 달라 보이는데 괜찮은 거지? 내일 또 갑자기 연락 안 되고 그러는 거 아니지?"

이번에는 미호가 웃었다.

"이제 서울 올라갈 거야. 가면서 효정이 펜션에 들를 거라서 거기 며칠 있을지도 몰라."

"아, 그래. 그러고 보니 나도 거기 가보고 싶은데, 그게 참 그러네."

"다음에 나랑 같이 가. 내가 효정이한테 잘 말할 테니까."

"정말?"

"응."

이제 전화를 끊을까 하는데 남편이 미호를 불렀다.

"여보."

"응?"

"우리 평창동 집 내놓고 강남으로 이사할까?"

"당신 강남에 집 있잖아."

"그게 무슨 집이야, 직원들 숙손데. 내가 만날 거기서 자니까 직원들도 불편해하고, 이상한 소문도 돌고. 당신만 괜찮으면 이참에 강남으로 이사하면 어떨까 해서."

"진짜?"

"응."

미호는 잠시 생각에 잠겼다. 평창동 집은 엄마도 나도 고통의 기억밖에 없긴 하지. 미호가 대답했다.

"좋아. 대신 집은 내가 꾸미는 걸로."

"그거야, 당연히!"

남편이 큰 소리로 웃었다. 그러곤 덧붙였다.

"당신, 어쩐지 내가 처음 당신을 만났을 때 모습으로 돌아온 거 같네."

"당신이 나랑 엄마를 차로 치었을 때로?"

전화기 너머에서 숨넘어가는 남편의 목소리가 들렸다.

에필로그

차용증을 쓰지 않아도 된다는 말에 오중호가 헤벌쭉해진 얼굴로 복덕방을 나가자, 사장이 작게 한숨을 내쉬었다.

"사람이 의심은 또 왜 그렇게 많아서. 어휴, 진이 다 빠지네."

주방 카운터 너머에서 도가희가 나오더니 말했다.

"의심 많을 만하지. 그동안 속고 산 게 얼만데. 그래도 그렇지, 여긴 복덕방인데 복덕방 문 노크를 안 했다고 버럭 하는 경우가 어디 있어요? 보는 내가 다 어이없더라."

"안경을 벗는 중인데 갑자기 들어오니까 그렇지."

"그러니까 왜 아무 데서나 안경을 벗어요?"

"또 시비냐? 안 그래도 피곤해 죽겠는데?"

"뭘 맨날 맞는 말만 하면 시비래. 진짜 시비는 따로 있으니까 얼른 들어오기나 해요. 사진 찍어 온 거 봤어."

도가희가 앞장서 주방 문을 열고 들어가자 사장이 고개를 절레절레 흔들며 그 뒤를 따랐다. 그들이 주방 문을 통과해 들어온 곳은 그러나 주방이 아니었다.

강원도 설악 산맥 어느 능선에 자리한 오두막이었다. 오두막의 너른 창 너머로 계절의 변화를 색으로 알 수 있는 울창한 숲이 펼쳐졌고, 저 멀리로 동해가 굽어 보였다. 도가희가 오두막 거실 한편의 모니터를 가리키며 말했다.

"이게 뭐예요?"

"뭐긴 뭐야, 사진이지."

"사진인 걸 누가 몰라서 물어요? 무슨 사진이냐는 거지."

"양양 펜션 사진이잖아."

"이 사진이 그렇게 보여요?"

"그게 아니면 뭐로 보인다고."

도가희가 발을 한 번 쿵 구르고는 말했다.

"땅 찍은 거잖아, 땅."

사장이 모니터로 다가가 사진 상단의 펜션을 가리키며 항변했다.

"이거 안 보이냐? 건물?"

"아니 세상천지에 누가 사진 찍을 때 땅으로 앵글의 절반을 채워요. 이 넓은 화면에 절반이 땅인 거 안 보여요? 그리고, 수

평 몰라요? 수평? 손이 삐뚤어진 거야, 마음이 삐뚤어진 거야, 도대체가."

"무슨 예술 사진 찍냐? 내가 전문가도 아니고."

"사진 수평 맞추는 데 무슨 전문가가 필요해. 사람들이 다 그러잖아요. 사진보다 실제 물건이 훨씬 좋다고. 거북이나 꽃게가 찍어도 이거보다 낫겠다고. 예? 그런 얘길 듣고도 뭐 좀 느껴지는 게 없어요?"

"그럼 네가 가서 찍든가."

"뭐만 하면 다 나보고 하래! 내가 몸이 백 개예요?"

"재단 애들 있잖아! 걔들은 뭐 하는데!"

"걔들 중에 사장님보다 한가한 애는 단 하나도 없어요. 맨날 노니까 남들도 다 노는 줄 아나 봐."

"놀긴 누가 놀아? 기껏 사진 찍어 왔더니."

"으이그, 엄청 큰일 하셨네요. 다시 찍어야 해, 이거. 못 써."

"몰라, 나는."

"복덕방 사진만큼은 자기가 알아서 하겠다며!"

"찍었잖아!"

"땅 말고 집!"

오두막을 둘러싼 돌담 위에 두 마리의 검은 고양이가 앉아 그 광경을 지켜보고 있었다. 돌담과 고양이가 전부 검어서 얼핏 구별이 안 되지만 잘 보면 담과 고양이다. 고양이 하나는 몸집이 매우 작고, 다른 하나는 큰데 큰 고양이는 눈이 하나 없다. 두 사람의 실랑이를 가만히 지켜보던 작은 고양이가 말했다.

"엄마, 저분들 또 싸워요."

그 옆에 앉아 손바닥 젤리를 열심히 핥던 큰 고양이가 힐긋 거실 안쪽을 한 번 보더니 정정했다.

"응. 싸우는 거 아니야. 저게 그냥 저분들 대화야."

"하지만 예쁜 언니가 작은 언니한테 너무 뭐라 그러는데."

"작은 언니가 예쁜 언니 엄마 같은 사람이라서 그래. 너무 오냐오냐 키워서."

"오냐오냐?"

"있어. 그런 거. 너도 나중에 커서 엄마한테 저러면 안 된다."

잠시 고개를 갸우뚱하던 작은 고양이가 물었다.

"예쁜 언니가 이번에 제가 시험 쳐야 하는 학교 선생님이라는 거 아니에요?"

"그냥 선생님 아니고 교장 선생님."

"나, 거기 들어가기 무서운데."

"왜? 선생님 때문에?"

"응."

"걱정할 거 없어. 저 선생님은 말만 저렇지 실제로는 하나도 안 무서워. 진짜 무서운 건 작은 언니야."

"작은 언니도 우리랑 같은 종족이에요?"

"아니. 하지만 현재로선 모든 종족의 위에 있다고 봐야지."

"신?"

"신의 대리인."

"제가 들어갈 학교가 신의 메신저를 양성하는 곳이라고 하지 않았어요?"

"맞아. 그러니까 교장 선생님은 우리 같은 메신저를 관리 감독하는 분이고, 저분은 그보다 큰 세상을 관리 감독하시는 분이야."

"안 그래 보이는데."

"안경 벗으면 모습이 달라져. 우리 초이도 학교에 무난히 입학해서 잘 졸업하고 재단에 들어가면 언젠간 볼 일이 있을 거야."

"엄만 봤어요?"

"응. 79년 전에 한 번."

"근데 아까 교장 선생님이 작은 언니한테 왜 아무 데서나 안경을 벗냐고 뭐라 그러는 걸 보면 그게 그렇게 70년 만에 한 번 보고 그럴 만큼 희한한 일은 아닌 거 같은데."

"이야, 우리 초이. 이제 관찰자 다 됐네. 맞아. 하나의 현상을 보면 그렇게 연결 지어서 추론할 수 있어야 해. 훌륭한 메신저가 되려면."

"엄마, 애기가 또 산으로 가요."

"지금 우리처럼 종일 따라다니면 볼 수도 있겠지. 하지만 저분들을 우리처럼 따라다닐 수 있는 고양이는 많지 않아. 다들 자기한테 주어진 일을 하느라 바쁘니까."

"그럼 우린 어떻게 그럴 수 있는 건데요?"

"일단 우리 초이가 1회차 생이고, 마침맞게 엄마가 현업에서 잠시 은퇴했으니까 가능한 시간이야."

"그러기가 어려워요?"

"그럼. 엄마만 해도 벌써 26회차 생인데, 이제 널 낳았잖니. 그런데 혹여 네가 죽거나 혹은 내가 죽어서 환생하면 우린 다시 만나기 어렵단 말이야. 아무도 엄마처럼 이렇게 일일이 데리고 다니면서 가르쳐주지 않으니까 그런 기회를 얻기 어려워."

"저를 처음 낳으신 거예요?"

"7회차 생에 낳은 네 형제가 여섯이 있긴 한데 그땐 내가 현업을 하느라 따로 가르칠 시간이 없었어. 걔들은 지금 어디에 있는지도 모르고."

"여섯? 그럼 이번엔 저 하나만 낳으신 거예요?"

"그건 아닌데……. 초이야. 태어난다고 다 살 수 있는 건 아니야. 특히 도시가 아니라 야생에서 환생하면."

"그럼 환생했다가 바로 죽어도 1회차가 소모되는 거예요?"

"응."

"그건 진짜 좀 억울하겠다."

"글쎄. 그 회차의 삶이 꼭 좋을 거라고 장담할 순 없으니 정말 억울한 일일지는 알 수 없지."

"그래도 나라면 엄마를 볼 수 없으니까 슬플 거 같아."

"바보. 어차피 우리 둘 중 누가 다음 회차의 생으로 환생해도 다시 볼 수 없다니까. 같은 장소에서 환생하는 게 아니라서."

"내가 엄마를 찾아가면 되지."

"막상 그때가 되면 그럴 시간이 없을걸? 엄마도 이번 생에 눈을 다쳐 일시적으로 은퇴한 거지, 다음 회차로 들어가면 다시 메신저로 활동하게 될 테니까 누가 누굴 찾고 그럴 시간이 없어. 어디 있는지도 알 수 없고."

인간들이 잘못 아는 사실 중엔 고양이에 관한 속설이 몇 가지 있다. 그중 가장 흔한 걸 하나 꼽자면 고양이의 목숨이 아홉 개라는 이야기다. 고양이의 목숨은 아홉 개가 아니다. 아흔아홉 개다. 어떤 이유에선지 앞의 아흔이 달아나버리는 바람에 아홉 개로 전해 내려오지만, 고양이의 목숨은 99개다.

모든 고양이가 환생하지만 모든 고양이가 지구에서 환생하는 것은 아니다. 인간이 기록한 역사에서 종종 외계인이라고 등장하는 존재들의 몽타주가 고양이를 닮은 건 우연이 아니다.

그런데 그 많은 고양이 중 메신저의 사명을 부여받은 고양이만은 계속 지구에서 환생하는 특권을 가지므로, 지구에 남고 싶은 많은 고양이에게 메신저는 꿈이자 희망이다.

수많은 고양이 중 어떤 고양이는 드물게 관찰자의 숙명을 타고난다. 모든 고양이가 관찰자의 기질을 보이긴 하지만, 관찰자의 숙명을 타고난 고양이의 기질은 차원이 다르다.

'꼬물이'의 시간이 지나 그런 기질이 발견되면 메신저 학교에서 입학을 준비하라는 메시지가 날아온다. 메시지를 받은 고양이는 때에 맞춰 학교에서 주최하는 시험에 응해야 하고, 그 시험을 통해 최종적으로 메신저의 자질을 갖추었다고 판단되면, 비로소 메신저 학교에 입학이 허가되고 메신저가 되기 위한 훈련을 체계적으로 받는다.

메신저의 임무는 인간 세계에서 일어나는 모든 일을 관찰하고 정리해서 신께 보고하는 것이다. 사람들은 흔히 신이 모든 걸 다 안다고 생각하지만, 모든 걸 다 아는 신은 세상에 존재하지 않는다. 신도 보지 못한 일에 관해선 알지 못한다.

이 세계에 인간만 존재하는 것도 아니고, 신도 나름대로 자기 생활이란 게 있기 때문이다. 신이 인간들 사이에서 벌어지는 일을 파악하려면 누군가 그 이야기를 정리해서 보고서를 작성해야 하는데, 그 일을 하는 이들이 바로 메신저 고양이들이다.

신과 인간 사이에 또 다른 영물, 고양이가 존재하는 것이다.

당신이 인간이고 혼자 있을 때 문득 누군가의 시선을 느껴 주변을 둘러보았는데, 그곳에 아무도 없었다면 그것은 필시 고양이의 눈길이다.

당신은 언젠가 무언가를 골똘하게 관찰하는 고양이를 본 적이 있을지도 모른다. 당신이 속한 구역의 고양이가 당신을 바로 그런 시선으로 관찰한다. 당신이 행하는 모든 순간의 선과 악을 그 구역의 고양이가 관찰하고 정리해서 기록하는 것이다.

한 번의 긴 수명이 아니라 짧게 많은 수명이 주어진 까닭도 메신저의 역할에 특화된 종족이기 때문이다. 관찰자라는 직무상, 한자리에서 오랜 세월 노출되는 것만큼 불리한 것은 없으니까.

언제 곁에 왔는지도 모르게 가까이 접근할 수 있는 특질, 타고난 관찰자의 기질, 거기에 체계적으로 더해진 훈련까지 삼박자가 갖추어졌을 때, 비로소 하나의 완벽한 메신저가 탄생한다.

그런데 이러한 체계가 만들어진 역사가 놀랍게도 그리 길지 않다. 이제 메신저들의 역할은 신의 공정함을 구하고, 이 세상의 균형을 위해 꼭 필요한 존재들이지만, 지금처럼 체계적인 시스템이 갖추어지기 전에는 각자 더 넓은 구역을 차지하기 위해 피비린내 나는 전쟁이나 일삼던 무리에 지나지 않았다.

인간의 역사가 한때, 혹은 지금도 그런 것처럼.

이 땅에 메신저 학교가 설립되고 훌륭한 성적의 졸업생들로 구성된 재단이 만들어진 뒤론 불필요하고 소모적인 영역전쟁이 대폭 사라졌는데, 그 메신저 학교를 설립하고 재단의 체계를 구축한 사람이 바로 저 작은 소녀, 도가비다.

초이가 물었다.

"그럼 79년 전에 무슨 일이 있었길래 도가비 님의 안경 벗은 모습을 엄마가 본 거예요?"

엄마가 꼬리로 다리를 삭, 둥글게 감고는 말했다.

"그땐 메신저 학교가 존재하지 않았어. 메신저는 존재했지만, 그냥 각자의 재능에 기대어 활동했고, 신의 대리인의 역할도 아직 우리 메신저와 연계된 바가 없던 때라 중구난방인 시절이었지."

엄마가 손등을 들어 침을 바르고, 그 손등으로 눈을 몇 차례 비비고는 말을 이었다.

"그 시절 엄만 경성에서 제일 큰 세력을 가진 메신저 조직에 소속되어 있었어. 그때 우리 집단의 우두머리가 애쉬라는 이름의 아비시니안, 대부분 생을 이집트에서 보내다가 60회차에 이르러 경성에서 환생한 분이었지."

"경성?"

"79년 전엔 우리가 얼마 전까지 있던 그 도시를 경성이라고 불렀거든."

"아."

"애쉬 님, 대단한 분이었지. 아마 전 세계 메신저 역사를 통틀어도 그분만큼 훌륭한 메신저는 없을 거야. 공정하고, 유능하고, 의리 있고. 성격이 좀 까칠한 거 빼곤 모든 게 완벽한 분이었으니까."

엄마가 그 시절을 회상하는 듯 고르릉거리며 먼 하늘을 바라보다가 말을 이었다.

"그러다 보니 시기하는 정적이 없을 수 없었겠지. 이집트에서도 내내 정적이었던 메신저가 61회차에 경성에서 환생한 거야. 그리고 10년 동안 자기 세력을 구축하면서 힘을 키워 우리 조직에 도전장을 내민 거지. 문제는 그 방법이 정말 비열했다는 거야. 애쉬 님이 왜 그자를 동족 취급도 하지 않았는지 충분히 납득할 만큼. 시궁쥐들이나 할 법한 방식으로 우릴 위협했지."

베스라는 이름의 정적이 애쉬 수하의 메신저들을 하나씩 납치해 감금한 것은 1945년, 인간들 사이에서 해방의 소문이 돌며 나라 전체가 살짝 들떠 있던 때였다.

소란하고 어수선한 그 시기, 애쉬의 메신저들이 주로 관찰하고 기록했던 대상은, 일본과 중국을 오가며 첩보를 수집하던 독립군 세력이었다. 그들이 경성에서 벌이는 활동은 한 나라의 명운과 관련되었을 만큼 중요한 일이었으므로 당연히 메신저들의 역할도 중요할 수밖에 없었다.

그런데 베스가 치졸한 방법으로 그들을 하나씩 납치 감금하는 바람에, 그 시기 일부 독립군들의 행적이 고스란히 사장될 위기에 처했다. 베스 역시 그 사실을 알면서도 벌인 일이었고.

베스에게 인간 역사의 기록 따윈 중요하지 않았으니까. 자신이 그 지역에서 우두머리가 되는 것 외에 베스에게 중요한 것은 아무것도 없었다.

고양이들의 전투는 대개 밤에 이루어진다. 왜냐하면, 고양이의 모습으로 싸울 때도 있지만 다른 형태로 변해 싸우기도 하기 때문이다.

베스는 애쉬에게 일 대 오의 대결을 제안했다. 그 대결에서 이기면 자신도 애쉬의 능력을 인정하고 메신저들을 풀어주겠다고 말했다. 그러나 자신의 팀이 이기면 애쉬에게 물러날 것을 요구했다.

체격으로만 보자면 애쉬보다 베스의 덩치가 두 배는 컸고 그런 류의 수하를 넷이나 더 데리고 애쉬 하나와 싸우겠다는 판국이었으므로, 누가 봐도 불리한 상황이었으나 애쉬는 선택의 여지가 없었다.

도시의 정세가 시시각각 변했으므로 납치된 부하를 하나하나 찾아다니며 구해낼 시간이 없었고, 이 중요한 시기의 관찰자 기록들이 누락되면 신에게 전달될 인간의 역사에만 공백이 생기는 것이 아니었다. 메신저들의 자격까지 박탈당할 수 있었다.

메신저 중 누군가 애쉬에게 말했다.

"함정일 수도 있잖아요."

애쉬가 말했다.

"그래도 어쩔 수 없어."

모두의 만류를 뒤로하고 애쉬는 혈혈단신 결투 장소로 나갔고, 달도 없는 그 야심한 밤에 날카로운 고양이 소리만이 한동안 밤하늘을 갈랐다.

애쉬 조직의 메신저들은 애쉬의 명령에 따라, 정해진 구역 내로 들어가지도 못했다. 약속을 어긴다면 애쉬가 이긴다고 해도 그걸 빌미로 또 트집을 잡을 게 뻔했으니까.

처음엔 애쉬를 상대로 하나씩 덤비던 베스의 고양이들이 일대일로는 승산이 없다는 걸 깨달았는지, 협공을 시작했다. 동시에 덤벼드는 놈들과 몇 합을 나누고 나니 버겁지만 해볼 만한 싸움이라고 애쉬는 생각했다. 애쉬의 그런 생각은 시간이 지나면서 점점 더 뚜렷하게 결과를 드러냈다.

애쉬가 네 번째 고양이까지 쓰러뜨렸을 때 베스가 이를 갈며 말했다.

"등신 같은 놈들."

그 말이 신호라도 된다는 듯 그 순간, 골목 사이사이에 매복한 베스의 부하들이 하나둘씩 기어 나왔고 그 수는 점점 불어 수십 마리를 넘어섰다. 애쉬가 말했다.

"그래. 이래야 너답지."

그날 밤, 인간들은 생애 두 번 다시 들을 수 없을 만큼 사악하고 소름 돋는 고양이들의 울음소리를 들었다.

밤(초이의 엄마)이 베스의 조직원들이 매복했다는 사실을 알았을 땐, 이미 애쉬 대 수십 마리의 고양이들이 난투를 벌이는 중이었다. 밤이 애쉬의 메신저들을 이끌고 결투 장소에 도착했으나, 베스의 조직원들이 두껍게 벽을 만들어 애쉬를 에워쌌으므로 그 벽을 뚫고 들어가기가 쉬운 상황이 아니었다.

그때 밤은 보았다. 자기 얼굴만큼이나 큰 안경을 쓴 조그만 인간 여자아이가 그 두꺼운 고양이들의 벽을 훌쩍 넘어 들어가는 것을.

소녀가 산책이라도 하듯 전장 한가운데를 걸어 구석으로 몰린 애쉬에게 다가가는 동안, 애쉬와 베스를 비롯한 양쪽 진영의 모든 고양이가 그 소녀만을 바라보았다. 모두 어처구니

없는 시선으로.

그때 살짝 심상찮다는 것을 느낀 베스가 소녀에게 말했다.

"인간은 우리 싸움에 끼면 안 돼."

"인간은 그렇지."

고양이들의 눈이 휘둥그레졌다. 소녀가 거만한 모습으로 손을 들어 베스를 가리키며 말했다.

"거기, 돼지 고양이. 너 말 잘했어. 인간이든 누구든 대개는 고양이 싸움에 끼어들지 않지. 하지만 내가 지금 이 싸움에 낀 이유가 뭐냐. 그건 바로 네가 꼬리에 말고 있는 알약 때문이야."

"알약?" "알약?" 하는 소리가 여기저기서 들렸다. 소녀의 말이 이어졌다.

"그 알약을 먹이면 회차가 남은 고양이라도 더는 환생할 수 없지."

그러자 애쉬 측의 고양이들이 분노로 몸서리치며 포효했다. 소녀가 말했다.

"질적으로 아주 야비하고 고약한 수법이야. 게다가 너희의 질서를 함부로 어그러뜨리는 일이기도 하고. 그런 비열한 싸움을 나 정도나 되는 존재가 좌시할 순 없다."

베스가 캬아아아, 하고 소녀를 을렀다.

"개소리하지 말고 꺼져. 너도 여기서 죽고 싶지 않으면."

"개소리?"

소녀가 손으로 자신을 가리키며 애쉬를 돌아보았다.

"재가 지금 나한테 개소리라고 한 거야?"

그러더니 양쪽으로 땋은 머리를 후드득 풀며 말했다.

"이런 정신 나간 고양이가 멍청하기만 한 게 아니라 눈치도 없구나?"

그에 대항해 캬아아앙! 기세를 올리던 베스와 베스의 고양이 수십 마리가 전기라도 먹은 듯 얼어붙은 것은 채 3초도 지나지 않아서였다. 소녀가 안경을 벗는 순간 모습이 달라졌기 때문이다.

소녀의 몸이 쑥쑥 자라더니 6척 장신의 아리따운 여인으로 변했는데, 온몸이 근육질이었고 점점 입혀지는 복장이 장군의 갑옷이었다. 그러고는 마지막 순간에 자기 몸보다 더 긴 창이 생성되어 손아귀에 쥐어졌다. 베스가 얼빠진 얼굴로 중얼거렸다.

"모, 몽월도?"

몽월도라는 말을 들은 고양이들이 웅성거렸다.

"시, 신의 대리인?"

"신의 대리인만이 들고 다닌다는 그 창?"

수십 마리의 고양이 무리가 공포에 질린 하악질을 하며 뒷걸음질 쳤다. 일부는 공황에 빠졌고 일부는 도망가려고 몸을 돌렸다. 그때 장군이 결 좋은 머리카락을 길게 휘날리며 말했다.

"이 자리에서 벗어나는 놈들은 모조리 잡아 죽인다."

그 말 한마디에 그 자리에 있던 모든 고양이가 얼어붙었다. 그들도 알았다. 저 몽월도에 맞으면 두 번 다시 환생할 수 없다는 사실을.

장군이 애쉬를 돌아보고 물었다.

"네가 선택해라. 저놈들을 싹 죽여주길 바라나? 특히 저 돼지는 죄질이 나빠."

애쉬가 자신의 몸에 난 상처들을 가볍게 핥은 뒤 말했다.

"저희 일에 신의 대리인이 개입하시면 질서가 무너질 텐데요. 다른 신의 대리인들도 개입하는 사례가 될 수도 있고요."

"그렇긴 하지."

베스가 겁에 질린 채 눈을 동그랗게 뜨고 둘의 대화를 조용히 들었다. 애쉬가 겁에 질린 베스를 잠시 바라보다가 말했다.

"제 악연의 고리는 제가 직접 끊겠습니다. 이 상황을 제가 직접 극복하지 못하면 또 다른 생에서 이런 일이 반복되어도 이겨낼 수 없을 겁니다."

"그건 그래. 그런 생각을 하다니 훌륭하군. 리더의 자격이 있어."

"대신 청이 하나 있습니다."

장군이 애쉬를 보았다.

"저들에게 납치된 고양이 중에 이제 생후 5개월 된 1회차 아이가 하나 있습니다. 맹세컨대 제가 이제껏 살아온 모든 생을 통틀어봐도 그 아이만큼 뛰어난 관찰자의 자질을 가진 고양이를 본 적이 없습니다. 메신저의 판도를 바꿀 만큼 뛰어난 재능을 가진 아이입니다."

"그래서?"

"그 아이를 직접 거두어주시겠습니까?"

"나보고 개를 키우라고?"

"신의 대리인과 함께하면 죽어서도 대리인의 곁에서 환생한다고 알고 있습니다. 그 아이를 품으신다면 대리인께도 큰 도움이 되리라 제 남은 목숨을 전부 걸고 말씀드릴 수 있습니다."

"흠" 하고 잠시 생각하던 장군이 베스를 돌아보며 물었다.

"얘가 말하는 고양이가 누군지 알아?"

"네네. 생후 5개…… 그 정도 크기로 보이는 놈이 하나 있었습니다."

"그런데 그걸 납치해? 이런 쓰레기 같은 놈들. 당장 여기로 데리고 와. 3분 준다."

베스가 뒤를 돌아보며 자신의 무리를 향해 캬앙! 포효하자 장군이 말했다.

"네가 갔다 와, 이 돼지야."

베스가 꽁지 빠지게 달려 5개월짜리 턱시도 고양이를 한 마리 물고 왔다. 장군이 그 고양이를 가만히 내려다보더니 애쉬를 돌아보며 말했다.

"이 아인, 메신저 수준이 아니라 고양이들의 왕이 될 상이로구나."

애쉬가 머리를 조아리자 장군이 조그만 고양이를 내려다보며 물었다.

"넌 이름이 뭐냐."

손바닥보다도 작은 고양이가 똘망똘망한 눈망울로 장군을 올려다보며 말했다.

"아직 없어요. 애쉬 님께서 지어주신다고 했는데 맨날 바빠요."

장군이 피식 웃더니 말했다.

"그래? 그렇다면 네 이름은 오늘부터 도가희다."

작은 고양이가 말했다.

"별론데."

애쉬가 씁, 하고 도가희를 보았다. 그러고는 장군을 올려다보며 물었다.

"혹시 대리인의 존함을 여쭈어도 되겠습니까?"

"나는 도가비다."

도가희가 말했다.

"그 이름도 별로다."

장군이 황당한 웃음을 한 번 터뜨리더니 애쉬를 보고 말했다.

"내가 이 아이를 데리고 가면 나머지 일은 네가 마무리하겠다 그거지?"

"네. 가희를 거둬주시는 것만으로도 이 땅의 메신저들에게 큰 희망이 되리라 생각합니다."

"좋아. 그럼 나는 저 돼지한테서 알약만 압수해서 떠나겠다. 너희의 싸움은 너희가 알아서 하도록."

그러고는 돌아서다가 문득 생각났다는 듯 베스를 향해 말했다.

"아, 그리고 네가 납치한 메신저들은 지금 당장 풀어줘. 다른 곳에선 그게 좋은 전략일지 모르겠으나 내가 이 땅에 있는 한, 그런 냥아치 짓은 용납 못 해."

작가의 말

외국에서 반년, 한국에서 반년 살기를 (불가피하게) 8년째 이어가고 있습니다. 그렇게 살다 보면 외국도 외국 같고, 한국도 외국 같을 때가 있습니다. 특히 공항에 도착했을 때가 그래요. 풍경들이 낯섭니다.

하지만 낯선 게 꼭 나쁜 것만은 아니에요. 낯설면, 조심스러워지거든요. 다른 문화권을 오가며 살다 보면 그렇듯 본의 아니게 (고양이도 아닌 주제에) 관찰자 모드가 되곤 합니다.

관찰자 모드의 장점은 그게 뭐든 선부르게 판단하거나 행동하지 못한다는 데에 있는데요, 이 나라에선 익숙한 일이 저 나라에선 아닐 수도 있거든요. 잘 알지도 못하면서 선부르게 굴었다간 사뿐하게 골로 가는 수가 있습니다.

그래서 (욕망과 달리) 판단을 유보했는데, 내가 짐작했던 것과 전혀 다른 의외의 원인 또는 결과가 나올 때가 있습니다. 이때의 기분이 참 묘해요. 이전에는 이런 일이 없었을까? 섣부르게 지레짐작해서 원인과 결과를 알기도 전에 혼자 당나라로 떠나버리는 바람에, 중요한 걸 놓친 적은 없었을까?

그런 생각이 들 때마다 저는 주문처럼 〈왕좌의 게임〉에 나왔던 명대사를 되뇌어봅니다. 북구의 여전사 이그리트가 스타크 가문의 사생아 존 스노우를 볼 때마다 하는 말이죠.

"You know nothing, Jon Snow. 넌 아무것도 몰라, 존 스노우."

아무것도 모르는 건 존 스노우만이 아니라는 사실을, 저 역시 잊지 않으려고 꽤 노력하는 편인데요, 쉽지만은 않네요.

인간관계도 비슷한 것 같습니다. 각종 미디어에선 예전보다 손쉽게 손절을 권하는 것처럼 보일 때가 있습니다. 이해는 합니다. 극단의 효율을 추구해야 하는 사회에 살다 보면 인간에게 헛심 쓰는 것처럼 비효율적인 일도 없을 테니까요.

하지만 여기에도 관찰자 모드는 필요하다고 봅니다. 상대에게 내가 알지 못했던 어떤 사정이 있었던 것은 아닐까? 거기 혹시 내가 몰랐던 다른 이유가 있었던 것은 아닐까?

응 난 그딴 건 모르겠고 인간관계 따위 삐끗하면 깔끔하게 정리해버릴 거야, 했는데 그게 전적으로 나의 오해였다면? 성급한 오해로 정말 좋은 사람을 신속하게 정리해버린 거라면?

효율적으로 손절했다고 생각했는데 알고 보니 그가 진심으로 나를 위했던 사람이라면?

내 아이를 내 아이라고 생각하지 않으면 그렇게까지 화가 치밀지 않는다는 관찰자계의 명언처럼, 누군가에게 문득 서운한 감정이 생긴다면 잠시 관조적 관점으로 관계를 관망해 볼 필요도 있는 것 같습니다. 까짓것 다 내다 버리고 살아도 사는 데야 문제없겠지만, (잦은 상심을 일으킨다고는 해도) 어쨌든 인간만큼 서로에게 위안을 주고 의지가 되는 존재도 없는 건 사실이니까요.

이런 일은 사건의 관점에서 봐도 크게 다르지 않습니다. 절망 그 자체였던 어느 한때가, 돌아보니 정말 좋은 결과의 시작점이었더라, 싶은 일이 그리 드물지만은 않은 걸 보면 말이죠. 그러니 이에 관한 고사성어가 그토록 많은 것도 우연은 아닐 겁니다.

행운은 행운의 모습으로 다가오지 않을 수 있고, 삶이 힘겨워도 지속해야 하는 이유가 거기 있다고 생각합니다. '오히려 좋아' 복권이 누구에게나 몇 장씩은 있으니까요. 그 결과를 안 보고 타인이든 자신이든 손절해버렸는데 알고 보니 대박이면……,

이런 생각들이 이 소설의 베이스가 되었습니다.

이제 곧 겨울이 올 텐데, 잘 우러나서 뜨뜻한 국물이 되었으면 좋겠네요.

감사의 말을 전하고 싶은 존재들이 있습니다.

무슨 일이 있어도 늘 저를 지지하고 응원해주는 30년 지기 베프 만돌 군과, 함께 있는 것만으로도 마음이 놓인다고 말해주는 내 짝꿍 쫌— 나 역시 항상 너희를 응원하고, 너희와 함께 있는 시간이 내겐 가장 편안하고 행복한 시간이야.

그리고 우리 애쉬. 이젠 네가 우리 곁에 없지만 나는 네가 없다고 생각하지 않아. 64회차 생을 16년간 우리 쫌 곁에 있어줘서 정말 고마워. 그 어떤 개보다도 충직하고 의리 있었던 고양이. 언젠가 쫌이 네게 다시 태어나도 엄마랑 같이 살자, 라고 말했을 때 뒤에 앉아 있던 나는 순간 좀 울컥했는데……. 다른 회차의 생에도 우리 또 만나자, 애쉬야. 그땐 더 자주 놀아줄게. 그때까지 편안히 잘 쉬고 있어.

끝으로 이 소설의 완성도를 위해 여러모로 조언해주고 힘써주신 나무옆의자 임직원분들께도 감사의 말을 전합니다.

부족한 글을 끝까지 읽어주신 독자분들께도요.

행복하지 않은 날보다 행복한 날이 더 많기를 기원합니다.

도깨비 복덕방

초판 1쇄 인쇄 2024년 11월 25일
초판 1쇄 발행 2024년 12월 2일

지은이 도선우
펴낸이 이수철
주　간 하지순
편　집 구경미
디자인 박예진
영업관리 최후신
콘텐츠개발 전강산, 최진영, 하영주
영상콘텐츠기획 김남규
관　리 진호, 황정빈, 전수연

펴낸곳 나무옆의자
출판등록 제396-2013-000037호
주소 (10449) 경기도 고양시 일산동구 호수로 358-39 동문타워1차 703호
전화 02) 790-6630 팩스 02) 718-5752
전자우편 namubench9@naver.com
인스타그램 @namu_bench

ISBN 979-11-6157-202-4 03810